EL DESTINO DE UNA PARCA

LAS CRÓNICAS DE ZOEY GRIMM
LIBRO 1

THEOPHILUS MONROE

MICHAEL ANDERLE

NEWSLETTER

¡Bienvenido al emocionante viaje de LMBPN® International! Suscríbete a nuestro boletín para obtener acceso a actualizaciones exclusivas, contenido gratuito ¡y muchas otras sorpresas! Sumérgete en nuestros mundos increíbles, ideas únicas y miles de emocionantes historias que te esperan. ¡Únete ahora a de LMBPN® International y sé parte de la historia!

https://lmbpninternational.com/es/boletin/

Versión 1.00 2023, August
ISBN del ebook: 978-1-68500-928-1
ISBN del libro impreso: 978-1-68500-927-4

1

Los vítores resonaron a través del coliseo cuando entré en el suelo cubierto de ceniza. En la mano llevaba un cetro curvo con la punta enjoyada que parecía una guadaña.

Mi estómago se había convertido en un millón de nudos y no era porque la mitad del inframundo asistía a mi examen. En más de un siglo, nadie había conseguido pasar la prueba que yo había escogido para demostrar mis habilidades como Parca. De hecho, tenía entendido que mi padre había sido el único que aprobó este examen... unos dos mil años atrás.

Pero ¿qué podía hacer? Yo era Zoey Grimm. Hija de Azrael, la mismísima Parca Grim. No solo tenía que hacer honor a mi apellido. Además, era la heredera; bueno, mi hermano o yo, aunque nadie pensaba que Morty lo conseguiría. Todo el mundo esperaba que yo ocupase el lugar de mi padre.

«Tienes que ser la mejor de todos. La primera de tu clase».

El consejo de mi padre se repetía en mi cabeza mientras el director activó el cristal y tres gólems translúcidos se alzaron del suelo. Mi padre me había repetido esas mismas palabras, o alguna otra variación, mil veces. Normalmente, estaba a la altura del reto. Quería que mi padre se sintiera orgulloso.

Fallar no era una opción. Y tampoco quedar la segunda.

Sin embargo, me pregunté si por una vez había aceptado un reto que estaba fuera de mis posibilidades. Pero una vez que el director tocara la campana, debía eliminar a las tres marionetas en menos de un minuto.

No eran muy grandes. Simulaban la apariencia y el comportamiento de almas cuando salen de su cuerpo. Tenían una vaga forma humana, aunque sus piernas eran más grandes y sus cabezas eran más pequeñas de lo que deberían.

Giré mi centro, esperando el ataque. Si aprobaba, podría saltarme dos rangos y graduarme como una Parca de Tercer Nivel. ¿Esto le impresionaría a alguien? Claro que no. Era lo que se esperaba de mí. Pero ¿y si fallaba? Bueno, casi podía oír los cuchicheos a mi espalda. «La tal Zoey Grimm... ¡menuda engreída! Y pensar que podría seguir los pasos de su padre».

Sería la hazmerreír del inframundo. Tendría que volver a la academia. Y debería esperar otro año antes de que me dieran una segunda oportunidad. Mi hermano ya había aprobado el examen. Había derrotado a una marioneta y le habían ascendido a Parca de Primer Nivel. Si yo fallaba, para cuando me dejaran intentarlo de nuevo, él estaría en el Tercero. Si quería mantener su ritmo y seguir como heredera, tendría que completar el mismo examen. En el caso de que tampoco lo lograra, las posibilidades de alcanzarle eran incluso más escasas.

Así que fracasar no era una opción. No para mí.

El cristal de las marionetas canalizaba la energía en forma. Estaban programadas para comportarse como almas que habían sido recolectadas por Parcas.

No todos los humanos se resistían. Algunos le daban la bienvenida a la entrada del otro lado. Estaban preparados para pasar página y recibían a su Parca para que los llevara al más allá. Otros tenían miedo a morir y no podían evitar resistirse. Luchaban o huían.

Las almas elegidas para definir estas marionetas podrían ser mucho menos dóciles. O eso esperaba. Lo que no podía predecir era cómo actuarían. Aunque estaba segura de que las marionetas serían más beligerantes que las almas originales. Después de todo, construían estas marionetas a partir de almas que se habían resistido a su Parca. Habían hecho esto antes. Habían aprendido de sus errores.

Había muchas más razones por las que no se recomendaba a los graduados que intentaran el examen de Tercer Nivel. Las almas de las marionetas las habían atrapado una Parca experimentada. Yo era una novata. Nunca había segado un alma de verdad. Las marionetas me llevaban ventaja.

—¡Que comience la prueba! —anunció el director. Tocó la campana y el reloj se activó bajo el estrado.

Un minuto...

Dos de las marionetas avanzaron muy despacio hacia mí. Querían luchar. La tercera dio unos pasos hacia atrás, se dio la vuelta y corrió en dirección contraria.

Había entrenado para esto. Se podía contrarrestar las estrategias de división con varios métodos. Los había estudiado en los archivos de la academia.

Salí tras la marioneta que huía de mi posición. Si derribaba a dos a la vez, de frente, perdería la mayor parte de mi tiempo con ellas, y luego tendría que perseguir a la fugitiva. Para entonces, probablemente tendría que atravesar todo el coliseo antes de alcanzarla. Eso me llevaría unos buenos treinta segundos.

Pero si perseguía al corredor mientras los otros dos me perseguían, aprovecharía mejor el tiempo. Además, dándoles la espalda a los otros dos, pensarían que tenían ventaja.

Mis botas golpearon la ceniza, levantando una nube mientras perseguía al constructo. Sí, la cosa se movía rápido. No tanto como yo. En la academia, no sólo había estudiado varias artes de combate. También había entrenado mi cuerpo para la fuerza, la velocidad y la resistencia.

Cuando me acerqué a la construcción. Giró, dándose cuenta de que no podía escapar. Levantó un pie para hacerme tropezar. Salté por encima de su pie y di una voltereta y aterrizar en la pared de la arena, donde aproveché mi impulso para correr a lo largo de la pared antes de lanzarme en otra voltereta que me llevó por encima de su cabeza.

La marioneta se desplomó en un montón de ceniza cuando le clavé la gema de mi bastón en la espalda.

—El candidato ha eliminado la marioneta número uno —anunció el director mientras el público aplaudía.

Caí de rodillas. No era la mejor posición para asaltar a un alma resistente, pero así estaba previsto. Las otras dos marionetas *pensarían* que estaba en una posición vulnerable.

Pero estaba tranquila, no podían matarme. Pero si me noqueaban o me arrancaban el bastón de las manos, ganarían tiempo para escapar. No tenía tiempo que perder.

Esperaba que cargaran contra mí. Podía girar sobre una rodilla, blandir mi bastón en el aire y derribarlas a ambas de un solo golpe. Sería la forma más rápida de acabar con la prueba.

Si fueran almas comunes, eso es lo que intentarían hacer. Pero estas marionetas estaban alimentadas por almas que habían aprendido un par de cosas de sus recolectas anteriores.

No mordieron el anzuelo. En lugar de eso, se separaron. Miré el reloj cerca del director. Me quedaban unos veinte segundos.

Me puse en pie de un salto y cargué contra la marioneta que había huido hacia mi derecha. La otra, la número tres, corría todo lo que podía en dirección contraria. La marioneta número dos giró y fue a por mi cetro. Con un giro del bastón a mi espalda, lo cogí con la mano izquierda y se lo clavé en el pecho.

—La candidata ha eliminado la segunda marioneta. Queda una.

No estaba seguro de por qué la multitud necesitaba una narración del director. No había ninguna duda de lo que estaba ocurriendo. La multitud vitoreó el anuncio, pero no con tanta exuberancia como el primero. Después de todo, sabían que el tiempo se acababa. Estaban al borde de sus asientos.

Faltaban cinco segundos…

Estiré la espalda, alcé el bastón por encima de la cabeza y apunté. No era una de las estrategias recomendadas en la academia. Sin embargo, en los archivos conocía a algunas Parcas, entre ellos mi padre, que lo habían conseguido. Había practicado, pero era arriesgado, sobre todo en una situación real en la que una guadaña no volaría por el aire con la misma gracia que un bastón.

Lancé mi cetro como una jabalina y lo hice volar por los aires. Atravesó a la última marioneta en el torso, que explotó en una nube de ceniza mientras el director declaraba que se había acabado el tiempo.

¿Lo había conseguido?

Dependía del director.

—Aunque no puedo recomendar esta estrategia —comenzó a decir el director—, las buenas Parcas conocen la situación sobre el terreno. Utilizan cualquier habilidad o táctica disponible, dadas todas las contingencias. Aunque es probable que este método no le vuelva a funcionar, señorita Grimm, usted ejerció la creatividad y capturó las tres almas antes de que expirara el tiempo. Ahora declaro a Zoey Grimm, hija de Azrael, una Parca de Nivel Tres con todos los derechos y privilegios que le corresponden.

La multitud sentada alrededor del coliseo prorrumpió en vítores. Una amplia sonrisa se dibujó en mi rostro cuando miré a mi padre, que estaba de pie. Su tez pálida reflejaba la luz. Su sonrisa era inconfundible. Estaba orgulloso.

Un día, ocuparía su lugar. Por ahora, iba por buen camino.

2

Había seis pasos que seguir para recolectar un alma con éxito. Fui la primera de mi clase en memorizarlos todos. Cuando eres la hija de Azrael, es importante causar una buena impresión. Después de todo, un día no sería Zoey, estudiante y PEP (Parca En Prácticas). Heredaría el puesto de mi padre y me convertiría en la nueva Parca. No solo sería una de las muchas parcas encargadas de recoger las almas de los difuntos. Estaría a cargo de toda la operación.

La transición de la vida a la muerte. Era una gran responsabilidad. Si la fastidiabas, millones de almas humanas podrían quedarse en la Tierra, vagando como fantasmas, incapaces de seguir adelante. Se enfadarían, y los dioses, fueran quienes fueran y estuvieran donde estuvieran, tendrían que intervenir. Si iba a sustituir a papá, tenía que ser la mejor entre los mejores.

Por supuesto, tenía un hermano gemelo. Mi padre no lo había planeado así. Cuando se acostó con mi madre para tener un heredero, nunca pensó que conseguiría un dos por uno. A menudo me preguntaba qué pensaría ella si pudiera verme ahora. Me la imaginaba como una mujer hermosa con el pelo largo y negro como el mío, una mujer menuda con fuego en los ojos. Tendría que ser una petarda para aguantar a mi padre. Y daría lo que fuera por que estuviera aquí conmigo.

Estaba en mi graduación. Llevaba veintiún años preparándome, lo que tampoco es mucho tiempo para nuestro trabajo.

Morty también se graduaba. Por los pelos. Recibiría su primer destino, igual que yo. Nadie tenía grandes expectativas para él, sobre todo desde que yo había desafiado las probabilidades y aprobado mi examen.

Cuando tienes toda la presión del inframundo sobre tus hombros (y nosotros la teníamos como hijos de Azrael), hay dos opciones. Puedes levantarte y aceptar el reto, superando incluso las expectativas más elevadas de la gente. O puedes decir «que os jodan» y resignarte a ser una decepción. Yo elegí el primer camino; mi hermano, el segundo.

¿He mencionado que hay seis pasos que toda Parca debe seguir antes de recolectar un alma? Eso pensaba yo. Los llamé las seis R. ¿Por qué? Porque la aliteración me ayuda a memorizar estas mierdas, y necesitaba unas cuantas estrategias de estudio si quería estar a la altura de las expectativas de mi padre.

La primera R significaba «Ropaje». Yo ya llevaba el atuendo adecuado: una larga túnica negra de lana con capucha. Estrictamente hablando, este paso no afectaba en nada a la siega. Sin embargo, tenía algunas funciones. En primer lugar, y la más importante, nos hacía invisibles para casi todo el mundo, excepto para el alma que debíamos segar. Algunos médiums o personas sensibles al inframundo, dependiendo de sus habilidades, podían detectar nuestra presencia en diversos grados.

Sin embargo, eso era raro. La mayoría de las veces, con esta ropa, podíamos colarnos, recoger un alma y marcharnos. Zas, zas, y no ha pasado nada. Pero ¿sin la túnica? Bueno, ¿te imaginas el alboroto que causaría cada vez que fuéramos a por un alma? Además, la túnica negra preparaba al alma caducada para lo inevitable. Piénsalo. Si eres católico y estás a punto de morir, esperas que tu sacerdote aparezca con un alzacuellos blanco para administrarte la extremaunción. Si el cura apareciera con unos leotardos, te pondrías de mal humor, y con razón. Vístete para triunfar, era lo que se decía. Los uniformes son importantes.

Cuanto mejor preparada esté un alma para aceptar su recolecta, más fácil será el trabajo. Nadie quiere tratar con un alma insubordinada. Mi padre me contó que una vez se pasó casi una década persiguiendo a un alma por toda Europa. Ciertamente no era la forma en que había planeado pasar la década de los noventa (de 1400). Aunque llevaba el atuendo adecuado, por supuesto, siempre insistió en que, si no lo llevábamos, el riesgo de que eso ocurriera se multiplicaba por cien. Como Parca, tu ropa importa.

La segunda R significaba «Resguardo». A veces esto ocurría antes de la primera R. Si estabas en el turno, era mejor vestir siempre con el atuendo adecuado antes de recibir el resguardo. La recepción era como recibíamos nuestras asignaciones. Los nombres y lugares de las almas vencidas que debían ser segadas. Era un misterio, incluso para mi padre, quién elegía los nombres o por qué un nombre concreto aparecía en la lista un día determinado. Algunos creían que cada alma tenía una fecha de caducidad programada en el momento de su creación. Otros creían que el gran hombre de arriba (ya sabes, el tipo al que algunos llaman «Dios») decidía de acuerdo con su inescrutable voluntad.

Es una forma elegante de decir que probablemente saca los nombres de un sombrero y nos los envía al inframundo para que hagamos su trabajo sucio. Estoy bastante seguro de que es un sombrero *enorme*, ya sabes, porque es Dios. No digo que Dios tenga una cabeza grande o algo así. Aunque probablemente así sea. Si fuera todopoderosa, yo también tendría todas las partes de mi cuerpo gigantes.

—Nunca dejes que se te suba a la cabeza, Zoey —me había dicho mi padre. Un buen consejo para una PEP semieterna como yo. Dios, supuse, tenía derecho a tener el ego tan subidito como quisiera.

Me acerqué al pergamino del día. Lo habían colgado en un tablón de anuncios a la salida del portal de la Tierra. Había imaginado este día toda mi vida. ¿Ver *mi nombre* en el pergamino? Las mariposas se me revolvieron en el estómago mientras trazaba con el dedo las letras, G. Los apellidos eran algo reciente en el inframundo. Mi padre no tenía. Pero nosotros nacimos con el apellido, Grimm. ¿Por qué dos emes? Bueno, solo había un Parca Grim. La M extra tenía dos propósitos: dejaba claro que formábamos parte de la familia de Azrael, pero también mantenía la distinción entre la Parca y los Grimm, mi hermano y yo, que acabaríamos heredando sus dominios. Bueno, al menos yo lo haría. Morty renunció a ese sueño hace mucho tiempo. No creo que quisiera convertirse en la Parca de todos modos.

Grimm, Zoey.

—¡Esa soy yo! —Sonreí de oreja a oreja al contemplar con orgullo mi primera misión.

Estaba a punto de buscar el nombre de mi hermano para ver si hoy iba a conseguir su primera recolecta cuando la agradable voz de Gabriel Graves me interrumpió.

—Felicidades, Zoey.

Me giré. Gabriel era el más guapo de la academia donde me había entrenado para prepararme para este día. Como la mayoría de nosotros, era el producto de la unión entre un humano y otra Parca. Con el tiempo, las Parcas progresaban hacia la gloria celestial. Cuando se pierde demasiada humanidad, se complica la capacidad de teletransportarse entre mundos.

Los humanos pertenecen a la Tierra. Las Parcas y otros seres semidivinos pertenecen al inframundo. Si recolectas el tiempo suficiente, avanzarás más allá del inframundo hacia el reino de los ángeles. Tomó varios milenios, por supuesto. Mi padre estaba en la cúspide de su ascensión. Por eso me había entrenado para reemplazarlo. Era casi su hora. Él podría hacerlo otro año, tal vez otros veinte. No podía imaginar que fuera mucho más que eso. Cuando ya no pudiera ir a la Tierra, cuando ya no pudiera recoger almas por sí mismo, sabríamos que había llegado su hora. Había cumplido con su deber.

Gabriel era dos años mayor que yo. Ahora que llevaba dos años recolectando, le entusiasmaba enseñarme cómo se hacía. Pasábamos la mayor parte de las tardes juntos. Podría decirse que era mi novio, aunque nunca habíamos formalizado nuestra relación. Todo el mundo sabía que estábamos juntos. Confiábamos de forma implícita el uno en el otro. Aunque sabía que no duraría para siempre.

Los romances en el inframundo venían y se iban tan rápido como el McRib. Sí, yo sabía lo que era y el follón que se montaba cada vez que McDonald's lo sacaba. Estudiar la sociedad humana es uno de los aspectos más importantes de nuestro entrenamiento como Parcas. Sin embargo, cuando se trataba de relaciones, no solían durar, ya que no podíamos reproducirnos. La vida no se puede hacer en el inframundo. Cuando una Parca se reproduce, antes de avanzar al reino celestial, debe seducir a una mujer humana. Entonces, cuando el niño nace, el padre Parca debe traer a su heredero al inframundo para ser criado como yo lo fui.

Como mujer Parca, nunca tendría hijos. No es que mis bajos no funcionen como debería. Todas las partes estaban ahí. Pero para una Parca masculino, todo lo que hacía falta era seducir a una humana dispuesta, volver nueve meses después y traer a su bebé semidivino de vuelta al inframundo. Si yo fuera a la Tierra y quedara embarazada, bueno, en el momento en que regresara al inframundo, mi bebé dejaría de desarrollarse. No sobreviviría. No a menos que me quedara en la Tierra.

Digo todo esto para decir lo siguiente: como las Parcas no podían tener hijos juntos, el matrimonio no existía. No nos comprometíamos para toda la vida. Disfrutábamos el uno del otro hasta que dejábamos de hacerlo. Sin ataduras. En algún momento, tomábamos caminos separados. Con Gabriel, sin embargo, esperaba que lo hiciéramos por lo menos un siglo o algo así.

Gabriel era un guardián. La mitad de las chicas de los bajos fondos lo querían. La otra mitad se dio cuenta de que no tenían ninguna oportunidad, así que ni se molestaron. Tenía el pelo oscuro y los ojos azules, y medía por lo menos medio metro más que yo. Sus brazos eran sólidos y sus hombros anchos. Su piel era pálida y sin manchas. Era la encarnación de la muerte. Sexy como el infierno.

—Entonces, ¿quién es el alma afortunada que consigue ser la primera de Zoey Grimm? —preguntó Gabriel.

Sonreí mientras pasaba el dedo por la página.

—Alma 5-1-816-229-4417-3.

—Missouri, entonces. —Gabriel asintió.

—Eso parece. Ese código corresponde con un suburbio de Kansas.

Gabriel se rio.

—¿En serio memorizaste todos los códigos?

Me encogí de hombros.

—Soy la primera de mi clase. ¿Qué esperabas?

—No es necesario. Puedes buscar los códigos en los directorios. No lleva mucho tiempo.

Suspiré. Gabriel tenía razón, por supuesto. Los códigos definían el continente, la nación humana e información adicional. El número final diferenciaba a las almas que vivían en un mismo hogar. ¿Por qué no nos daban nombres? Bueno, por lo que me enseñaron en la academia, era mejor mantener impersonal el proceso de recolecta.

Muchos humanos se resistían. Si dudábamos, aunque solo

fuera un momento, preocupándonos por la vida del tal Joe de turno y su familia, podríamos perdernos la hora designada para su partida a través del río Estigia. Si eso ocurría, su alma quedaría abandonada a su suerte y se convertían en fantasmas. Si tenías demasiados fantasmas en tu informe de rendimiento, mi padre te dejaba en el banquillo mientras te sometía a un intenso entrenamiento de reacondicionamiento para perfeccionar tus habilidades y evitar que esos percances se repitieran en el futuro.

—Entonces, ¿a dónde te diriges hoy? —le pregunté.

—América del Sur —respondió Gabriel—. Una mujer, es lo único que puedo decir, en su nonagésimo tercer año de vida. Chupado.

—¿Pudiste discernir todo eso del código?

Gabriel se rio.

—Todavía tienes que buscar el código en los directorios, Zoey. Cuando lo hagas, te daremos esos detalles.

Resoplé.

—¿Por qué no nos enseñaron eso en la academia?

Gabriel se encogió de hombros.

—Es información ajena. No es crucial para la recolecta. Pero, según mi experiencia, es bueno saber en qué te estás metiendo.

—Nos dijeron que estuviéramos preparados para todo. A veces, los que no están dispuestos a ir en silencio al más allá presentan batalla.

—Por eso la mayor parte de nuestro entrenamiento se centra en cómo someter a los humanos con rapidez —me recordó Gabriel—. Hay un riesgo, por supuesto, en saber demasiado. Podríamos dar por sentado que, en mi caso, una mujer que coincida con la descripción del directorio no será ninguna molestia. Es mejor no hacer suposiciones. Es increíble cómo incluso una persona vieja y decrépita puede dar buena batalla cuando no quiere morir.

Asentí con la cabeza.

—Me ceñiré al código, entonces. Es mejor no conocer los detalles.

Gabriel sonrió.

—A cada uno lo suyo, supongo. Buena suerte, Zoey. Estoy impaciente por saber cómo te fue en tu primera recolecta.

Abracé a Gabriel y le besé en los labios.

—Iros a una habitación, los dos —gritó otra voz familiar, acercándose por detrás. Era mi hermano.

Sonreí.

—Hola, Morty. ¿Estás listo para nuestra primera recolecta?

Morty se encogió de hombros, se acercó al pergamino y buscó su objetivo. A pesar de figurar uno al lado del otro en orden alfabético por tener el mismo apellido, no había mirado su asignación.

—Qué raro.

—¿Qué pasa? —pregunté.

Morty se rascó la cabeza.

—Nos dieron el mismo código.

Pasé por delante de mi hermano y volví a mirar la lista.

—¿Qué demonios?

Morty suspiró.

—Esos tontos ángeles, o quienquiera que haya hecho la lista, deben haberse confundido. No hay muchos hermanos en el inframundo, sabes.

Sacudí la cabeza.

—Increíble. Bueno, supongo que estamos haciendo esto juntos.

Morty se encogió de hombros.

—La verdad, me pregunto si fue un error. A lo mejor no confían en mí para llevarlo a cabo.

—¿Crees que *quieren* que me sigas? —pregunté.

Morty se pasó la mano por la nuca.

—Tiene sentido. Quiero decir, apenas pasé los requisitos básicos.

Respiré hondo y exhalé. No me malinterpretes, yo quería mucho a mi hermano pequeño. Y digo «pequeño» aunque seamos gemelos. Nació unos minutos después que yo. A él no le gustaba que lo llamaran así, por lo que evitaba decirlo. Aun así, enterarme de que tenía que acompañarle en lo que yo creía que iba a ser mi primera recolecta en solitario fue bastante decepcionante.

3

La tercera R significaba «Reubicación». Aunque no era así como lo definían los libros de texto, pero yo lo recordaba mejor así. Consistía en introducir el código en un dial situado junto al portal terrestre y atravesarlo. El código calibraba el portal para escupirnos cerca del alma que debíamos recoger. Según lo que había aprendido, nos llevaba al lugar más cercano deshabitado por humanos. Rara vez llevaba a una Parca directamente a la presencia del objetivo. Entrábamos en el portal y así comenzaba la cuarta R de una recolecta exitosa, «Reconocimiento».

Teníamos que examinar nuestro entorno. Si había otros humanos presentes, bueno, ¿recuerdas la primera R, Ropajes? Nuestras capas nos hacían invisibles a todos, excepto al alma que debíamos recoger. Pero antes de recogerla, debíamos examinar la situación.

¿La persona ya estaba en su lecho de muerte, enferma y lista para irse en paz? No había problema. Invocaría mi guadaña (estaba tan emocionada por ver cómo era la mía) y atraparía el alma con ella mientras abandonaba el cuerpo. Si se trataba de una muerte súbita, o si la persona luchaba contra ella, quizá tuviéramos que someter primero al objetivo.

Por eso nos entrenábamos en combate en la academia. Conocía más de una docena de estilos de lo que llamas artes marciales. Los humanos son criaturas muy resistentes. A menudo se dejan llevar por el destino de buena gana. Pero no ocurría siempre. Tal vez uno de cada diez opondría resistencia, así que teníamos que estar preparados. Esos casos eran los que había pasado la mayor parte de mi tiempo aprendiendo a manejar. Un golpe con la guadaña y, por muy decidida que estuviera la persona a seguir con vida, podíamos separar el alma del cuerpo y llevárnosla con nosotros.

La última R, el «Regreso», era cuando llevábamos al alma recolectada con Caronte, el barquero que atravesaba el río Estigia y llevaba las almas a su destino final. El purgatorio. El cielo. El infierno. Todo o nada de lo anterior. El destino del alma no nos importaba. Dondequiera que fueran, era donde debían ir a descansar.

Esa R, la séptima R, estaba fuera de nuestro alcance como Parcas. El «Reposo» era competencia de entidades semidivinas o divinas que nunca había conocido. Lo único que sabía era que, si estropeábamos cualquiera de *nuestras* seis R, el alma nunca llegaría a la séptima. Tras veintiún años de formación y educación constantes, estaba preparada. Como hija de Azrael, esperaba que la mayor parte del inframundo estuviera esperando mi regreso. Solo podía preguntarme qué pensarían cuando se enteraran de que Morty y yo teníamos la tarea de unir nuestra primera alma.

—Déjame a mí, Morty. Estoy lista para esto. Observa y aprende. Quizá mañana tengamos nuestros propios objetivos.

Morty se secó una gota de sudor de la frente.

—En realidad estoy más tranquilo de ver que estás conmigo, Zoey.

Sacudí la cabeza.

—Puede que no hayas destacado en la escuela, Morty, pero has aprobado todos los requisitos. Solo necesitas un poco de confianza.

Morty resopló.

—Creo que tienes suficiente confianza para los dos.

Me encogí de hombros.

—Ya llegarás.

Me acerqué al portal de la Tierra e introduje el código de mi objetivo en el dial. Era una serie de esferas redondas, como globos terráqueos, que había que girar con precisión para que coincidieran con el destino prescrito del alma que debíamos recolectar. Si no acertábamos con el código, podíamos acabar en cualquier parte del mundo. Mientras tanto, correríamos el riesgo de perder nuestra alma y que no podamos dejarla en Caronte.

Mi corazón se aceleró cuando Morty y yo entramos en el portal terrestre. Eso no fue nada comparado con la sensación de estar realmente en la Tierra. El lugar donde salimos del portal no era el más elegante del mundo. La moqueta de color naranja quemado del suelo y el papel pintado con estampado de cachemir sugerían que nuestro objetivo no se había molestado en redecorar desde hacía tiempo.

Otras Parcas traían reliquias de la Tierra de vez en cuando. Coleccionar trofeos no estaba prohibido, aunque se desaconsejaba. Todas las Parcas lo hacían, al menos en una o dos ocasiones. Un objeto que una vez perteneció al alma que se les había encomendado recolectar. Generalmente, si tomaban algo, trataban de asegurarse de que no fuera algo que alguien más notara o extrañara. Los muertos no pueden llevarse sus pertenencias. Eso no significaba que su Parca no pudiera.

Por el aspecto del lugar, no había mucho que me interesara reclamar. Por supuesto, era mi primera recolecta. Tal vez encontraría algo pequeño para llevar. Ya sabes, por razones sentimentales. Solo puedes recolectar tu primera alma una vez, después de todo.

—Hora de iniciar el reconocimiento.

Morty resopló.

—Sí. Reconocimiento completo. Basándome en los encajes que hay por todas partes, creo que nos han enviado a recoger el alma de una anciana. Venga, vamos.

—Espera. —Levanté la mano—. Tenemos que comprobar el perímetro. Debemos tener en cuenta cualquier otra alma que pueda estar en la propiedad. Quiero asegurarme de que no me tomen desprevenida y golpee al alma equivocada.

—No es exactamente un error común. Ha ocurrido... ¿cuánto, dos o tres veces en el último siglo?

Asentí con la cabeza.

—Tres. Aun así, *puede* pasar. Nunca se es demasiado cuidadoso, Morty.

Mi hermano puso los ojos en blanco.

—Sabes, creo que no hay Parca que siga el seguir el manual al pie de la letra.

—Mentira, las mejores lo hacen —discrepé—. Eso es lo que separa a las mujeres de los niños.

Morty enarcó una ceja.

—¿Qué se supone que significa eso?

Me reí entre dientes.

—Tómatelo como quieras. Solo quiero decir que, aunque tu quieras recolectar almas de forma despreocupada durante unos cuantos siglos, las mejores de nosotros, las que son como papá, saben que recolectar almas es un arte y una ciencia. Requiere creatividad *y* precisión. Y eso es lo que pretendo ser. Cuando sustituya a papá.

Morty levantó una ceja.

—¿Y si me encargo yo?

—¡Eres un vago! ¿De verdad crees que te elegirá a ti? Además, soy mayor.

—Sí, por unos cinco minutos.

—Eso significa que soy la primogénita. Tengo el primer derecho de rechazo.

Morty resopló.

—Eso da igual. Sabes tan bien como yo que no hay leyes claras al respecto. Sobre todo porque la mayoría de las Parcas nunca tienen más de un hijo.

—Mira, Morty. Si papá ascendiera al reino celestial mañana, uno de nosotros tendría que hacerse cargo.

—No se irá pronto, Zoey —argumentó Morty—. No hasta dentro de un par de décadas.

—Eso no lo sabemos —repliqué—. Siempre es posible. Si ocurriera, ¿quién de nosotros crees que sería más adecuado para hacerse cargo del negocio familiar?

—¿Negocios? —preguntó—. Esto no es exactamente un negocio, Zoey.

Me encogí de hombros.

—Llámalo como quieras. Estás evitando la pregunta. ¿Cuál de nosotros está mejor preparado para hacerse cargo del trabajo de papá?

—Bueno, ahora lo está —respondió Morty—. Puede que no sea así cuando ascienda.

Resoplé. Hasta ahora, Morty no había dado ninguna señal de querer convertirse en la Parca. Si así fuera, debería haber estudiado más en la academia.

—No voy a bajar el ritmo pronto, hermanito. Si vas a reclamar tu derecho sobre el inframundo, tienes que ponerte al día.

—¿No podemos terminar con esto? —preguntó—. Mientras estamos disparando a la mierda, estamos perdiendo el tiempo.

Me mordí el labio.

—Tienes razón. Comenzando reconocimiento ahora.

Morty puso los ojos en blanco mientras se paseaba por la casa, mirando debajo de mesas y muebles.

Pasé de una habitación a otra con precisión. Había una estrategia para inspeccionar una casa y asegurarse de que examinábamos todas las habitaciones; lo mejor era trabajar de un extremo a otro. Metí la mano en la bata y cogí un rollo de cinta adhesiva. No era la cinta común de los humanos. La mayoría de los humanos no podrían verla, igual que no podían verme a mí. A menos que fueran sensibles, como los médiums o los empáticos. Si alguna vez nos encontrábamos con uno de esos, el protocolo era ignorarlos. Actuar como si no nos vieran. La mayoría de la gente pensaba que estaban locos, de todos modos. Y aquí no ha pasado nada.

—Está en la parte de atrás —ofreció Morty.

—Lo sé, pero primero tenemos que terminar el reconocimiento.

—¿En serio? —protestó Morty—. Aquí no hay nadie. Podríamos entrar, recolectar el alma de la ancianita en cuestión de segundos y salir.

—Hay procedimientos que seguir —insistí.

Morty suspiró.

—Da igual. A veces tienes que confiar en tu instinto, ¿sabes? Algo me dice que será mejor que acabemos con esto rápido.

Puse un trozo de mi cinta adhesiva sobre la puerta principal. Nada más hacerlo, oí un bocinazo procedente del exterior. Me asomé por la mirilla de la puerta. Se acercaba una mujer vestida de azul. Una enfermera, supuse por las fotos que había visto. Estaban presentes cuando alguien se moría.

—¡Mierda! —exclamé—. Viene una enfermera.

—¡Entonces acabemos con esto! Es menos probable que aguante si está sola cuando la recolectemos.

Asentí con la cabeza. Morty tenía razón en algo, por una vez. Cuando la gente estaba rodeada de otros humanos, solía resistirse a la recolecta. En realidad, el efecto de la presencia de otras personas era difícil de predecir. Algunas almas, temerosas de dejar atrás a sus seres queridos, se aferraban a ellos y se negaban a soltarlos. Otras harían lo contrario. Estarían más en paz con sus seres queridos rodeándolas durante su último momento terrenal. Sin embargo, las enfermeras y otros profesionales médicos tendían a prolongar el proceso. Sería más sencillo y rápido recolectar al sujeto número 5-1-816-229-4417-3 antes de que la enfermera entrara en la casa. Cuando lo hiciera, la cinta que había colocado en la puerta se rompería. Soltaría un sonido agudo, inaudible para la mayoría de los humanos en el plano terrenal. Nosotros lo oiríamos. Sabríamos que la enfermera se estaba acercando.

Volví corriendo con Morty a la habitación donde nuestro objetivo estaba tumbado en su cama. Una anciana: nuestras sospechas eran ciertas. Estaba dormida. Su respiración era superficial. Era su hora. Era una de las afortunadas. Podía morir con tranquilidad mientras dormía. Siempre y cuando hiciéramos el trabajo antes de que llegara la enfermera.

—¿Estás lista para esto? —Morty preguntó—. Tendré la mía lista por si acaso.

Asentí con la cabeza.

—Lo siento. Sé que tú también tenías ganas. Ya sabes, tu primera vez.

Morty se encogió de hombros.

—La verdad es que no me importa tanto como a ti. Esto es lo tuyo, Zoey.

Sonreí.

—Gracias. Prometo que, si nos siguen enviando juntos, podrás hacerlo la próxima vez.

Morty asintió.

—Vamos, Zoey. Hagámoslo y salgamos de aquí.

Extendí la mano. Presioné una pequeña marca en mi muñeca. Parecía un tatuaje. En realidad, era más como una marca de nacimiento. Todos las Parcas las tenían. Correspondía a tu linaje. Como hija de la Parca, la mía ya tenía la forma de una guadaña.

Había tocado el sello miles de veces en el inframundo. Allí, no hacía nada. Aquí en la Tierra, invocaría mi guadaña desde el éter. Puse los dedos de mi mano izquierda sobre el sello de mi muñeca derecha. Un resplandor azul surgió en forma de orbe en mi mano. Luego, el orbe se aplanó hasta convertirse en algo parecido a un cilindro. Un largo bastón creció en mi palma, extendiéndose en ambas direcciones. Llegó a una punta en cada extremo. Estaba caliente al tacto.

Y ahora venía lo mejor. Cuando la guadaña se forma, la hoja aparecía en el extremo. Este era el momento que estaba esperando. Llevaba veintiún años esperando, visualizando este mismo momento en mi mente todos los días. Algo así como las chicas humanas imaginan sus futuras bodas, supongo.

Y esperé... esperé... ¿Por qué no ocurría? La magia seguía corriendo por mi arma. Debe haber estado acumulando una carga. Después de todo, es la hoja la que aprovecha el poder para recolectar almas. Nada en los libros de texto sugería que tardara tanto.

La magia se desvaneció, asentándose en el largo bastón metálico sin guadaña que ahora sostenía. Nada.

—¿Qué demonios pasa? —pregunté.

Morty ladeó la cabeza.

—¿Y la guadaña?

—No lo sé. Debería haber funcionado. No tiene sentido...

Un timbre agudo resonó por toda la casa. La enfermera había entrado por la puerta principal y había roto mi cinta. Debía de tener llave. Una enfermera de hospicio, lo más probable.

Volví a tocar el sello de mi muñeca.

—Tiene que funcionar. Tal vez fue solo un fallo.

Nada en el largo bastón que sostenía cambió. Mi sello no hizo nada. Quizá si disipaba el bastón y volvía a intentarlo, funcionaría. Solté el bastón. Desapareció. Volví a tocar el sello. Se formó de la misma manera. La guadaña no aparecía.

—*¡Maldita sea!* —grité.

—La enfermera llegará en cualquier momento. ¡Tenemos que hacerlo ahora, Zoey! —protestó Morty, tocando el sello de su muñeca.

Cuando lo hizo, su bastón se formó en su mano, su gloriosa hoja rebosaba fuego infernal. Se parecía mucho a la espada de nuestro padre. Ornamentada, pero elegante y moderna al mismo tiempo.

Se me calentó la cara. No estaba enfadada con Morty. No era culpa suya. Pero estaba celosa, y la envidia genera rabia. Respiré hondo. Tenía que mantener la compostura.

—No entiendo, yo...

Morty me apartó con la mano contraria.

—Zoey, no tienes que hacerlo todo sola. Sé que no soy tan bueno como tú. Pero puedo ayudarte. Déjame manejar esto por ti. Averiguaremos cuál es el problema más tarde.

Suspiré, asentí y di un paso atrás.

De un solo golpe, Morty alcanzó a la mujer, atravesándole el pecho. Una luz blanca danzó sobre su espada mientras la retiraba de su costado.

—Vamos, Zoey. Tenemos que irnos.

Apreté los puños con frustración y solté mi bastón inútil. Desapareció. Luego, seguí a Morty mientras llevaba el alma de nuestro objetivo, ahora enjaezada por su guadaña, de vuelta al portal. Pasamos junto a la enfermera en el pasillo.

—Louise, soy Anna. Vengo a ver cómo estás.

Anna no recibiría respuesta. El alma de Louise estaba ahora recolectada. Era nuestra responsabilidad asegurar su transición segura al más allá. Saltamos a nuestro portal y regresamos al inframundo.

4

—No puedes decírselo a nadie —le dije a Morty mientras volvíamos—. Supongo que nos emparejarán de nuevo. Quizás, ya sabes, la próxima vez el mío funcione y el tuyo no.

Morty puso los ojos en blanco.

—No voy a decir ni una palabra. ¿Crees que lo haría?

—Y tampoco a papá —insistí.

Morty se llevó los dedos a los labios e hizo un movimiento como si los cerrara.

—Mis labios están sellados, Zoey.

Suspiré.

—Está bien. Llevemos esta alma al barquero.

Morty asintió y me siguió a través de un oscuro pasillo y por unas escaleras que conducían a la cueva donde el río Estigia fluía por el inframundo. A Caronte no le importaría ni se daría cuenta de que fue la guadaña de Morty, y no la mía, la que le entregó el alma. No estaba para nada conectado con la política de las Parcas. Probablemente ni siquiera sabía quién era yo.

A decir verdad, era la segunda vez que veía al barquero. La primera había sido un año antes, cuando participó como profesor invitado en una de mis clases. Nos había contado todo sobre su trabajo, por qué era importante cumplir un horario y entregar las almas a tiempo, blablabla. Casi me duermo. Era como si ese pequeño discurso ya lo hubiera pronunciado mil veces. Probablemente sí. Lo recitaba de memoria, con la misma cadencia con la que alguien daría un discurso con poca habilidad para hablar en público.

En la antigüedad, los muertos debían pagar a Caronte. Colocaban una moneda bajo la lengua del difunto cuando moría. Las Parcas de entonces esperaban para recoger la moneda con el alma de la persona para pagar a Caronte. Hoy en día, la mayoría de la gente no cree en Caronte, ni en el río Estigia, ni siquiera en nuestra existencia como parcas. Él seguía exigiendo el pago, por supuesto. Mi padre se encargó de satisfacerlo. Lo que Caronte hacía con el dinero humano estaba más allá de mi imaginación. Sin embargo, yo sabía cómo mi padre conseguía el dinero para pagarle.

Mi padre invertía en bolsa. Sí, Azrael frecuentaba la Bolsa de Nueva York. Cuando no estaba recolectando almas (cosa que rara vez hacía), se aseguraba de que sus cuentas en la Tierra fueran lo bastante seguras como para mantener nuestro acuerdo con Caronte. Como tal, mi padre tenía un carné de conducir del Estado de Nueva York, un número de la Seguridad Social y toda la documentación que necesitaba para gestionar las inversiones. Había asegurado lo mismo para Morty y para mí. Un día, después de que ascendiera, tendríamos que manejarlo. Claro, yo era el sucesor más probable de mi padre. Pero si éramos coherederos de la fortuna terrenal de la Parca, solo podía ser más conveniente si cada uno de nosotros podía acceder a todas las cuentas.

Mi padre guardaba un montón de billetes de cien dólares en una cajita por la que pasamos de camino al encuentro con el barquero. La abrí, saqué un billete con la cara de Benjamin Franklin y me acerqué a Caronte. Le entregué el dinero. Morty puso la mano sobre un cristal que Caronte llevaba consigo. No podía invocar su guadaña aquí, pero el alma podía pasarse al cristal nada menos.

El cristal brilló en blanco cuando el alma entró en él. Caronte nos saludó a ambos con la cabeza. Estaba a punto de volver a su bote de remos cuando se volvió y me agarró del brazo.

—Tus almas no son bienvenidas aquí.

Ladeé la cabeza.

—¿Perdón?

—No puedo llevar vuestras almas a donde deben ir.

Resoplé.

—Bueno, menos mal que Morty segó esta.

Caronte gruñó, se dio la vuelta y subió a su barca. Entrecerré los ojos mientras remaba lentamente por el río Estigia.

—¿Qué demonios fue eso? —preguntó mi hermano.

—No tengo la menor idea.

—¿Crees que sabe algo?

Sacudí la cabeza.

—Creo que ha perdido la cabeza. Una eternidad transportando almas del inframundo a la otra vida probablemente hace mella en la cordura de uno.

—Si tú lo dices —aceptó Morty dubitativo—. Pero si a lo mejor sabe por qué tu guadaña no funciona...

—No diría nada aunque lo supiera —argumenté—. Apostaría a que era la primera vez que hablaba dos palabras con una Parca, fuera de sus conferencias, en mil años.

Morty se rascó la nuca.

—Bueno, da igual. Seguro que mañana podrás recolectar. Cuando entregues un alma, si la acepta, sabremos que solo decía tonterías de un semidiós enloquecido.

Apreté los labios.

—Sí. Mañana. Ya veremos.

A nadie le pareció extraño que Morty y yo tuviéramos la

misma misión ese día. Yo era un Parca de Nivel Tres, después de todo. Morty era Nivel Uno. Era común que las Parcas de primer nivel fueran la sombra de los de segundo o tercer nivel hasta que avanzaban. Tampoco era extraño que le permitiera a Morty hacer la hazaña. Al menos, no lo habría sido si no fuera por el hecho de que también se suponía que era mi primera recolecta.

No importaba. Nadie aparte de Caronte sabía que Morty lo había hecho, no yo. Solo podía esperar que tuviera razón. Lo que pasó antes debió ser una casualidad. En todos mis estudios, nunca había leído sobre un solo Parca que no pudiera invocar una guadaña. Se suponía que era tan fácil y natural para nosotros como respirar. Para Morty, lo había sido. En la Tierra dicen que un rayo nunca cae dos veces en el mismo sitio. Estaba bastante seguro de que no era cierto. Aun así, el dicho sugería que no era probable que algo tan raro -como que yo no pudiera invocar mi guadaña- ocurriera más de una vez. Si solo se trataba de algún tipo de fallo, como un fallo de encendido o algo así, entonces las probabilidades estaban a mi favor. Sería capaz de recolectar sin incidentes la próxima vez.

Un mal presentimiento me sugería que podía ser algo más. ¿Y si me pasaba algo? ¿Y si, por ser gemelo, la capacidad de recolectar solo podía transmitirse de nuestro padre a uno de nosotros? Además, si no podía recolectar, ¿qué demonios iba a hacer conmigo? Desde luego, no podría sustituir a mi padre si no podía recolectar. Incluso si pudiera mantener esto en secreto por un tiempo, eventualmente, me enviarían a recolectar solo. Morty sería promovido al Nivel Dos. Y si volvía sin mi alma designada, si dejaba el espíritu humano vagando como un fantasma por la Tierra, *todo el mundo* lo sabría.

Las noticias vuelan en los bajos fondos. Los secretos no duraron mucho en la comunidad Parca. No era una chica conocida por rezar mucho. No diré que no hubiera Parcas que rezaran de vez en cuando. Todos éramos en parte humanos, y la creencia en lo divino venía con el territorio. Pero si alguna vez tenía que rezar, éste era el momento.

Por favor, Dios, o Diosa, o Dioses, o quien demonios seas, dame mi guadaña. Permíteme recolectar.

No me atreví a decir mi oración en voz alta. Solo la pronuncié mentalmente. ¿Funcionaría? No tenía ni idea. Si no funcionaba, prefería que me recolectaran a mí, si es que eso era posible, a seguir viviendo en el inframundo como una Parca inútil.

5

—¿**Q**ué te pasa esta noche? —preguntó Gabriel, cogiéndome de la mano mientras caminábamos por el Bulevar Gehena.

Era algo así como el centro del inframundo, donde las Parcas iban a relajarse después de un día de trabajo cosechando almas. El alcohol fluía allí como lo haría el agua de un grifo en la Tierra.

—¿Qué quieres decir? —pregunté.

Gabriel se encogió de hombros.

—Esperaba que estuvieras un poco más feliz después de tu primera alma. Lista para cerrar todos los bares.

Resoplé.

—No sé. Supongo que, después de tanta preparación...

—¿No ha sido tan emocionante como esperabas?

Suspiré.

—Esa es una forma de decirlo, sí.

Gabriel resopló.

—Tenías a una persona mayor, ¿no? O alguien que ha fallecido por causas naturales.

—Sí —admití—. Y encima me pusieron con Morty.

Gabriel se rio.

—Y por eso ningún graduado se enfrenta enfrentarse a tres marionetas en su examen final. Sí, la mayoría no lo conseguiría. Y que conste que todo el inframundo no para de hablar de lo increíble que estuviste en el coliseo. Pero la otra razón por la que nadie lo intenta es esa. Los de Nivel Tres suelen tener más responsabilidad que los de Nivel Uno.

Tenía razón. Aun así...

—No esperaba que nadie me acompañara en mi primera recolecta. Sí, soy Nivel Tres. Pero creía que me dejarían tirarme a la piscina sola antes de meterme a un novato.

Gabriel negó con la cabeza.

—Nadie sabe por qué las misiones se reparten de esa manera. Muchas veces no tienen mucho sentido.

—¿Qué sentido le buscas? —pregunté.

—Alguien de Nivel Cuatro le tendrían que dar casos más difíciles —se lamentó él—. Pero hoy ha sido la cuarta recolecta sencilla que he tenido esta semana. Cualquier Nivel Uno podría haberlo hecho sin problema.

Asentí.

—¿Quizá sea una cuestión de oferta y demanda?

—¿Oferta y demanda?

—Sí. Mi padre me lo enseña todo sobre economía en la Tierra. Es una mierda que tendré que saber para cuando me haga cargo algún día. Ya sabes, para que pueda mantener el dinero fluyendo para Caronte. —Suspiré—. Significa que los precios se ven afectados por la cantidad de oferta que hay. Si hubiera muchas muertes masivas o una Tercera Guerra Mundial, habría muchas más almas que recolectar. Ahora, sin embargo, no hay tantos casos difíciles para todos. Una vez que se reparten a las Parcas de más nivel, solo quedan los casos comunes.

—Supongo que tiene sentido —aceptó Gabriel—. Entiendo que hay que ser Nivel Veinte o superior para que te envíen a un campo de batalla, o tal vez a un genocidio. Pero uno pensaría que al menos habría un accidente de coche, un tiroteo, o algo que yo pudiera manejar. Algo que requiriera al menos un poco de esfuerzo por mi parte.

—Entonces, ¿por eso compruebas los directorios con cada misión? Y buscas el perfil de cada uno de tus objetivos.

Gabriel asintió.

—No siempre lo hacía. No durante el primer año, más o menos. Seguí el consejo que me dieron en la academia. Mejor no saber nada del objetivo. Pero me he cansado tanto de las simples recolectas que ahora tengo miedo de que, ante el menor desafío, me cojan desprevenido. Solo quiero estar preparado, Zoey. ¿Hay algo malo en ello?

—No lo creo. O sea, no es ilegal comprobar los perfiles de tus objetivos. Esos archivos están ahí por una razón. Es solo que no se recomienda a no ser que tengas un nivel alto para estar preparado para los casos más complicados.

—Bueno, no llegaremos a ese nivel hasta dentro de un siglo, por lo menos. Supongo que será mejor que lo disfrutemos mientras sea fácil. —Gabriel soltó una risita—. ¿Te has dado cuenta de que no hay muchas Parcas de alto nivel que frecuenten los bares?

Sonreí.

—Bueno, si supieras que vas a ir a la batalla todos los días, probablemente tampoco querrías emborracharte la noche anterior.

—Tienes razón, pero me pregunto si es algo más que eso. Estábamos tan ansiosos cuando nos graduamos... Pero siempre están los que se cansan de esta vida.

Apreté los labios.

—¿Como mi padre, quieres decir?

—Exacto.

Gabriel me llevó de la mano a uno de los bares. Estaba atendido por una Parca que se mantenía en el Nivel Cinco desde que yo tenía memoria. Todas las Parcas se estancaban en algún momento. Alcanzaban su potencial y eso era todo.

Harley era una de ellas. Un tipo encantador. Tenía el pelo largo y negro, con canas en las sienes. Las Parcas no envejecen al mismo ritmo que la mayoría de los humanos. Llegamos a la flor de la vida y nos quedamos ahí. Supongo que Harley podría haber envejecido antes de tiempo, pero, aun así, estaba casi segura de que llevaba recolectando al menos un siglo.

Sonrió cuando nos vio. La mayoría de la gente lo hacía. Ser la hija de Azrael significaba que la gente siempre estaba ansiosa por causar una impresión. Era agradable, hasta cierto punto. No tenía que lidiar con gente desagradable, pero al final siempre dudaba de su sinceridad al hablar conmigo.

—Venías a celebrar, ¿verdad? —anunció Harley.

Sonreí aun mordiéndome la lengua.

—Eso parece.

—Tomaremos lo de siempre —le dijo Gabriel.

Lo de siempre era un Martini. Lo sé, no es para todos, pero en los últimos meses le había cogido el gusto. La primera vez que me pidió uno, le escupí el primer sorbo en la cara. En nuestra segunda cita. Estaba muy avergonzada. Pero él se portó muy bien conmigo. Era de esperar, dijo, ya que nunca lo había probado. Me aconsejó que bebiera sorbos más pequeños y fue mejor. Antes de darme cuenta, estaba saboreando mi vaso. Como mucho, pedía un segundo. Nunca un tercero. Por muy despacio que lo bebiera, rara vez sentía más que un leve zumbido en la sien.

El alcohol solo afectaba a la mitad de la constitución de una Parca: la mitad humana. La otra parte de nosotros, la semidivina, era inmune. Así que, aunque podíamos darnos el gusto de cócteles cada vez que queríamos, hacía falta mucho para que cualquiera de nosotros se emborrachara. No voy a decir que nunca sucede. Ocurre. Pero con mucha menos frecuencia que en la Tierra.

Bebí un sorbo más largo de lo habitual. Todavía estaba angustiada. Además, todo el mundo nos prestaba atención. Aunque ya estaba acostumbrada, la gente al menos intentaba fingir que no miraba. En esta ocasión, sin embargo, la gente no disimulaba en absoluto.

Y sabía por qué. Me habían visto en mi examen y sabían que hoy iba a ser mi primera recolecta. Sentían curiosidad por saber cómo había ido. Sin embargo, me aterraba. Parecía como si cada persona supiera lo que había pasado, que sus miradas no eran de admiración, ni siquiera de curiosidad, sino de lástima.

«Pobre chica», me imaginé que se decían a sí mismos. «Tenía tanto potencial...».

Bebí otro gran sorbo de mi copa de Martini, saqué la aceituna del palillo con forma de espada que la sujetaba en el fondo de la copa y me la metí en la boca.

—Algo te preocupa, Zoey. Creo que es algo más que estar decepcionada por tu primera cosecha.

Resoplé.

—Estaré bien, Gabriel.

—Puedes hablar conmigo, ya lo sabes.

Respiré hondo y solté el aire despacio.

—Esta vez no. Lo siento.

—Entonces tengo razón, algo va mal. —Gabriel ladeó la cabeza hacia la derecha.

—Ya te he dicho que no puedo hablar de ello. Si pudiera, lo haría. —Me mordí el interior de la mejilla—. Quizá lo haga. Dependiendo de cómo se desarrollen las cosas.

—Tu hermano terminó el trabajo —adivinó él—. Es eso, ¿verdad?

Me di la vuelta y le miré mientras daba otro sorbo a mi vaso.

—Déjalo ya, Gabriel. Lo digo en serio. No quiero hablar de ello.

—No es para tanto, Zoey —me aseguró—. Muchas veces, cuando una Parca acompaña a otra, la de mayor nivel le ofrece terminar el trabajo.

Apreté el puño.

—Gabriel, voy a decir esto una vez. Después de eso... bueno, no sé qué coño haré, pero nuestra noche habrá terminado. ¿Lo entiendes?

Asintió.

—Por supuesto, Zoey.

—Hay mucho más que eso. Y ahora mismo, no hay nada que pueda hacer y nada que puedas decir que me haga sentir mejor. Déjalo de una puta vez.

Gabriel se inclinó y me besó en la mejilla.

—¿Qué te parece si salimos de aquí?

Asentí con la cabeza, engullí el resto de mi Martini y dejé el vaso sobre la barra.

—¿A mi casa o a la tuya?

Gabriel levantó una ceja.

—Si nos viera tu padre...

—Probablemente te mataría. —Me reí—. Ya sabes, si pudiera. Muy bien, llévame a tu dormitorio.

6

Yo no estaba de humor para pasar la noche en casa de Gabriel. Así que opté por follar y largar. Coger y correr. Pillar y caminar. Llámalo como quieras. Por lo general no era mi estilo, aunque estar con él me hizo sentir un poco mejor. Por unos momentos, el orgasmo me hizo olvidar mi propia frustración

Gabriel no tenía estas comidas de cabeza. Duró cinco minutos, como mucho. Yo no estaba satisfecha, pero tampoco estaba de humor para quedarme tumbada esperando a que se le levantara otra vez.

Creo que herí un poco sus sentimientos cuando me vestí y lo besé antes de salir corriendo. No era la primera vez que lo hacía, pero me sentí un poco mal. Aunque Gabriel sabía que estaba enfadada, si supiera *por qué,* lo entendería. Pero ¿seguiría interesado en mí?

Si no podía recolectar, ¿quién diablos era yo? Era lo que siempre había querido. Era para lo que había pasado toda mi vida preparándome. Si me quitaban esa alfombra, no podría mantenerme en pie. Cosechar era mi mundo. No solo mi meta o mi sueño, sino mi futuro. No era solo mi estatus como princesa, como la Parca en espera, lo que estaba en peligro. Era toda mi identidad. Todo lo que me hacía ser *yo*.

Sabía que no podría dormir. Volví al centro. No, no estaba buscando otro ligue. No engañaría a Gabriel, aunque tendría muchas oportunidades si quisiera, pero jamás le haría eso. Aunque no puedo decir que lo quería. Siempre sospeché que estaba más interesado en mí que yo en él. Pero me trataba bien, era amable, disfrutaba de su compañía.

Siempre imaginé que mis sentimientos por él irían en aumento. Hasta ahora, el tiempo era algo de lo que creía que disponíamos. Y él era un buen partido. Guapo, sensible y apasionado. ¿Qué más podría querer una chica? Claro, no hacía que mi corazón diera un vuelco cuando estábamos juntos. Pero ¿de verdad necesitaba tener problemas cardíacos? Tenía que creer que, si podía amar a alguien, acabaría amando a Gabriel, así que me quedé con él.

Así que no, no buscaba un rollo de una noche. No lo necesitaba y tampoco lo quería. Pero me vendría bien otro Martini. Harley estaba más que dispuesto a complacerme.

—¿Por qué tengo la sensación de que no estás tan contenta como deberías? —preguntó Harley, deslizando mi Martini por la barra hacia mí.

—Métete en tus asuntos. —Me arrepentí de mi tono en cuanto las palabras salieron de mi boca—. Lo siento, Harley.

No era una zorra. No de forma habitual, pero todo el mundo tiene derecho a un poco de mala leche de vez en cuando. Aunque tenía mis razones, no era culpa de Harley. No había nadie a quien pudiera culpar por lo que pasó. Ni siquiera podía culparme a mí misma. En realidad, no. Lo había hecho todo bien. Había trabajado más duro que todos los demás en la academia. Había cumplido las altas expectativas puestas en mí y las había superado en todo momento.

No, no fue culpa mía. Pero eso me enfureció aún más. Si podía señalar un error que había cometido, un problema en mi proceso que me había llevado a este fracaso al menos sabría qué podía corregir. Tal vez fue solo una casualidad como Morty había sugerido. No creí ni por un segundo que fuera así. De ahí la mala leche.

—Hola, princesa —me saludó un tipo fornido al tomar asiento a mi lado. Ni idea de cómo se llamaba, pero le había visto antes. Cada noche se llevaba a una chica diferente. Y yo no iba a ser su ligue.

—Hola, gilipollas —le contesté.

El hombre sonrió.

—Me han llamado cosas peores.

Tomé un sorbo de mi Martini y me quemé la garganta.

—Seguro que sí.

—Bonito culo, por cierto.

—Eso me han dicho. —Me reí entre dientes—. ¿Es la mejor frase para ligar que tienes?

—La verdad es que no. Yo solo necesito preguntar «Ey, ¿quieres follar?» Pero tú eres la princesa. Pensé en mostrarte algo de respeto.

Alcé una ceja.

—¿Rindiendo homenaje a mi culo real?

—Se me ocurren formas menos agradables de pasar una tarde.

Sonreí de forma burlona.

—No podrías manejar esto.

—Oye, Leeroy —dijo Harley—. Muestra un poco de clase. Deja a Zoey en paz.

Alcé la mano.

—Gracias, Harley. Pero yo me encargo. —Me puse de pie—. Leeroy, enséñame lo que sabes.

—¿Qué dices, princesa? —Leeroy se levantó—. ¿Quieres salir de aquí y desahogarnos un poco juntos?

Me reí. Luego le di un puñetazo en la cara y él cayó al suelo.

Un coro de vítores surgió del resto de la gente del bar.

Imaginé que no era la primera chica del bar de Harley que quería hincharle de hostias hasta que no pudiera moverse.

Me giré para irme y miré por encima del hombro a Leeroy en el suelo, frotándose los ojos.

—Ya que te gusta tanto mi culo, disfruta de la vista cuando me vaya.

Era lo más satisfactorio que había hecho en todo el día.

7

Me alegré de que Leeroy se hubiera metido conmigo la noche anterior. Si no lo hubiera hecho, probablemente me habría emborrachado hasta quedar inconsciente. A mi modo de ver, el gilipollas me había ahorrado un dolor de cabeza esta mañana. No podía estar segura de que él no tuviera otra mano aplastándole el cerebro. Al menos se llevó su merecido.

Me apresuré a echar un vistazo a las publicaciones diarias, ansiosa por ver cuál sería mi próxima alma.

Morty ya estaba esperándome.

—Parece que hoy estamos juntos otra vez, hermanita.

Suspiré y pasé junto a mi hermano para comprobar yo misma el listado. Y así era, los hermanos Grimm vuelven a la carga.

—De acuerdo. —Asentí con la cabeza—. Esperemos que la recolecta de hoy vaya mejor.

—Seguro que irá bien.

Le sonreí y nos acercamos al portal. Marqué el código y salimos.

Esta vez aparecimos en un hospital, justo fuera de la habitación de nuestro objetivo. Nadie más nos vería, por supuesto. Llevábamos el atuendo adecuado.

Me quedé mirando el mismo maldito bastón sin guadaña que había invocado el día anterior.

—¡Por el jodido inframundo, funciona de una vez!

Morty suspiró, luego invocó su guadaña y terminó el trabajo.

Lo mismo ocurrió durante los tres días siguientes. Morty y yo recibimos las mismas tareas. Mi guadaña no apareció en ningún momento. Mi frustración crecía con cada fracaso. Los palos puntiagudos no recolectan almas.

—Creo que deberíamos decírselo a papá —sugirió Morty.

Esperaba no llegar a eso.

—No lo sé. Tengo miedo de lo que dirá.

—Puede que tenga una respuesta, Zoey —insistió él—. No podemos seguir así para siempre. En algún momento, saldrá a la luz. Es mejor que papá lo sepa antes.

Asentí.

—Supongo que tienes razón. Maldita sea. Si funcionase una vez, solo una.

—Lo hemos intentado todo, Zoey. No creo que este problema se arregle así como así.

No pude evitar mostrarme escéptica.

—Solo estás tratando de convertirte en el favorito para heredar su puesto.

Morty me miró sin comprender.

—Eso no tiene nada que ver con esto. Sé que debes estar molesta, pero tampoco es culpa mía.

Cerré los ojos un segundo y me recompuse.

—Lo sé. Lo sé. Tienes razón, lo siento. Solo estoy frustrada.

—Y es comprensible. Si te sirve de algo, ojalá me pasara a mí en tu lugar. Te mereces ser la heredera de papá, no yo. Siempre has sido la mejor de los dos.

—Sí, claro —resoplé—. No puedo ser mejor que tú si ni siquiera saco mi guadaña.

—Sabes lo que quiero decir. Te lo has ganado. Yo he aprobado por los pelos en cada curso. Y te recuerdo que tú eres Nivel Tres y yo solo Nivel Uno.

Sacudí la cabeza.

—Seré un Nivel Cero en cuanto papá sepa que no puedo ni invocar mi guadaña.

Morty negó con la cabeza.

—No saques conclusiones precipitadas, Zoey. Sabes que papá tiene puestas sus esperanzas en ti tanto como cualquiera. Si hay una forma de arreglar esto, lo hará.

Por mucho que odiara admitirlo, mi hermano tenía razón. Si dejábamos que esto continuara y no se lo contábamos a papá, sería una vergüenza para todos. Había que hacer algo, y mi padre era el único que podía saber lo que me pasaba.

Mi padre no era una persona cruel, a pesar de su reputación. En el fondo, era un padre amable y bastante noble. Estaba demasiado concentrado en su trabajo, por supuesto, pero era la Parca Grim, y la transición de cada alma humana a la otra vida era su responsabilidad. Era comprensible que se ausentara mucho durante nuestra infancia. No podía tomarse una semana libre para llevarnos a Disneyland.

Sin embargo, a pesar de que nunca había tenido queja con él, me molestaba no nos contara nada de nuestra madre. Que yo supiera, la última vez que nos había visto fue cuando nacimos. No hablaba de ella *nunca*. No sabía si era porque no le importaba o porque hablar de ella le resultaba demasiado doloroso.

Para él y para nosotros.

Pero era humana. No podía venir al inframundo, aunque hubiera querido. Aun así, sobre todo cuando éramos jóvenes y no habíamos empezado a entrenar como Parcas, habría estado bien pasar algún fin de semana con mamá. No se me ocurría una buena razón para que nos privara de eso.

Crecimos en su castillo en el corazón del inframundo. En su mayor parte, la ciudad se había mantenido al día. Al contrario de lo que pensaba la gente, no vivíamos en un mundo oscuro y primitivo. O sea, claro, estaba oscuro cuando las luces estaban apagadas. No teníamos el sol brillando en lo alto. Pero teníamos la mayoría de las comodidades que tenían en la Tierra.

A lo largo de los años, las Parcas se habían encargado de que nuestro mundo se pareciera mucho a la sociedad terrestre. Era mejor así. No solo porque nos hacía la vida más agradable en el inframundo, sino porque si estábamos acostumbrados a las diferentes tecnologías y a los diversos entresijos del desarrollo humano, estaríamos mejor equipados para hacer frente a cualquier desafío que tuviéramos que afrontar mientras segábamos.

Así que teníamos Gehena Boulevard, teníamos bares y casinos. Incluso teníamos acceso a la mayoría de las películas y programas de televisión que se emitían en la Tierra. Claro, íbamos unos meses por detrás en cuanto a nuevos estrenos, pero al final lo conseguíamos casi todo. Las Parcas de nivel superior se encargaban de ello. Al igual que mi padre dedicaba gran parte de su energía a comprar y vender acciones, otros dedicaban su tiempo extra a adquirir nuevas tecnologías, películas, música y cosas por el estilo, cuando no estaban cosechando almas.

Lo único que no teníamos en el inframundo era Internet. Por desgracia, las señales no llegan a través de portales transdimensionales. Aunque creáramos algo parecido, no sería el mismo. Sería una imitación de mala calidad sin casi tanto contenido como la auténtica.

Morty y yo nos dirigimos al despacho de nuestro padre. Era donde pasaba la mayor parte del tiempo. Incluso tenía su propio portal allí, conectado directamente a la Tierra. No usaba el mismo que el resto de nosotros. Si tenía algo importante que hacer, no iba a esperar en la cola mientras los Parcas salían a recoger sus cosechas diarias.

Para llegar a su despacho, tuvimos que subir una larga escalera de caracol de piedra hasta lo alto de una de las agujas del castillo. No fue tan terrible como parece. Eran unos cien escalones, más o menos, que la mayoría de la gente puede subir en cuestión de minutos. Por supuesto, no era una subida placentera. Más de una vez, cuando éramos niños, papá nos dejó a Morty y a mí a nuestra suerte mientras él trabajaba todo el día haciendo lo que sea que la Parca hace en su oficina cuando no está viajando entre mundos. ¿Quieres un bocadillo? Tendríamos que conseguirlo nosotros mismos. ¿No podíamos alcanzar el estante de arriba? Había que sopesar nuestras opciones. Rendirnos o ir a buscar a papá. La mayoría de las veces, él nos despachaba de malos modos. Decía que estaba ocupado o, más probablemente, que no quería subir él mismo.

Cuando llegamos al final de las escaleras, llamé a su puerta.

Un coro de ladridos me dio la bienvenida. El sonido de las garras arañando la puerta indicaba que nuestra entrada no estaría libre de obstáculos. Suspiré.

—Solo es Cerbero.

—¡Maldito perro! —exclamó Morty—. Menudo grano en el culo.

Resoplé. No me malinterpretes. Cerbero era un perro juguetón. Pero con tres cabezas, eso significaba el triple de ladridos, el triple de cacas que limpiar y el triple de bocas que alimentar. No importaba lo lleno que estuviera, su estómago tardaba al menos treinta minutos en decirle a cada uno de sus cerebros que estaba lleno. Así que tenía... sobrepeso.

—Pasad —llamó mi padre, con voz apenas audible por encima de los ladridos.

Nada más abrir la puerta, Cerbero saltó sobre mis piernas.

No me gustaba sentir sus garras mal recortadas sobre mis muslos.

—¡Abajo! ¡Te he dicho abajo!

Morty se echó a reír. Luego se detuvo porque Cerbero tomó sus risitas como una invitación. Las tres cabezas se lanzaron hacia Morty.

—¡Ay! ¡Mis huevos! —gritó—. ¡Para ya!

Mi padre levantó la vista de su escritorio. Había estado leyendo un libro viejo. No tenía nada de extraño. Había reunido una buena biblioteca a lo largo de los años. Dejó el libro a un lado y se levantó del escritorio.

—Cerbero, quieto.

El perro dejó de saltar sobre Morty y se sentó. Mi padre se acercó a él con una única golosina partida en tres trozos y le dio uno a cada cabeza de Cerbero.

—No puedes decir «abajo», Zoey. Con esa orden solo se tumba. Tienes que decir «quieto».

—Lo tendré en cuenta para la próxima.

Cerbero se acurrucó en su cama, en un rincón del despacho, y cada una de sus tres cabezas agarró un juguete chirriante. Podría haber sido la sinfonía más molesta de la historia del inframundo.

Mi padre parecía ajeno al escándalo.

Cerbero resopló tres veces. Mi padre levantó la mano. El perro bajó las cabezas y volvió a morder sus juguetes.

Papá llevaba un pijama de franela y zapatillas. Sé que es la Parca. Probablemente esperabas una capa negra todo el tiempo. Bueno, ¿los reyes usan sus coronas en su habitación? Claro que no. Pero la gente tiende a pensar en ellos de esa manera. Las Parcas, y especialmente *la* Parca, no eran unos estereotipos andantes. Mi padre no era tan diferente de los demás en el inframundo. Llevaba su capa cuando iba a la Tierra por las mismas razones que el resto de nosotros. Pero cuando estaba en casa iba en chándal o pijama. A veces, se quedaba en calzoncillos ajustados y se envolvía en un albornoz de terciopelo si íbamos de visita. Papá trabajaba en casa la mayor parte del tiempo. No necesitaba ponerse un frac para eso.

Papá abrió los brazos para recibirnos. Por suerte, llevaba puesto el pijama de franela y no los calzoncillos.

Puede que mi hermano y yo fuéramos las dos únicas criaturas del universo que recibían con agrado un abrazo de la Parca. Mi padre solía estar más ocupado que cualquier padre soltero. No estaba con nosotros tanto como me hubiera gustado. Pero *nunca* dudé de que me quería. Morty no estaba tan seguro. Según mi hermano, yo había sido la favorita desde el primer momento. Sospechaba que eso estaba a punto de cambiar en cuanto le contáramos lo que pasaba.

—¿Cómo os ha ido? —preguntó mi padre—. Veo que habéis estado cosechando juntos. ¿Quién lo iba a decir?

—Bueno, no hemos perdido ninguna alma —respondí.

Mi padre sonrió.

—Nunca esperé que lo hicieras. ¿Y tú, Morty? ¿Has podido cosechar alguna de las almas tú mismo?

Morty asintió.

—Todas.

Mi padre ladeó la cabeza, luego me miró, con el ceño fruncido.

—¿Vas a dejar que tu hermano haga todo el trabajo?

Suspiré.

—No lo estoy dejando, papá. Tengo un problema.

Mi padre se sentó en el borde de su escritorio, con las zapatillas de cuadros colgando de los pies.

—Cuéntame.

Respiré hondo.

—No puedo invocar mi guadaña.

Me miró con el ceño fruncido, confundido.

—¿Qué quieres decir con que no puedes invocarla?

—Aparece el mango —le expliqué—. Pero eso es todo. No hay hoja. No puedo cosechar ninguna alma.

Mi padre se rascó la cabeza.

—Eso no tiene ningún sentido. Si no puedes invocar tu guadaña, por la razón que sea, no deberías crear nada en absoluto.

Sacudí la cabeza.

—No sé qué decir. Eso es lo que pasa.

Mi padre se pellizcó la barbilla, luego miró a Morty, entrecerrando los ojos.

—¿Esto es cosa tuya?

—¡No! —exclamó Morty—. ¿En serio crees que estoy saboteando a Zoey? De hecho, ¿crees que sería capaz de hacerlo, aunque quisiera?

—Supongo que no. —Mi padre suspiró—. ¿Alguien más lo sabe?

—No se lo hemos dicho a nadie. —Sacudí la cabeza—. Bueno, supongo que el barquero sospechará algo.

Mi padre se dejó de toquetearse la barbilla. Mala señal.

—No dirá nada. No le importa, solo quiere que le paguen a tiempo.

—Entonces, ¿no sabes por qué está pasando esto? —pregunté.

Mi padre negó con la cabeza.

—No con seguridad. Pero tal vez, como sois gemelos, no podéis invocar la guadaña juntos. Si cosecharas sola, los resultados podrían ser diferentes.

—Pero papá —protestó mi hermano—, eso no explica por qué mi espada podía invocarse siempre y la suya no. Como, ¿por qué iba a ser ella la que tuviera el problema cada vez?

—Es una buena pregunta, hijo. Sobre todo, porque tiene dos niveles más que tú. La verdad es que no tengo ni idea. Desde que soy la Parca, no ha habido un solo heredero que haya sido gemelo. No hay ningún precedente que explique por qué está sucediendo esto.

—Pero habrá alguna manera de arreglarlo, ¿no? —pregunté.

—Puede que lo haya. —Mi padre se deslizó por el borde del escritorio y cogió su capa del perchero de la esquina—. Ya tengo el horario de mañana. Está previsto que volváis a trabajar juntos, pero lo modificaré antes de que se publique.

—¿Lo modificas? —me interesé—. ¿Puedes hacer eso?

Mi padre sonrió.

—En la academia no te dicen de dónde viene la lista. Eso es a propósito. Solo yo lo sé. Cuando ocupes mi puesto, Zoey, te contaré la verdad. Hasta entonces, confía en mí. No puedo alterar los objetivos, pero sé alterar un poco las asignaciones.

Entrecerré los ojos.

—Tenía la impresión de que las asignaciones venían de arriba. Ya sabes, alguien en el reino celestial, decidiendo quién cosechaba a quién.

—Para nada, cielo. —Mi padre se rio—. Los nombres vienen de más allá del inframundo. No podemos cambiar quién es el objetivo. Pero es y siempre ha sido responsabilidad de la Parca hacer las asignaciones.

—¿Eso no lleva un rato? —preguntó Morty—. Muere mucha gente cada día.

Mi padre sonrió, apoyó la capa en el respaldo de la silla y sacó una pequeña tableta del cajón. Pulsó un botón y la encendió.

—No tenemos muchos de estos en el barrio —nos explicó—. Sin Internet, los dispositivos están muy limitados. Sin embargo, este me ayuda con mi trabajo.

Alcé las cejas.

—¿Qué es esto?

—Un programa. —Pulsó la pantalla y nos lo enseñó—. El algoritmo analiza las fortalezas, debilidades y el rango de todos las Parcas, junto con la dificultad de los distintos objetivos y hace las asignaciones.

—Entonces, ¿este algoritmo nos pone a Zoey y a mí juntos todos los días? —se extrañó Morty.

Mi padre asintió.

—Por alguna razón, sí. No puedo decir por qué. Yo no escribí el programa, pero el algoritmo parece complejo.

—¿Quién lo hizo? —pregunté.

—Un programador humano. —Mi padre volvió a reír—. Los celestiales le contrataron en mi nombre. Completó el programa a cambio de cinco años más de vida.

—Y estos celestiales son... ¿ángeles?

Mi padre se le iluminó la cara.

—Para algunos, eso es lo que son. Aunque se les conoce por muchos nombres.

—¿Y puedes contactar con ellos? —pregunté.

—Hay muchas lecciones que debes aprender antes de heredar mi posición, Zoey.

Morty resopló. Sabía que yo tenía todos los papeles para ser su heredera. Eso no significaba que le gustara. Sobre todo ahora, supuse, ya que mi condición de futura Parca estaba en entredicho. Que mi padre no lo reconociera era al mismo tiempo alentador, pero entendía que a Morty le pareciera deprimente.

Aun así, todos sabíamos que, si no podíamos resolver este problema, entonces Morty debía coger las riendas. Si ese era el caso, bueno, probablemente pasaría un tiempo antes de que estuviera listo. Podría retrasar las esperanzas de mi padre de ascender varios años dependiendo de lo que tardara mi hermano en subir de rango.

—Entonces, ¿cuál es tu plan?

Mi padre dio unos golpecitos en su tableta.

—Imprimiré la lista de mañana en unas horas. Zoey, te acompañaré mañana en lugar de Morty.

Mi hermano ladeó la cabeza. Luego sus ojos se abrieron de par en par.

—¿Eso significa que podré ir solo?

—Lo siento, hijo, pero no. —Mi padre negó con la cabeza—. Tienes que seguir a alguien si sales. ¿Qué te parece un día libre?

Morty entrecerró los ojos.

—¡No! No quiero un día libre, papá. Quiero cosechar.

—¿Qué tal si acompañas a Gabriel? —pregunté—. Morty podría seguirle mañana.

—¿Gabriel Graves? ¿Tu novio?

—Sí. —Asentí—. Me ha dicho que se estaba aburriendo un poco con sus tareas.

Hojeó la lista en su tableta. Supuse que eran las tareas del día siguiente.

—Muy bien. Aunque debo decir que su objetivo de mañana puede ser más difícil que los que ha enfrentado hasta ahora.

—¿Qué quieres decir? —le pregunté.

Mi padre se encogió de hombros.

—No importa. Morty, cuida tus modales y mantén las distancias. Gabriel Graves es una Parca consumada, le falta muy poco para avanzar al siguiente nivel. Esta es una oportunidad para que aprendas.

—¿Cuál es nuestra misión, entonces? —preguntó.

—Pronto lo sabrás. Es mejor no prepararse demasiado, hijo. —Sonrió de manera tranquilizadora—. Solo diré que no me sorprendería que esta alma en particular diera mucha guerra.

—¿Y yo qué?

—Yo te acompañaré, Zoey. De nuevo, no puedo decirte mucho sobre el objetivo. Pero sé que serás capaz de manejarlo. Si esto funciona, me aseguraré de que a ti y a Morty se os den misiones diferentes de aquí en adelante.

8

Si yo hubiera sido cualquier otra Parca, me habría puesto muy nerviosa ir a una misión con el jefe. No conocía a nadie por debajo del nivel veinte que hubiera seguido a mi padre. El hecho de que fuera a una cosecha conmigo provocará más rumores de lo normal. Pensarían que era enchufismo. Si no pensaban que fuera nepotismo, podían empezar a preguntarse si la ascensión de mi padre se produciría antes de lo previsto. En cualquier caso, daría que hablar en todo el inframundo.

Como sea. Era un trato puntual, y como todos sabían que yo iba a ocupar su lugar algún día, se esperaba que le hiciera sombra en algún momento. Valdría la pena si esto funcionara. Y si no funcionara, habría problemas mayores que tendríamos que superar que los cotilleos.

—Yo solo estoy aquí para mirar.

Asentí.

—Gracias, papá.

Me acerqué al dial e introduje el código de mi misión. Entramos en el portal y salimos a un avión. Las máscaras de oxígeno ya estaban desplegadas. El agudo chirrido del motor del avión era ensordecedor. Una fuerte explosión casi me hace perder el equilibrio.

—¿Un accidente de avión?

Él estaba mucho más serio de lo que pensaba.

—Tenemos que cosecharlos todos.

—No hay supervivientes —suspiré.

—Algunos de ellos no estarán preparados para seguir adelante. Así que prepárate, Zoey.

—¿Si no hubieras venido, esto habría sido *mi* responsabilidad? —Enarqué una ceja—. ¿Mía y de Morty?

—Eres más que capaz, Zoey. —Mi padre asintió—. Tienes todo el entrenamiento que necesitas.

Me agarré a la parte superior de uno de los asientos. Nadie podía vernos. Como Parca, la fuerza de gravedad del avión torpedeando hacia la superficie no me afectó. Al menos no de forma directa, la verdad era que a esta velocidad me desorientaba. Me dio una sensación de vértigo. Miré a mi padre, que permanecía despreocupado en medio del pasillo, imperturbable ante la experiencia. Imaginé que no era su primer accidente aéreo. Había pasado por cosas peores.

El avión chocó con el mar, el agua salpicó a nuestro alrededor y estalló en llamas. Podía sentir el calor. Podía oler el combustible quemado mezclado con el olor corrosivo de los cuerpos.

—Esto será más fácil si puedes terminar el trabajo antes de que el avión se hunda —me instó mi padre.

Extendí la mano y presioné el sello de mi brazo. Mi bastón se formó en mi mano. De nuevo, sin hoja.

—¡Joder! —grité.

—Úsala como una guadaña —me instruyó mi padre—. Intenta cosecharla.

Gruñí. No sabía cómo seguía tan tranquilo. ¿De verdad mi guadaña solo parecía un bastón? Tal vez aún tenía el poder de cosechar almas. Si era así, tenía la peor guadaña de la historia de los Parcas. Valía la pena intentarlo.

Clavé el extremo de mi bastón en el pecho ardiente de alguien. La sangre brotó de la herida como si le hubiera perforado las costillas.

Sacudí la cabeza.

—¡No funciona!

Miré hacia arriba. Decenas de almas se elevaban de sus cuerpos, mezcladas con el espeso humo que llenaba la cabina del avión. Cargué contra una de ellas y lancé mi bastón. La atravesó sin ningún efecto.

—Quiero que pruebes algo —empezó mi padre.

—¡Sí, lo que sea!

—Pellizca a uno de los hombres con la punta de tu bastón.

—¿Pellizcarle? —Ladeé la cabeza.

—Esto no te lo enseñan en la academia. Cuando un alma huye, si puedes acumular un poco del ADN de tu objetivo en tu bastón. Un poco de piel, algo de pelo, incluso sudor. Así puedes usarlo para apuntar a su alma. Te ayudará a localizarlos.

Me mordí el interior de la mejilla y me acerqué a uno de los hombres. Llevaba traje y corbata y la mascarilla de oxígeno pegada a la cara. Puse la punta afilada de mi bastón en la mejilla del hombre y le arañé. Ya estaba aterrorizado y gritaba. Dudaba que se hubiera dado cuenta del arañazo.

—Ahora apunta con tu bastón al hombre —me indicó mi padre.

Retrocedí dos pasos y apunté con el extremo afilado de mi bastón al hombre. Un resplandor azul se posó en la punta.

—Bien. Ahora gira a tu derecha.

Me giré, apuntando con mi bastón lejos del hombre. El brillo se desvaneció. Lo dirigí de nuevo hacia él y volvió a brillar.

—Tu bastón no está muerto —me dijo mi padre—. Todavía puedes rastrear almas.

—¡Menos mal! —exclamé—. ¿Eso significa que puedo invocar mi espada?

—Intenta golpear al hombre. Tal vez la hoja aparezca ahora que está sintonizada con su alma.

Golpeé al hombre con mi bastón. Golpeé su pecho con más fuerza. No había hoja.

—¡Maldita sea! —gritó mi padre—. ¡Hazte a un lado!

Me aparté de su camino en cuanto se puso a mi lado e invocó su guadaña. Amplió su postura y blandió su espada a través del cuerpo del hombre de negocios, recogiendo su alma. Entonces, volvió a girarse. Me aparté, captando la indirecta, mientras él giraba como un tornado, atrapando un alma tras otra con su gloriosa hoja. Nunca había visto a mi padre segar. Si no hubiera estado tan conmocionada por mi fracaso, me habría quedado pasmada. Se movía con la gracia de una bailarina por la cabina, atrapando un alma tras otra hasta terminar el trabajo.

—Es hora de irnos —dijo.

—¡Pero no ha funcionado! Mi guadaña...

—Zoey. No hagas que lo repita.

Sacudí la cabeza y seguí a mi padre de vuelta a través del portal. Arrastré los pies mientras nos acercábamos al barquero y mi padre le entregaba las almas.

Nos quedamos un momento mirando cómo el barquero las transportaba hasta sus respectivos destinos eternos. Mi padre respiró hondo.

—Ven conmigo.

Sin palabras de consuelo. Sin explicaciones. Fue directo y al grano. El rostro de mi padre estaba inexpresivo. Para ser un hombre que siempre me había mostrado tanto amor, ya no había nada. Me había esforzado tanto por impresionarle, por impresionar a todo el mundo. Ahora, lo había defraudado. A él y a todo el inframundo.

Volvimos a su oficina. No me dijo ni una palabra en todo el

camino. No mientras navegábamos por el inframundo hasta su castillo. Ni cuando subimos las escaleras y entramos en su despacho.

Cerbero empezó a ladrar. Las tres cabezas. Sonaba como un refugio de animales. Si ese perro decidía saltar sobre mí, probablemente perdería la cabeza. Mi padre cerró la puerta de su despacho. Luego levantó la mano y Cerbero se arrastró obedientemente hasta su cama.

—Por favor, siéntate, Zoey.

Se me llenaron los ojos de lágrimas cuando me senté en una pequeña silla de cuero de cuatro patas junto al escritorio de mi padre. Se suponía que era la fuerte. Debía mantenerme firme.

—Lo siento, papá. No sé qué me pasa.

—Esto no es culpa tuya, Zoey.

—¡Pero no puedo cosechar!

—No, no puedes —Mi padre negó con la cabeza—. Pero eso no significa que no puedas trabajar con nosotros.

—¿Cómo diablos voy a valer algo si no puedo cosechar?

—Tu hermano necesita tu ayuda —respondió—. Él es quien tendrá que sustituirme. Pero apenas está capacitado para el trabajo.

Sacudí la cabeza.

—No puedo vivir el resto de mi existencia como su tutor, papá.

—¿Qué otra cosa podrías hacer?

—¡No lo sé! —grité.

—Esto debe de ser difícil aceptar, Zoey. Y créeme cuando te digo que es tan duro para mí como lo es para ti. Pero no heredaste mi don.

—Yo soy la que tiene tu habilidad. Yo fui la que superó mi entrenamiento, la que pasó su examen en el Nivel Tres. ¡No Morty!

Suspiró.

—No eres Nivel Tres, Zoey. No eres una Parca.

—¡Me lo he ganado! Esto no es justo.

—Tienes razón. No es justo. —Negó con la cabeza—. Pero esta es la mano que el destino ha repartido.

Resoplé, sin saber cómo enfrentarme a esta noticia.

—No puedo vivir aquí. Es que no puedo. Si no puedo cosechar, ¿por qué no me envías de vuelta con mi madre?

—No sé dónde está. —Mi padre ladeó la cabeza—. Esa no es una opción, Zoey.

—¿Por qué? —pregunté, cada vez más segura de que esa era mi única opción—. Mira, no puedo soportar enfrentarme a todo el mundo aquí, especialmente cuando sepan la verdad. Todos me verán como un bicho raro.

—No eres un bicho raro, Zoey. Simplemente no eres una Parca.

—¡Quién vive rodeada de putas Parcas, papá!

—Cuidado, Zoey. Sé que esto es muy difícil para ti, pero no hay necesidad de maldecir.

Me mordí la lengua. Era la única forma de evitar responder sin soltar un torrente de palabrotas.

—Envíame de vuelta a la Tierra.

Mi padre suspiró.

—Tampoco encajarás allí, Zoey. Mejor quédate aquí, donde aún puedes ser útil. En un mundo que conozcas. Y Morty...

—Sí, me necesita. ¿Por qué es *mi* responsabilidad? Hay otros Parcas a los que puede seguir. Déjalo con Gabriel, con él aprenderá lo suficiente. Tal vez una vez que me haya ido, dará un paso adelante. Dale una oportunidad, papá. Es mejor de lo que crees.

—Hace lo mínimo para sobrevivir. Es un vago, Zoey.

—Porque durante toda nuestra vida, le has dejado muy claro que yo era tu favorita.

—Eso no es verdad —protestó mi padre—. Os quiero a los dos por igual.

—Pero siempre me has preferido —repliqué—, aunque cualquiera de los dos podría haber sido tu heredero. Por eso ni siquiera lo intentó, pero es inteligente. Puede aprender, y lo hará mejor si yo no estoy. La única razón por la que no se esfuerza más es porque pensó que no tenía sentido. Como todos los demás, asumió que yo era tu heredera.

—No creo que eso sea cierto. Te admira.

—Sé que me quiere —argumenté—. Me quiere porque soy su hermana. Pero está celoso de mí, y con razón. Le has dado todas las razones del mundo para no esforzarse más. No es mi trabajo compensar el hecho de que no creías en él. Que sigas sin creer en él.

Mi padre negó con la cabeza.

—Zoey...

—¿Qué, papá? ¡Sabes que lo que digo es verdad! —Me encogí de hombros—. Si quieres que se haga cargo, deja que Gabriel lo entrene. O, por el amor del inframundo, ¡entrénalo tú mismo!

—¿Qué se supone que le diré a todos si te vas, Zoey? No lo entendería.

—Entonces haz que lo entiendan. No me importa lo que les digas.

—Eres mi hija. No te enviaré a la Tierra a vivir como una humana, Zoey.

—¿Así que no puedo invocar una guadaña, y pierdes toda la fe en mí? —resoplé.

—¡Eso no tiene nada que ver! —protestó.

—Dime, hasta ahora, ¿cuándo no he estado a la altura de las circunstancias? ¿Cuándo no he superado todas las expectativas puestas en mí? Sé que no será fácil, pero será mucho más sencillo vivir allí, donde nadie me conoce. Donde nadie piense que soy una princesa y pueda hacer la vida que quiera. Quizá pueda encontrar a mamá.

Mi padre juntó las manos y extendió los dedos índices, apoyándolos contra sus labios.

—Si esto es lo que realmente quieres, te dejaré ir. Pero necesitaré hacer algunos preparativos.

Fruncí el ceño.

—¿Preparativos?

—No voy a dejar que vayas a la Tierra con las manos vacías, Zoey. Si vas, como humana, tendrás todas tus habilidades, pero serás vulnerable sin tu capa. Estarás sujeta a todos los peligros que pueden acechar a cualquier humano. Un día, puede que incluso tengas que ser cosechada. Preferiría que ese día llegara más tarde que pronto.

—Entonces, ¿qué hago ahora? —pregunté—. ¿Pasar el rato y esperar?

—Puede que haya gente a la que te gustaría visitar antes de irte. Por supuesto, puedes volver en cualquier momento. Esa es una de las muchas cosas que debo arreglar antes de permitirte partir. Siempre tendrás un hogar aquí, Zoey.

—Este lugar no puede volver a ser mi hogar. —Sacudí la cabeza—. No pertenezco aquí, papá.

Juraría que a mi padre se le llenaron los ojos de lágrimas. Nunca le había visto llorar. La Parca *no* llora.

—Zoey, esta no es la primera vez que tengo que decir adiós a alguien que amo. Esto no es fácil de aceptar para mí.

Resoplé y ladeé la cabeza. —¿Estás hablando de mamá? Creía que era, ya sabes, como una incubadora. Alguna chica que embarazaste para hacer un heredero.

Mi padre respiró hondo y exhaló. —Tu madre era para mí mucho más que eso. Pero como tú, supongo, ella no pertenecía aquí. Ella no podía vivir aquí, y yo no podía quedarme en la Tierra. No si alguna vez iba a cumplir con mi deber como la Parca. El destino exigía algo diferente para los dos—.

—¿Pero sigue viva? —pregunté.

Mi padre asintió. —He comprobado los registros todos los

días desde que naciste, Zoey. Su alma nunca ha sido cosechada. Está viva. En algún lugar.

—Voy a buscarla, papá—.

Mi padre se acercó a mí. Me puse de pie y me abrazó.

—Espero que lo hagas, Zoey. De verdad espero que lo hagas. Vuelve mañana. Si aún tienes intención de irte, te enviaré a la Tierra. Piensa dónde te gustaría vivir. Puedo abrir un portal a cualquier lugar del mundo.

Sacudí la cabeza. —No tengo que pensarlo. Puede que no sepas dónde está mamá, pero puedes enviarme al último lugar donde sabías que estaba.

—Eso fue hace más de veinte años, Zoey. Ahora podría estar en cualquier parte del mundo.

Asentí con la cabeza.

—Quizá pueda usar Internet para localizarla.

—Tal vez. Sin embargo, yo mismo lo he intentado muchas veces. Cuando me negué a renunciar a mi lugar aquí y te llevé a ti y a tu hermano conmigo, le rompí el corazón. Creo que ha seguido adelante. Debe haberse cambiado el nombre. Si pudiera ser encontrada, si quisiera ser encontrada, lo habría hecho hace mucho tiempo.

—Eso no significa que no pueda intentarlo. Te veré mañana, papá.

Mi padre asintió.

—Te quiero, Zoey.

Suspiré.

—Sí. Yo también te quiero, papá.

9

Solo había una persona a la que ver antes de irme. No, a Morty no. Era el único con el que no quería hablar. Le dejé una nota para despedirme. No podía soportar enfrentarlo. Llámalo infantil, si quieres. Tal vez estaba siendo mezquina, pero estaba tomando el puesto que me pertenecía.

Cosechar era, después de todo, una empresa. Yo había sido la heredera en espera. Ahora solo era la segunda. Mi hermano, que no había hecho una maldita cosa para ganarlo, se estaba haciendo cargo de lo que me había roto el culo durante toda mi vida.

Si era sincera, los celos eran solo la mitad de la razón por la que no quería verle. Si alguien podía convencerme de quedarme, sería Morty. No quería arriesgarme a eso. No podía permitirlo. Si dejaba que me pusiera esos ojos de cachorrito y me rogara que me quedara en el inframundo, cedería. Y si lo hacía, sería miserable por el resto de mi existencia eterna.

No escribí mucho en mi carta a Morty. Le dije que le quería. Le expliqué mi elección. Le dije que no viniera a buscarme. Le deseé suerte. Quería que tuviera éxito, no me malinterpretes.

Pero maldita sea, había una parte de mí que esperaba que fracasara. No porque le deseara ningún mal. Quería sacarle el dedo al destino. Cualquiera que fuese el poder del universo que había decidido darle las habilidades de mi padre a mi hermano en vez de a mí, merecía comer un poco de mierda por haber tomado la decisión más estúpida de la historia sobrenatural.

Eso era mucho decir, teniendo en cuenta su larga historia, llena de semidioses e incluso dioses hechos y derechos que tomaban decisiones absurdas. Nunca había conocido a ninguna de las deidades olímpicas. Papá insistía en que eran reales y que la mayoría de las historias eran ciertas. Por ejemplo, Cronos. Era el padre de Zeus. Según cuenta la historia, después de enterarse de que uno de sus hijos lo derrocaría, *se comió* a todos sus hijos. Si la madre de Zeus no lo hubiera disfrazado de roca, envuelto en pañales, también se lo habría comido.

No entiendo cómo Cronos confundió el sabor del granito con el de un bebé. Pero yo creo que se necesita ser un imbécil supremo. Especialmente después de que Cronos hubiera derrocado a su padre y le hubiera cortado las pelotas. El idiota tuvo lo que se merecía cuando Zeus le dio la patada. Ahí era donde quería llegar. El hecho de que las cosas sucedan con un supuesto destino divino no significa que no sean colosalmente estúpidas. Cualquiera que fuera el supuesto dios que había elegido a Morty como la próxima Parca en vez de a mí, no era más que otro de una larga lista de imbéciles que no distinguían su culo divino de su cara pretenciosa. Pero que los dioses me hubieran jodido era algo normal. Debería haberlo visto venir.

A mi modo de ver, los dioses estaban mucho más interesados en los asuntos del inframundo que en la Tierra. No habían hecho una mierda en ella en miles de años. No es que algún día no decidieran involucrarse en los asuntos humanos. Hasta donde yo sabía, lo único que les preocupaba de la humanidad era asegurarse de que cada persona muriera cuando debía. Que cosecháramos sus almas y no dejáramos demasiadas atrás como fantasmas. Sí, les importaba la muerte humana. No les importaban una mierda las vidas humanas.

Si iba a la Tierra, podría forjarme una vida y crear mi propio destino. Al menos hasta que decidieran que había llegado mi hora. Conocía el trato. Cuando eso ocurriera, bueno, daría una gran pelea.

Me reuní con Gabriel en nuestro lugar habitual del bulevar Gehena. Todo el mundo en el lugar se quedó en silencio cuando entré por las puertas. Leeroy no estaba allí. Probablemente estaba demasiado avergonzado para dar la cara.

—¿Qué estáis mirando? —pregunté mientras me acercaba a la barra donde me esperaba Gabriel, con dos Martini para nosotros.

La gente empezó a charlar de nuevo, retomando las conversaciones que mantenían antes de que yo entrara. Sí, no echaría de menos ese tipo de atención. Solo podía imaginar lo silencioso que se pondría todo cuando entrara en el bar cuando supieran la verdad.

—Me he enterado de lo que pasó la otra noche —empezó Gabriel.

Me reí entre dientes.

—¿Conoces a Leeroy?

Gabriel se encogió de hombros.

—Normalmente no paso mucho tiempo haciéndome amigo de tontos del culo.

—No te culpo. —Le di un sorbo a mi Martini—. Sabes qué es lo que dicen de los imbéciles de mierda, ¿no?

—¿El qué? —preguntó Gabriel.

—Si te acercas mucho a ellos, te llegará la mierda hasta las orejas.

—En ese caso, supongo que no debería hacerme amigo de muchos gilipollas —se rio—. Por si acaso me la meten.

—Yo tampoco debería —acepté—. Y, aun así, me siguen jodiendo, oye.

Gabriel se volvió y me miró fijamente.

—¿Qué se supone que significa eso?

—Nada. —Suspiré—. Pero quería decirte que me iré por un tiempo.

—¿Te vas? He oído que tu padre te ha llevado hoy a una misión. ¿Tiene eso algo que ver?

Asentí con la cabeza.

—Así es. Pero no de la forma que estás pensando.

—¿Te importaría explicármelo mejor?

Me mordí el labio. Puede que no estuviera enamorada de Gabriel, pero sabía que él sí estaba enamorado de mí. Le debía la verdad.

—Me voy a la Tierra.

—Lo sabía. —Sonrió—. ¿Haciendo grandes cosechas con tu padre?

Sacudí la cabeza.

—No. Me voy del inframundo porque no puedo cosechar.

Gabriel se rascó la cabeza.

—¿Qué quieres decir? Eres una de las mejores Parcas que se han graduado en la academia en décadas.

—No puedo invocar una guadaña. Literalmente no *puedo* segar.

Gabriel cogió su vaso y bebió un trago, más grande de lo habitual.

—Eso no es posible.

—Créeme, lo es. —Me encogí de hombros—. Lo he intentado todo. Mi padre lo ha intentado todo. No hay nada que podamos hacer para cambiarlo.

—Bueno, pero... ¿cuándo volverás? —preguntó Gabriel.

—No lo sé. Puede que no vuelva nunca.

—No. No puedo aceptarlo, Zoey. —Apretó el puño—. Tienes que volver.

—Este no es mi sitio. —Sacudí la cabeza—. Ya no puedo vivir aquí.

—No me importa, Zoey. ¿No lo entiendes? No me importa que no puedas cosechar. No me importa si eres la próxima Parca o solo una chica cualquiera. Te amo, Zoey.

—Lo sé.

—¿Y tú no me quieres?

Me encogí.

—Yo...

—No, ¿verdad?

—¡No he dicho eso!

—¡Si me amas, entonces quédate!

—Gabriel, si *me* quisieras, no me pedirías que me quedara en un mundo en el que no encajo. Donde siempre me mirarán como la chica que solía tener potencial, pero se convirtió en... *nada*.

—No me importa lo que piense la gente y a ti tampoco debería importarte, Zoey.

—No estás escuchando, Gabriel. Si me quedo aquí, y seguimos juntos, no seré más que tu... lo que sea. Necesito hacer algo de mí misma.

—¿No soy suficiente para ti? —preguntó—. ¿Es eso lo que me estás diciendo?

—Sí, eso es lo que estoy diciendo. No deberías querer eso para mí. ¿Vivir toda mi existencia sin metas, sin aspiraciones, aparte de ser tu chica? Tú me conoces, Gabriel. ¿Crees que sería feliz si eso fuera todo lo que pudiera ser?

Gabriel bebió otro trago y negó con la cabeza.

—No, no serías feliz. Tienes razón.

—Por eso tengo que irme —insistí.

—Entonces ve a la Tierra —sugirió Gabriel—. Puedo ir a visitarte. No por mucho tiempo, pero es posible. Otras Parcas lo hacen.

—Cuando tienen que reproducirse, Gabriel. No tienes edad para eso.

—Pero tu padre lo permitirá si se lo pides. Y todavía puedes volver aquí de visita, ¿verdad?

—Puedo —acepté—. De hecho, mi padre quiere que lo haga.

Gabriel cedió.

—Entonces ve a tener tu vida. Encuentra en la Tierra lo que creas que te hará feliz. Te estaré esperando, todavía podemos hacer que esto funcione.

—Gabriel, ¿de verdad quieres una relación a distancia?

Asintió de forma muy enérgica.

—Si eso es lo que hace falta para estar juntos, entonces sí.

Maldita sea. Había venido aquí esperando romper con él, pero parecía decidido.

—No sé...

—¿Qué hay de malo en intentarlo, Zoey? Si no funciona, si no somos felices, podemos romper. No quiero renunciar a nosotros.

Cerré los ojos. Estaba comprometido a resolver esto, aunque estaba destinado a fracasar. Podía ser duro, pero tenía corazón. Y yo no podía rompérselo.

—Está bien. —Me arrepentí de mi decisión en el momento que hablé.

—Entonces, ¿nos quedaremos juntos?

Suspiré.

—Supongo.

Gabriel sonrió y me besó en la mejilla.

—Esto va a ser duro, Zoey. Pero piénsalo. Qué romántico sería, dos Parcas enamoradas, separadas por mundos, superándolo todo para estar juntas para siempre.

Resoplé. Sí, *sonaba* romántico. También sonaba a imposible. Era un sentimiento dulce. Quería creerle, aunque también quería quererle tanto como él a mí. Esa mierda de «fueron felices para siempre» funcionaba para Bella y Edward. Dudaba mucho que lo hiciera con Zoey y Gabriel.

—Pero cuando vuelva a verte, no quiero que nadie me vea. Cuando la gente se entere de por qué me fui, no creo que pueda soportarlo.

—Entiendo —respondió Gabriel—. Esto es solo un bar. El inframundo es muy grande. Hay otros lugares a los que podemos ir.

Asentí, todavía insegura.

—Bueno, te dejaré a ti planear algo.

—¿Cuándo volverás, entonces? —preguntó.

—No lo sé.

—Una vez al mes, por lo menos.

—Gabriel, yo...

—No me hagas esperar más que eso, Zoey.

Suspiré.

—Vale, volveré a primeros de mes. Pero hablo en serio, Gabriel. No quiero que nadie más sepa que estoy aquí.

—¿Ni siquiera tu familia?

—*Especialmente* ellos. O sea, mi padre puede saberlo y de hecho seguro que lo sabrá en cuanto ponga un pie aquí. Pero Morty no puede enterarse.

Gabriel ladeó la cabeza.

—¿Por qué no?

—Necesita seguir adelante sin mí —respondí—. Te ha acompañado hoy, ¿no?

Gabriel asintió.

—Sí, pero no puedo decir que me impresionara demasiado.

—A eso me refiero. Es capaz de estar a la altura de las circunstancias, pero si sigo apareciendo por aquí y él lo sabe, eso solo lo frenará.

—Zoey, creo que estás exagerando un poco.

—Conozco a mi hermano, Gabriel. Necesita saber que me

he ido y que no voy a volver nunca. Esa es la única manera de que se convierta en lo que necesita ser.

Gabriel negó con la cabeza.

—No creo que le estés dando suficiente crédito.

—Tú eres el que acaba de decir que no era impresionante. ¿Quién no le está dando crédito, ahora?

—Esa no es la cuestión —contraatacó Gabriel—. Simplemente no veo cómo ver a su hermana de vez en cuando sería un obstáculo. Te ha seguido durante varios días y ha terminado todas tus tareas. Supongo, si lo que me dices es cierto, que estaba progresando.

—Solo por necesidad. Cuando me haya ido, seguirá siendo por necesidad que tiene que mejorar. Tiene que ser capaz de hacerlo sin mí. No estaré aquí para siempre.

—Pero puedes volver aquí para siempre. Si vuelves gracias a nosotros, nunca tendrá que hacerlo solo, sin ti.

—Pero lo necesita. —Me recogí el pelo detrás de las orejas—. Si algún día va a convertirse en la Parca, no puede admirarme. Tiene que superarme. Es la única manera.

—Mira, no estoy de acuerdo. Pero si eso es lo que quieres, no le haré saber que estás aquí cuando vuelvas.

—Esas son mis condiciones. Es la única forma en que aceptaré esto.

—Puedo vivir con eso —dijo Gabriel—. ¿Estás seguro de que estarás bien?

—¿En la Tierra? —pregunté.

Gabriel asintió.

Cogí mi copa de Martini de la barra y me la llevé a los labios.

—¿Cuándo no he estado bien?

—Es un mundo diferente. Las habilidades que tienes, no se traducen exactamente al éxito en la Tierra.

Me encogí de hombros.

—Entonces aprenderé nuevas habilidades.

—Bueno, no eres nada si no eres decidida, Zoey. —Gabriel se rio—. Eso es algo que me encanta de ti. Esa es una razón por la que sé que podemos hacer que esta relación funcione. Cuando quieres hacer algo, no hay poder ni en el reino celestial, ni en el mismísimo Olimpo, que pueda detenerte.

Sonreí.

—Cuento con ello.

10

Pasé la noche con Gabriel. Me hizo el amor. Y yo intenté corresponderle, pero mi corazón no estaba por la labor, demasiado ocupado en pensar en todo lo que me esperaba. Pero dejé que se acurrucara a mi lado. Yo estaba muy despierta. Cuanto más pensaba en mi vida en la Tierra, más ansiedad sentía.

¿Había cometido un error al seguir con él? Tal vez. Pero es difícil desprenderse de todo. Gabriel era lo único que me conectaba con el inframundo. De hecho, cuando acepté seguir en esta relación, mi decisión de dejar el inframundo fue más fácil. Era como si me estuviera sumergiendo en un abismo, y Gabriel se había convertido en la cuerda que podía sacarme.

Todavía me dolía la pérdida de mi futuro. Las esperanzas de ser la nueva Parca habían muerto, ahora debía descubrir quién era despojada de mis sueños. Estaba emocionada por mi futuro, pero también tenía miedo. No sabía lo que me esperaba. Lo único que sabía era lo que siempre había sabido.

Le besé mientras salía de la cama y me vestía. Mi intención era escabullirme de su cama y marcharme. Se levantó, se reunió conmigo en la puerta y me besó de nuevo, apasionadamente, en los labios.

—Te quiero, Zoey.

—Yo también te quiero —contesté. Aunque no lo sabía realmente.

El amor es complicado. En mi caso, era más complejo que para la mayoría. Tal vez por eso me sentí mal al mentirle a Gabriel. ¿Tener este sentimiento no debería ser simple? Si lo amaba, ¿por qué me lo preguntaba una y otra vez? Había visto muchas comedias románticas en el inframundo. Una noche, Gabriel y yo habíamos visto a Adam Sandler y Drew Barrymore enamorarse al menos de cincuenta maneras diferentes. Y ninguna se acercaba nada a cómo me sentía con Gabriel.

Y, de verdad, yo era consciente de que las comedias románticas eran ñoñas, demasiado sentimentales y poco realistas. Pero no tenía dos padres cuya relación me sirviera de referencia para entender el amor. Si quería a Gabriel, maldita sea, ¿por qué me dejaba convencer para continuar esta relación transdimensional que sabía que no funcionaría? ¿No sería mejor dejarlo ir y que encontrara a alguien que lo amara como se merecía?

Me olvidé de mis dudas en cuanto entré en el despacho de mi padre.

—¿Qué es esto? —pregunté. Había un gran baúl encima de la mesa que parecía tener mi nombre.

—Algunas cosas con las que podrás empezar tu nueva vida y localizar a tu madre. Yo no pude averiguar dónde está, pero quizá tú tengas más éxito. Pero no abras el baúl hasta que llegues a la Tierra.

Suspiré y asentí. Ya no había vuelta atrás.

—Supongo que debería preparar mi maleta.

—No puedes llevar mucho contigo a través del portal, Zoey. Esto es todo lo que necesitarás.

—¿Y mi ropa?

—En la caja hay una tarjeta de crédito con tu nombre —explicó—. Será suficiente hasta que te establezcas.

—¿Cuánto hay? —Ladeé la cabeza—. Recuerda que debes pagar a Caronte, a ver si se va a enfadar contigo.

Mi padre se rio.

—He pagado los tres primeros meses por adelantado de tu nuevo apartamento. Y me he asegurado de que tengas transporte.

—¿También me has comprado un billete de autobús?

—Parecido. —Sonrió—. Creo que te alegrarás cuando descubras tu regalo de graduación.

—¿Qué es?

—Ya lo verás, Zoey. Es una sorpresa. —La sonrisa de mi padre se ensanchó—. Lo descubrirás cuando abras tu equipaje

—Bueno, me has regalado un baúl enorme. Supongo que hay mucho más que una tarjeta de débito y las llaves del apartamento.

—Lo verás todo más claro en cuanto llegues. —Mi padre asintió—. El portal te llevará a tu nuevo alojamiento.

—¿Dónde está este apartamento? ¿En Nueva York, como nuestra identificación?

Mi padre negó con la cabeza.

—No, Nueva York no.

—¿París? —traté de adivinar—. ¿Los Ángeles? ¿Algún lugar del Caribe? ¿Las Vegas?

—Kansas —Mi padre sonrió.

—Kansas —repetí, alzando las cejas—. ¿No dicen que Missouri es el culo de América?

—¿Perdón? —Inclinó la cabeza.

—De todos los lugares del mundo, ¿por qué me enviarías a Kansas? —suspiré—. El otro día coseché un alma. Bueno, fue Morty... Créeme, no vi nada que me gustara.

—He pasado bastante tiempo en la ciudad. Si le das una

oportunidad, puede que te guste. Además, en Kansas fue donde conocí a tu madre.

—Así que por eso me estás mandando para Missouri.

—Es el mejor lugar para empezar. Por lo que sé, toda su familia está en la región, por lo que es posible que no se haya ido muy lejos. A menos que conociera a alguien.

Cuando dijo las últimas palabras, vi el sufrimiento en su rostro. No hablaba de mamá a menudo, y tal vez era por eso. Era demasiado doloroso. ¿Todavía la amaba después de todos estos años? Aunque, claro, para un ser semidivino que había existido durante tantos siglos, una ruptura de dos décadas de antigüedad no era demasiado.

—Gracias, papá. Haré lo mejor que pueda.

—Si no es ahí donde te gustaría ir, bueno, puedo hacer otros arreglos. Aunque me llevará algún tiempo...

—No. Es perfecto.

Mi padre asintió.

—Hay un espejo en el baúl. Puedes usarlo para abrir un portal directamente a mi despacho en cualquier momento.

—¿En cualquier momento? ¿Hay alguna forma de avisarte antes de que aparezca?

—En realidad no mucho. Aparecerás aquí al instante.

—Por favor, no te quedes aquí en calzoncillos —resoplé.

—¿Por qué no? —Mi padre enarcó una ceja—. Es mi despacho, puedo estar desnudo si quiero.

—Entonces no voy a atravesar ese portal sin taparme los ojos. —Solo bromeaba a medias. La verdad es que estaba tentada a no atravesarlo nunca.

Mi padre se rio.

—Intentaré ir bien vestido para que no te dé un ataque al corazón.

Respiré hondo mientras mi padre formaba el portal que, me dejaría en mi nuevo apartamento de Kansas.

—Ten cuidado, Zoey. —Me miró y me apartó un mechón

de pelo de los ojos—. Siempre estaré aquí para lo que me necesites.

—Lo sé, papá. Gracias. Te prometo que estaré bien.

—Vuelve pronto.

—Sí. —Asentí—. Te quiero, papá.

—Yo también te quiero, pequeña.

11

SEIS MESES DESPUÉS

Mi moto derrapó cuando giré en la curva, con la rodilla rocé el asfalto y supe que las llantas estaban sufriendo de más. Mi regalo de graduación tenía dos enormes ruedas y una pintura negra metalizada, pero con todo el trabajo que le estaba dando a la pobre, necesitaba arreglarla. Y no sabía cómo iba a explicarle al dueño del taller qué estaba haciendo para cargarme los amortiguadores.

Sin embargo, no podía dejar escapar al imbécil.

Me recordaba a ese capullo de Leeroy que me había acosado aquella vez en el bar de Gehena Boulevard, allá en el otro mundo. Solo que este tipo no era tan directo, era más bien un acosador silencioso, una serpiente que espera el momento justo para atacar. Su táctica era diferente a la de Leeroy. Su objetivo era el mismo.

Durante mi turno en Joe-co-latte, mientras preparaba cafés con leche y capuchinos y servía a los clientes, había visto cómo el cretino le echaba el ojo a Sienna, mi compañera de trabajo. Tenía dieciocho años, era de corta estatura, pero lo compensaba con su incansable energía y enorme sonrisa. Tenía una de esas caras redondas que la hacían parecer más joven de lo que realmente era, el pelo ondulado y rubio como el trigo horas antes de la cosecha y tenía una nariz de botón. Era su primer trabajo.

Joder, también era mi primer trabajo. Sienna me había entrenado a pesar de que solo había trabajado un par de meses más que yo. Y yo no era una gran camarera, pero ella siempre me cubría las espaldas. Cuando metía la pata con los pedidos de los clientes, se apresuraba a corregir mis errores. Estaba muy agradecida de todo lo que hacía por mí. Joe, mi jefe y el dueño de la tienda (de ahí Joe-co-latte. Lo sé, yo tampoco lo veo gracioso) ya me habría despedido si no fuera por ella.

La primera señal de alarma había sido la forma en que el asqueroso seguía a Sienna con la mirada por encima de su periódico. Sospeché que era un idiota que no sabía qué hacer con su vida más que observar a las chicas trabajadoras. Era joven, quizá diecinueve o veinte años. Desde que llegué aquí, no había visto a nadie menor de cincuenta años leyendo un periódico, más bien lo hacían en el móvil.

Pero el asqueroso se levantó y salió del local segundos después de que Sienna se marchara. Y escuché todas las alertas como si estuvieran sonando por los altavoces del bar. Por suerte, nuestros turnos terminaban al mismo tiempo.

Solo llevaba medio minuto de retraso con respecto a Sienna cuando me dirigí a mi moto en el aparcamiento de enfrente.

El chalado estaba esperando a Sienna en su coche. Otra prueba más de que este tipo era un acosador. No solo había estado mirándola durante su turno, sino que sabía lo que conducía. Ha debido acosarla durante bastante tiempo.

Y encima el capullo estaba toqueteándola cuando entré en el aparcamiento. Sienna había intentado apartar al tipo, pero parecía insensible a sus manotazos. No, nene, te has equivocado del todo.

Le grité mientras corría hacia el coche de Sienna. Se largó. La mayoría de la gente diría que una mujer joven debería dejar huir a un tipo así. Denunciarlo a la policía. Lo que sea. Me entrenaron para manejar cosas peores en la academia. La policía no haría nada, aunque lo atraparan.

Ni siquiera tuve que pensarlo. Sienna me cubría las espaldas en el trabajo y tenía que devolverle el favor. Me aseguraría de que este idiota no volviera a molestar a mi chica.

Tenía mi moto aparcada dos plazas más abajo. Me aseguré de que Sienna se metiera en su coche y salí tras él. El tipo saltó por encima de una barrera, era un atajo hacia la salida del aparcamiento. Tuve que dar la vuelta y bajar a toda velocidad por otra fila de vehículos aparcados antes de doblar la esquina y perseguirlo.

Fue el giro de noventa grados lo que casi deja mi moto tirada en medio de la calle. También tuve que ir con cuidado. El distrito donde vivía era una de las zonas más concurridas de Kansas. Había mucho tráfico. Pero pude ver al tipo zigzagueando entre la multitud que se congregaba frente al T-Mobile Center para un concierto.

Esquivé algunos coches y me lancé por la carretera central.

Tenía vista de lince. No había perdido al acosador, aunque su chaqueta negra y sus vaqueros no destacaban entre la multitud. Era el enfoque que había adquirido a lo largo de años de entrenamiento para luchar contra almas que no querían ser segadas.

Pero la calle estaba demasiado concurrida, así que tuve que dejar la moto a un lado. No sabía qué iba a hacer cuando lo alcanzara, solo sabía que tenía que asegurarme de que supiera que no podía salirse con la suya.

Era hábil. Era rápido. Pero yo lo era más. Se metió por un callejón entre un restaurante y un bar más abajo en Grand. Estaba justo detrás de él.

Entonces se giró y me apuntó con una pistola.

—¡Déjame en paz! —gritó a todo pulmón.

—No deberías haberte metido con ella —le contesté.

—Sí, bueno, la has cagado, guapa. Quítate la camiseta.

Enarqué una ceja.

—¿Perdón?

—Ya me has oído. Tengo el arma. Eso significa que harás lo que yo diga.

Sacudí la cabeza. Apreté el sello de mi muñeca e, invocando mi bastón, giré y, de un manotazo, le quité la pistola de las manos. Luego le di una patada en el pecho. Salió volando contra la pared.

Me coloqué sobre él, con el extremo puntiagudo de mi bastón apuntando a su cuello.

—¿Qué decías? Ah, sí. Pensabas que estabas al mando. Que debería hacer lo que dices porque tienes el arma.

—¿Qué...? —balbuceó—. ¿De dónde has sacado esa cosa?

—Admito que no te hará tanto daño como te mereces. —Sonreí—. Pero imagino que serviría. Si solo aplicara un poco de presión...

—¡No, por favor! —suplicó el tío—. ¡Lo siento! Solo pensé que estaba buena.

Puse los ojos en blanco. Sienna era guapa, pero también tímida, y por la forma en que se comportaba, probablemente no se daba cuenta. No sabía por qué Sienna podía ser insegura. Hay muchas cosas que pueden pasarle a alguien para que sea así. Pero sabía lo que este tipo quería decir. Ella era su tipo, aunque solo fuera porque parecía vulnerable. Era un depredador y buscaba una presa herida, alguien que no luchara demasiado.

Detecté un olor penetrante. La mancha húmeda en la parte delantera de los pantalones del tipo lo explicaba. Apreté un poco más el extremo afilado de mi bastón contra su cuello. Con un rápido pinchazo, podría acabar con la vida del tipo y asegurarme de que no haría daño a nadie más. Pero si hacía eso, alguien que me conociera aparecería para segarlo. Y conociendo mi suerte, sería mi hermano. Como la sangre de la Parca corría por mis venas, podía ver a mis compañeras aunque no estuvieran allí por mí.

No quería que nadie de mi antigua vida me viera. Me reconocerían, todos y cada uno de ellos. Tendría que conformarme con asustar al tipo.

—Esto es lo que va a pasar... *si* te dejo ir, claro.

—Por favor, deja que me vaya —rogó—. Lo siento. No volveré a molestar a tu amiga.

Ya, eso por descontado.

—¿Cómo te llamas?

—Yo no...

—Dime tu nombre, o cogeré tu cartera y lo averiguaré.

—Chad. —Dejó la cabeza colgando, derrotado—. Lo siento. Lo siento mucho.

—Solo lo sientes porque la punta de mi bastón te presiona la carótida —resoplé—. No creo que te arrepientas de lo que esperabas hacerle a mi amiga. Solo lamentas que te hayan pillado.

—¡Por favor! Lo juro, nunca más.

—No quiero volver a verte en mi cafetería. Si vuelves a hablar con ella, si entras, aunque sea para tomar algo, acabaré contigo. Te lo juro, Chad. Te encontraré. Y no te escaparás.

—Entendido —tartamudeó Chad.

Solté mi bastón. Desapareció en un instante. Chad se levantó con dificultad y se fue por el callejón.

Sonreí al verle correr.

Por primera vez en seis meses, mis habilidades me resultaron útiles. Yo no era un gran barista. Se me daba bastante mal. No necesitaba el dinero, pero era algo que hacer. Poco después de llegar a la Tierra, aprendí que las cafeterías eran grandes espacios sociales. Podía conocer gente allí.

Y hablaría con Sienna por si el acosador había vuelto a molestarla. Si me había mentido, me aseguraría que no viviera para ver la luz del sol. Con Parcas o sin ellas.

12

Me reí mientras volvía a mi moto, agradecida de que las autoridades aún no la hubieran multado o remolcado, y me dirigí a mi estudio. Bajé de la moto y miré el móvil. Tenía un mensaje de Sienna. Estaba preocupada por mí.

Zoey, ¿estás bien?

Ella no sabía nada de mi... pasado.

Ese tipo no volverá a molestarte.
Yo estoy bien. Él no.
Solo diré que necesita cambiarse de pantalones.

La respuesta de Sienna llegó unos segundos después.

¡LOL! ¡Gracias, Zoey!

Me reí con la carita sonriente de gatito. Todavía estaba trabajando en esto de los emojis. Enviar mensajes en smartphones era nuevo para mí. No entendía por qué alguien usaba el emoticono del montoncito de caca sonriente que tenía preprogramado en el móvil. ¿En serio? Si los zurullos tuvieran emociones, dudaba que sonrieran. Es difícil ser feliz si tienes una vida de mierda.

Mi primera respuesta fue un simple pulgar hacia arriba, aunque también me sentía rara. No iba por ahí dando pulgares arriba a la gente, sobre todo porque no quería parecer una gilipollas. Los pulgares arriba por mensaje de texto parecían más naturales. Menos estúpido que un pulgar hacia arriba en el mundo real.

Me gustan las palabras inventadas. «Hijoputismo». «Cabronazi». Por nombrar algunas de mis favoritas. Soy de los bajos fondos. No estoy en deuda con el Inglés de la Reina.

Decidí seguir mi mensaje con otro.

¿Alguna pista de quién era ese tipo?
¿Lo habías visto antes de esta noche?

Me quedé con la mirada perdida, esperando la respuesta de Sienna.

Me resultaba familiar.
Estoy segura de haberlo visto antes
pero no sé dónde.

CLARO QUE LE había visto antes. Por la forma en que la había mirado desde el momento en que entró en Joe-co-latte, era como si hubiera ido allí solo por ella. De todas formas, yo había conseguido darle al acosador un susto de muerte. Bueno, no literalmente. Aunque tal vez fuera suficiente como para replantearse algunas cosas de su vida. Pero no era probable. Tipos como ese no cambian de la noche a la mañana.

No voy a mentir, patearle el culo me hizo sentir mucho mejor. Y al menos mi bastón sin guadaña servía para algo. Puede que no fuera capaz de cosechar, pero la punta estaba afilada y podía hacer de daño.

Más que eso, me sentí bien ayudando a Sienna. Yo no tenía muchos amigos. Aunque como era unos años más joven que yo y no nos veíamos fuera del trabajo, no me consideraba una amiga. Aun así, era muy divertida. Nos lo pasábamos muy bien cuando trabajábamos juntas. Era una de las pocas personas con las que había conectado desde que llegué a la Tierra.

Claro, fui a los clubes y bares. Hablé con muchos chicos, pero estaba claro desde el principio que tenían su vida. Pasaban mucho tiempo hablando de sí mismos, como si se sintieran obligados a impresionarme sus trabajos, o sus jugadas en el equipo de rugby de instituto, o sus canciones en el grupo de rock que no conocía nadie. Normalmente, mis bostezos indicaban mi falta de interés antes de que la mayoría de los chicos me hicieran preguntas sobre mí.

Tenía sentimientos encontrados al respecto. Quería que la gente me preguntara por mí, para demostrarme que les interesaba como persona. Por otro lado, si lo hacían, tendría que contarles un montón de mentiras, ya que no tenía ninguna historia terrenal y mi pasado real no era algo que pudiera revelar a la mayoría de la gente.

Me quité los zapatos y me puse una sudadera. Mi apartamento era un *loft* a medio camino entre el distrito donde trabajaba, y Country Club Plaza. El trayecto entre mi trabajo y mi casa duraba cinco minutos, dependiendo del tráfico. Tenía que reconocérselo a mi padre. Era todo un hallazgo. Estaba cerca de los lugares de moda de la ciudad, pero lo bastante lejos para no tener que soportar el ruido.

Me gustó estar en un apartamento bien situado. Satisfacían diferentes facetas de mi personalidad, la refinada y la bulliciosa. En la Plaza había restaurantes caros, fuentes elegantes, tiendas de lujo, coches de caballos y músicos en las esquinas. Era una experiencia tranquila, aunque agradable. El distrito albergaba bares deportivos, clubes y salas de conciertos. No solía ser un lugar demasiado alocado, pero la gente era más joven y salía más de fiesta que la que frecuentaba la Plaza.

Por fin tenía mi piso como a mí me gustaba. Había encontrado una tienda de muebles al otro lado de la frontera estatal que podía entregarme y montarme casi todo lo que necesitaba y que no estaba incluido en mi piso. Después de conseguir los muebles importantes (una cama, una mesa y sillas, un juego de dormitorio y el televisor más grande que pude encontrar), era cuestión de ajustar el aspecto del lugar. Yo no estaba acostumbrada al arte moderno. La mayoría de los cuadros que había visto eran obras realistas, retratos oscuros de Parcas famosas que habían ascendido. Algunos representaban a los dioses del Olimpo, pero ni muerta colgaba un retrato de Zeus en mi pared. Estaba empezando de nuevo. No iba a llevar el estilo del inframundo conmigo a mi nueva vida.

Así que me había tomado mi tiempo para aclimatarme a la cultura. Había visitado museos y pasado demasiado tiempo viendo Netflix. Supongo que poco a poco iba cogiendo el gusto. Y lo que es más importante, empezaba a descubrir cómo integrarme en este mundo.

Parte de eso era conseguir mi trabajo. No quería depender del dinero de papá para siempre. Apreciaba su generosidad, pero quería construir una vida que yo controlara. Si pagaba mis propias facturas, si ganaba mi propio dinero, nadie podría pedirme explicaciones por lo que hacía o dejaba de hacer. Ninguna conciencia divina sin nombre podría decidir que el destino no favorecía mi elección de hacer una vida aquí. No estaba en deuda con la promesa de una guadaña o cualquier otro objeto mágico que pudiera o no aparecer. Cualquiera que fuera mi vida en este mundo, sería completamente *mía*.

No había tenido en cuenta que tenía que contratar un seguro para mi moto. Eso corría de mi cuenta. Al igual que mis servicios públicos, y ahora mi alquiler desde que habían pasado los tres meses iniciales. La factura del smartphone tampoco era negociable. Algo esencial si quería seguir formando parte de este mundo.

Así que, para empezar, utilicé el dinero de mi padre como un préstamo. Tenía la intención de devolvérselo todo, no porque él me lo exigiera, sino porque quería poder decir que me había ganado todo lo que tenía.

Pero en el fondo sabía que era una excusa. El dinero de papá seguía en mi cuenta. Como no tenía que pedirle permiso para gastarlo, me resultaba tentador recurrir a él para terminar el mes. Y técnicamente, como mi nombre estaba en la tarjeta, también era mío. Pero yo no puse el dinero ahí. ¿Quién lo hizo, en realidad? Mi padre no. Lo había invertido en acciones y lo había reunido durante siglos para pagar al barquero.

A menos que Caronte tuviera intención de convertir pronto su bote de remos en un crucero, había dinero más que suficiente para mantenerlo saciado durante varios siglos. Es decir, teniendo en cuenta las tasas de crecimiento de la población, las correspondientes tasas de mortalidad y el número probable de almas que tendría que transportar a través del río Estigia en los próximos cientos de años. No era mi departamento. Las Parcas expertas tributarias se sabían al dedillo todos esos datos. Si mi campo era un asunto oscuro, no era nada comparado con el trabajo que hacían las asesorías de almas. Tenían habilidades diferentes a las del resto de los que fuimos enviados a segar almas en la Tierra. Se encargaban de la parte administrativa de la cosecha, de los cálculos y los números que reforzaban la empresa. No eran aptas para hacer el trabajo sucio para el que yo me había entrenado toda mi vida, pero preferiría que me segaran a mí antes que ser asesora.

Por supuesto, las asesoras podían invocar guadañas. A la hora de la verdad, *podían* cosechar almas, que era más de lo que yo podía hacer.

Hasta ahora, había pagado todas mis facturas. Aunque algunas por los pelos. Tal y como yo lo veía, no tenía muchas excusas. Había pagado los tres primeros meses de alquiler. Mi moto de quinientos caballos estaba pagada al contado. Las llaves me estaban esperando cuando llegué, como regalo de graduación, junto con montones y montones de cartas y varios volúmenes de los diarios de mi padre.

La mayoría de las cartas eran correspondencia entre mis padres. Algunas de las escritas por mi padre tenían el sello de «Devolver al remitente» en letras rojas. La mayoría fueron enviadas después de que mi padre nos llevara a Morty y a mí de vuelta con él al inframundo. Fue un intento de mi padre de comunicarse con mi madre. Todas las cartas que había guardado de ella, las que ella escribió cuando se conocieron y él estaba fuera manejando las empresas de vida y muerte del universo, fueron escritas antes de que naciéramos.

Supuse que, si mi padre podía decirme algo sobre las cartas que no estuviera en ellas, me lo habría dicho. Tal vez las envió conmigo para que yo pudiera usarlas para intentar reunir algunas pistas para localizar a mi madre. Le había perdido la pista. Ella había dejado de responderle. No había nada en las cartas sobre cómo tendría que llevarnos lejos, cómo la dejaríamos y no volveríamos a verla.

Si mi madre estaba enfadada por eso y no quería saber nada de él, ¿podía culparla? Tampoco podía culpar a mi padre. Por lo que había leído en las cartas, realmente la quería.

Mi queridísima Josephine...

Siempre dirigía así sus cartas. Le escribía poemas y canciones. Me di cuenta de que había prestado mucha atención a cada palabra que elegía. Cogí una de ellas de la mesa. Las había leído una docena de veces. Aun así, podía haberme perdido algo. Las cartas de mi padre, aunque eran muy románticas, eran tan ñoñas que casi me daban ganas de vomitar.

Tu cabello dorado es más radiante que el sol. El mismísimo

Neptuno envidia el océano de azul que llena tus ojos. Tu tacto calienta mi corazón como un carbón frío cuando se le prende fuego.

Al parecer, mi padre pensaba que los símiles y las metáforas eran románticos. Podría seguir leyendo, pero era más de lo mismo. Nada que ayudara. Estos descriptores ni siquiera me daban una descripción exacta de cómo era mi madre. Uno de los sobres incluía una fotografía de mi padre y mi madre poco después de conocerse. Estaban apoyados en la moto de mi padre; la suya era una moto de turismo, nada que ver con la mía. Tenía esa foto pegada a la nevera con un imán.

También leí varias cartas de mi madre, que eran menos formales, pero con el mismo tono nauseabundo.

¡Hola, Azrael! ¡Te echo taaaaanto de menos!

Era un ejemplo de introducción de una de sus cartas. La mayoría empezaban así. Variaba el número de aes, y a veces no era que lo echaba de menos, sino que lo amaba o que no podía dejar de pensar en él, o que todo su mundo giraba a causa de su amor, pero todo era vomitivo. Peor eran las partes en las que decían cosas el uno del otro... Cosas que querían hacer. Cosas que deseaba borrar de su mente en cuanto las leía.

Ugh.

Todo el mundo sabe que sus padres lo hicieron al menos una vez. *Nadie* quiere los detalles. Ni siquiera conocía a mi madre, y pensar en ello era asqueroso.

Supuse que la razón por la que mi padre me compró una moto era porque era lo que tenía cuando había venido a la Tierra. Por supuesto, en ese momento, él estaba tratando de cortejar a una pareja potencial. Probablemente pensó que su moto era afrodisíaca. No es un error infrecuente que los hombres se guíen por lo que tienen entre las piernas en lugar de por lo que tienen bajo el cráneo.

No es que lo que hay entre las piernas no importe. El

tamaño está en algún lugar de mi lista de atributos deseables, pero muy abajo. Sí, ya sé que siempre está «ahí abajo», pero ten paciencia conmigo y saca tu cabeza del culo por un segundo. Diría que hay al menos diez o quince atributos que yo diría que son más importantes. Cosas como el sentido del humor, la compasión, un equilibrio entre confianza y humildad, o unos abdominales marcados.

Una alarma en mi móvil me recordó que tenía que volver a ver a Gabriel. Siempre era incómodo cuando volvía. Quería que le contara lo que había hecho, cómo era la Tierra, qué cosas me habían sorprendido más, bla, bla, bla.

No tenía mucho que preguntarle. Sabía qué era lo que se traía en manos. Morty era su sombra, aprendiendo a ser lo que se suponía que debía llegar a ser. No quería enterarme. Si pasaba algo malo, me lo diría. No necesitaba saber lo bien que estaba progresando, cuántas almas había cosechado con éxito, o incluso si había avanzado al Nivel Dos.

Quería lo mejor para Morty, pero seguía jodida por toda esta situación. Durante toda mi vida, me había roto el culo. Mientras yo entrenaba, refinando mis habilidades para convertirme en la mejor Parca, él estaba sentado jugando consigo mismo. Sin embargo, ahora se entrenaba para ocupar el lugar de mi padre mientras yo era una barista novata en una cafetería local que solo conseguía trabajo cuando la cola del Starbucks era demasiado larga.

Y no era culpa de Morty. O de mi padre. O Gabriel. Aun así, al final del día, mi hermano había conseguido todo lo que yo quería y me había ganado.

No odiaba esta nueva vida. Me costaba encajar y encontrar amigos de verdad y, sobre todo, encontrarme a mí misma en este mundo de locos. Pero todo eso formaba parte del encanto de vivir como un ser humano. El dolor hacía que el placer fuera aún más dulce. La incertidumbre sobre el futuro y lo que podría llegar a ser me intimidaba, pero me emocionaba al mismo tiempo.

Antes, solo tenía un camino. Convertirme en la Parca y eso era todo. No tenía la oportunidad de considerar otras vocaciones o cultivar otros talentos o aficiones. No era solo porque yo fuera uno de los miles de Parques en formación. Muchos Parcas hacen otras cosas en su tiempo libre. Pero esa no era una opción para mí. Tenía que dedicar toda mi energía a prepararme para lo que creía que era mi destino.

Aun así, era difícil apagar ese persistente sentimiento de envidia, esa furia que sentía en las entrañas por no poder ser lo que siempre había querido ser. Y aunque disfrutaba de mi nueva vida, seguía sin tener ni idea de qué debía hacer con ella. No sabía quién era. Sabía algunas cosas que me gustaban, por supuesto. Apreciaba mucho mi ciudad y la gente que había conocido. Pero no tenía ni idea de quién era realmente Zoey Grimm sin cosechar.

No sabía si tenía ganas de ver a Gabriel o me daba pavor.

Tenía más o menos un día antes de tener que volver. Una buena noche de descanso y otro turno en el trabajo. La primera vez que volví a ver a Gabriel, me hizo ilusión. Le había echado de menos. La segunda vez, todavía lo echaba de menos, pero no estaba tan emocionada. Durante los últimos meses, había empezado a temer este momento. Claro que me lo pasé bien con Gabriel cuando volví al inframundo, pero no derramé ni una lágrima cuando llegó la hora de marcharme de nuevo. No tenía el corazón para amarlo.

Y tampoco el valor para romper con él.

13

Me tomé un tiempo para volver a leer las cartas de mi madre antes de acostarme. Aprendí, mientras estaba en la academia del inframundo, que si estudiaba algo antes de dormir lo recordaba mejor al día siguiente: uno de mis muchos *hacks* para empollar; gracias a eso, junto con las tarjetas, reventaba los exámenes.

En aquella época, la mayor parte de lo que aprendía era para prepararme para cosechas difíciles. De vez en cuando, las almas resistentes luchaban o huían. Teníamos que estar preparados para someter tanto a las almas encarnadas como a las desapegadas. Las que huían, sin importar si seguían siendo corpóreos, iban a alguna parte. Como aspirantes a Parcas, estudiamos no solo la cultura y la geografía, sino también su sociología y psicología. Se suponía que éramos expertos en comportamiento humano.

Esto era útil al menos por dos razones. En primer lugar, ayudaba a rastrear almas a la fuga. Podíamos examinar los comportamientos de un objetivo, revisar sus perfiles e incluso quitarnos las capas y preguntar a asociados conocidos de dichos objetivos sobre sus patrones. En segundo lugar, también proporcionaba un medio alternativo de someter a un alma resistente (tanto si luchaba o huía) implicando al sujeto a nivel psicológico.

En otras palabras, nuestros estudios nos proporcionaron los conocimientos y las habilidades necesarias para localizar al alma que escapó a nuestro intento inicial de cosecha.

Así que mis tarjetas abarcaban una amplia gama de temas. Era un proceso sencillo. Las repasaba, devolvía las que me faltaban al final de la pila y apartaba las que me sabía. Cuando terminaba, las dejaba junto a la cama y me iba a dormir. A primera hora de la mañana volví a revisarlas. La mayor parte del tiempo, eso era todo lo que necesitaba para aprobar mis exámenes.

Esto era diferente, pero parecido. Si leía las viejas cartas que mi madre enviaba a mi padre justo antes de acostarme, mi esperanza no era simplemente memorizarlas, sino permitir que los sutiles detalles se filtraran en mi subconsciente. Quizá hubiera algo que se me hubiera pasado por alto y que mi mente considerara mientras dormía. Puede que lo recordara en forma de sueño, o puede que no. En cualquier caso, mi esperanza era que, cuando volviera a repasar las cartas por la mañana, me asaltara cualquier idea que mi subconsciente hubiera extraído. Entonces podría procesarlas de forma más consciente e intencionada.

Esta noche había adoptado una táctica diferente. En lugar de revisar las cartas de amor que intercambiaban mis padres, decidí revisar el diario de mi padre. Dudaba que mi madre tuviera uno. Si lo tenía, mi padre no lo tenía. Aun así, llevar un diario no era común para los humanos. Para las Parcas, se consideraba una disciplina importante. Funcionaba de manera similar a mi técnica de tarjetas. La idea era que, escribiendo sobre nuestras experiencias en el campo, las grabaríamos en la memoria. Así podríamos convertirnos en mejores Parcas.

No era obligatorio, ni mucho menos. Era una sugerencia.

Aunque, desde la perspectiva de mi padre, llevar un diario era una sugerencia parecida a la recomendación de que es una buena idea tirar de la cuerda cuando vas a saltar de un avión. No tienes que hacerlo, estrictamente hablando, pero mejorará en gran medida tus posibilidades de supervivencia si la sigues.

El primer diario que leí antes de acostarme estaba lleno de tonterías. Pensé en leer otra vez el relato de mi padre sobre la primera vez que conoció a mi madre antes de irme a la cama.

12 de febrero de 2009

Puede que haya conocido a la elegida. Me llamó la atención su larga melena rubia. Estaba bailando sola cuando la vi por primera vez. Tuve que preguntarme por qué una criatura tan seductora estaba sola, seguro que cualquiera de los hombres solteros que merodeaban por el perímetro de la sala se habría unido a ella. Pero no era el tipo de mujer a la que se saca a bailar así como así. Se movía con gracia, lo que la diferenciaba de los demás cuerpos que giraban al azar al compás. Era una cierva entre simios. O, mejor, un dragón entre lagartos comunes. Había fuego en sus ojos. Algo que no podía definir. ¿Era siquiera humana? Había visto diosas antes. Había conocido a más de mis deidades olímpicas. Ninguna de ellas se comparaba con esta mujer.

Ah, Josephine...

¡Qué nombre! La forma en que caía de mi lengua era como néctar, extraído de las flores del mismísimo Olimpo. Me acerqué a ella, extendiendo el brazo. Ella discernió mis intenciones y aceptó a bailar conmigo. Juntos, nos movimos por la pista como si estuviéramos en otro mundo. No era el número de baile cargado de bajos el que guiaba nuestros movimientos. Había otra canción en el aire. Una sinfonía inaudible, que envolvía nuestros marcos, como tocada por las cuerdas de nuestros corazones, y forjada en una melodía inquietante. Primero le dije mi nombre. No hay muchos mortales que lo sepan. Pero no podía pedirle a esta extraordinaria criatura que bailara con la muerte. No era el alma de esta mujer lo que vine a recoger. Vine por su corazón. Su corazón y su vientre.

Podría haber habido mil mujeres hermosas en el club esa noche, y aun así habría encontrado a Josephine. Ella no era la mujer más llamativa, tal vez, para los estándares humanos. Pero había algo en ella, algo diferente a cualquier ser humano que hubiera conocido. Había una profundidad en su alma que faltaba en las millones que había cosechado antes.

La multitud que nos rodeaba desapareció. La música se apagó. Las luces de la pista de baile se extinguieron. Seguimos bailando. Yo no quería que terminara. Ella tampoco. Nuestro baile podría haber sido eterno de no ser por el portero que insistió en que nos fuéramos.

Le pedí que me acompañara a dar un paseo. Josephine me besó en la mejilla y me invitó a su casa. Allí, nuestros cuerpos se enzarzaron en otra danza. Estábamos cautivados por la pasión y el deseo. Nos dijimos muy pocas palabras. Nuestros cuerpos nos decían todo lo que necesitábamos saber.

Aún no está encinta. Si su vientre hubiera aceptado mi semilla, lo habría sabido. Pero debo verla de nuevo. Volveré a visitarla pronto. Solo puedo esperar que me anhele tanto como yo a ella. Debo saber más sobre mi Josephine. Vine a la Tierra buscando una compañera, alguien que me diera un heredero. Me temo que encontré algo más. Pero ¿cómo es posible? Ella es una mortal. Nunca podría unirse a mí en el inframundo. Nunca podría dejar mi puesto para estar con ella. Aun así, debe haber una manera. No me conformaré con menos de lo que mi corazón anhela ahora.

Ya había leído este relato antes. Debería haberme sentido conmovido, o inspirado, en cambio, cada vez que lo leía, no sentía más que envidia. ¿Podría yo encontrar un amor así? Eso no era en absoluto lo que sentía por Gabriel. Él era amable. Dulce. Seguro. Pero había algo en este amor prohibido, la pasión infundida en la letra de mi padre, que no podía quitarme de encima. Leer sus palabras solo me hizo sentir insatisfecha con mi relación con Gabriel. Pero había al menos una similitud. La tragedia que acabó separando a mis padres, el hecho de que no pudieran vivir juntos en el mismo mundo era algo que ahora conocía.

Aun así, no sentía lo mismo. Mi corazón estaba desgarrado, pero no porque no pudiera estar con Gabriel. Era porque él todavía me encadenaba a un mundo que nunca podría ser mi hogar. Para mi padre, su amor por mi madre era lo que nunca podría ser. En mi caso, fue el amor de Gabriel y mi falta de voluntad para romperle el corazón lo que me impidió encontrar el amor que deseaba y merecía.

Tenía que decirle la verdad, pero seguía sin saber cómo. No era como si hubiera encontrado otro amor o incluso que tuviera alguna garantía de que pudiera hacerlo. Pero mientras estuviera con Gabriel, si me negaba a dejarlo ir, nunca sería libre de averiguarlo. Sabía lo que tenía que hacer. Solo que no estaba segura de encontrar las palabras para decirlo.

Hojeé algunas páginas más del diario de mi padre. Alrededor de media docena de entradas más detallaban diversos encuentros entre ellos. Largas conversaciones, ninguna de las cuales era especialmente útil en cuanto a información que pudiera ayudarme a localizar a mi madre. Solo había una que podría tener pistas. La vez que mi madre presentó a mi padre a su madre. Coloqué el diario en mi regazo mientras me acurrucaba en la cama y empecé a leer.

2 de abril de 2009

No todos los días una chica invita a la Muerte a cenar. Aún más raro, supongo, es traer a la Parca a casa para que conozca a sus padres. Había intentado decirle la verdad a Josephine muchas veces antes, pero no lo había conseguido. Temía que, si lo hacía, y si revelaba mis verdaderas intenciones, no volvería a verla. Pensé que, con el tiempo, nuestro amor crecería lo suficiente como para poder decírselo sin riesgo. Pero cuanto más esperaba, más difícil me resultaba. ¿Me guardaría rencor por no habérselo dicho antes? ¿Me creería si se lo dijera o pensaría que estoy loco?

De cualquier forma, me aterrorizaba que la verdad pudiera

acabar con todo. Muchas Parcas tomaron compañeros antes que yo, aunque sus historias no eran como la mía. Eran francos. Le decían a su futura pareja la verdad desde el principio y, con una bendición celestial, le ofrecían diez años más de vida si accedía a dar a luz a su heredero. ¿Renunciar a un hijo por solo diez años de vida? Para algunas mujeres, no valía la pena. Pero yo tenía más que ofrecer. Podía darle vida y riquezas. No solo una década, sino dos o las que quisiera. ¿Lo aceptaría? Cuanto más tiempo pasábamos juntos, cuanto más nos enamorábamos, más temía que rechazara una propuesta así. La verdad significaba que no solo tendría que renunciar a nuestro hijo, sino que me perdería a mí.

No creo que me aterrorizara tanto que rechazara la oferta. Tenía más miedo de que la aceptara. Si lo hacía, la perdería.

Esperaba que conocer a la madre de Josephine podría ofrecer algo de claridad. Después de la comida de esta noche, estoy aún más perplejo que antes. ¿Qué puedo hacer?

La madre de Josephine, Rose, es una mujer entrañable. Era mayor de lo que esperaba. Había tenido a Josephine más tarde. Ahora, era viuda y Josephine es su mundo. Todavía vive en la misma casa donde crio a su hija. Un lado de un dúplex en un suburbio de Kansas, Grandview, en una casa está pintada de verde oliva y está situada frente a un pequeño parque.

La conversación fue incómoda, como supongo que debe ser siempre que un humano presenta a sus padres a alguien con quien ha estado saliendo. Me preguntó a qué me dedicaba. ¿A qué me dedicaba? No sabía qué responder, ya que lo que hacía no tenía nada que ver con la vida. Josephine le dijo que trabajaba en un asilo, con los muertos y los moribundos. Eso le había dicho. Supongo que era el equivalente profesional más cercano a lo que realmente, ayudaba a la gente a seguir adelante cuando era su hora. Era una profesión noble, dijo la madre de Josephine. Una que requiere a alguien con un gran corazón. Lo tomé como un cumplido.

No debería haberlo comprobado, pero lo vi en mis registros. La madre de Josephine va a fallecer dentro de un año. No podría hacerlo yo mismo. Tendría que asignárselo a otra Parca. No sé cómo decírselo a Josephine. ¿Debería? Tal vez, al menos, si acelero mis planes, Rose podría ver nacer a su nieto antes de morir. ¿Pero qué sería de nosotros después de eso? ¿Cómo podría decirle la verdad a Josephine ahora? No solo sería la persona a la que ella amaba, que se llevó a su hijo consigo de vuelta al inframundo, sino la Parca que en cierto modo fue responsable de acabar con la vida terrenal de su madre. Ella nunca me perdonaría. ¿Cómo podría? Tal vez por eso los Parcas no deben enamorarse de sus parejas elegidas...

Cerré el diario de mi padre y lo dejé en mi mesilla de noche. Faltaban varias páginas. ¿Le dijo la verdad a Josephine? ¿Esperó a revelársela después de que naciéramos mi hermano y yo? Tendría que preguntárselo a mi padre más tarde. Iba a volver para mi cita obligatoria con Gabriel al día siguiente, de todos modos. Seguro que mi padre tenía más respuestas de las que revelaba su diario.

14

Me desperté más decidida que la noche anterior. Tal vez mi padre podría decirme más sobre la ubicación de la casa de mi madre. Era imposible que Rose estuviera viva y encontrar la vieja casa era probablemente un callejón sin salida. Sin embargo, mi padre podría decirme cómo le contó la verdad a Josephine. Eso podría explicar por qué dejó de comunicarse con él después de que Morty y yo naciéramos. De nuevo, saber qué había pasado no me daría muchas pistas, pero era más de lo que tenía para trabajar basándome en sus cartas de amor y los diarios. Tal vez, si pudiera entrar en la mente de mi madre, podría encontrar un rastro de migas de pan que seguir.

Me vestí para ir a trabajar. Joe-co-latte no era una cafetería lujosa, pero a su dueño le gustaba tostar los mejores granos de café. Me contrató en el acto. Fue el primer y único trabajo que solicité. No tenía mucho currículum, pero para un trabajo de camarero solo necesitaba una solicitud.

Mi padre le había dicho a Josephine que trabajaba en un asilo. Yo le había dicho a Joe que me había formado para preparar a los muertos y él lo interpretó como que había estudiado embalsamamiento. No confirmé ni negué su suposición solo le dije que mis estudios que no tenía nada que ver con este trabajo y al parecer fue todo lo que necesitaba oír. Muchos baristas, al parecer, estaban entre carreras o esperando algún tipo de chispa de inspiración. Sabían que lo que hacían antes no les satisfacía. Buscaban un nuevo rumbo profesional. Mientras estuviera dispuesta a aprender de Sienna, llegara a tiempo y no hiciera ninguna tontería, me dijo que sería una gran incorporación al equipo.

Pero yo no estaba haciendo un buen trabajo. No era culpa de Sienna. Ella estaba haciendo todo lo posible para entrenarme y solo había estado trabajando allí un poco más que yo. Simplemente no lo entendía rápido. Había tantas formas de preparar café. Necesitaba hacerme fichas. Pero estaba tan obsesionada con examinar las cartas de amor y los diarios de mi padre, por no hablar de ver series aleatorias en Netflix, que no me había puesto en serio a labrarme un futuro como barista.

Aunque teníamos acceso a algunos programas humanos en el inframundo, sin Internet había todo un mundo de *streaming* al que nunca había tenido acceso. Y no había que esperar entre episodios. Me vi toda la primera temporada de *Stranger Things* en una noche y luego, me quedé despierta para ver los dos primeros episodios de la siguiente temporada porque no podía esperar a saber qué iba a pasar después. Después de eso, vi Las *escalofriantes aventuras de Sabrina,* que fue bastante más reconfortante que escalofriante. La extraña evocación de diablos y demonios y el paso entre este mundo y el Infierno me recordaban a casa.

No representaba muy bien el inframundo, pero me identificaba con la heroína bruja de la serie, que se debatía entre dos mundos. En mi caso, sin embargo, mi viaje fue el opuesto. Sabrina luchaba por mantener su vida humana y sus amistades en su instituto humano mientras aceptaba su papel de medio bruja. Yo era una semidiosa que no podía cosechar nada, que intentaba cortar mis conexiones con mi antigua vida y encontrar algo nuevo. Ella se adentraba en un mundo fantástico y extraordinario. Yo intentaba forjarme una vida normal y corriente. Pero al igual que Sabrina, que había perdido a sus padres cuando era un bebé, yo intentaba encontrar a mi madre.

Me puse los pantalones de cuero y el top y me miré en el espejo antes de salir. Me encantaba cómo me quedaba, acentuaba todas mis curvas. Además, como iba en moto, el cuero era imprescindible. Me encantaba llevar vestidos ajustados, pero, por razones obvias, no podía llevar uno en la moto, a menos que me empezara a gustar el exhibicionismo.

También me recomendaron los pantalones de cuero en caso de accidente. Se suponía que me salvarían el pellejo si me estrellaba. Nunca me había tomado el riesgo tan en serio. Hasta que una furgoneta blanca salió del aparcamiento cuando giraba y casi me corta el paso.

—¡Qué demonios haces! —Frené en seco y extendí el dedo corazón hacia la furgoneta mientras aceleraba calle abajo. El conductor no veía mi caluroso saludo, pero me hizo sentir mejor.

Casi llegaba tarde a mi turno. Tenía ganas de perseguir a ese gilipollas y echarle la bronca, pero llegar a tiempo era lo único que se me daba bien en el trabajo. No merecía la pena arriesgarse. Además, no era el primer conductor loco que encontraba en el centro y muy probablemente no sería el último.

Aparqué la moto en una plaza libre junto al coche de Sienna. Siempre llegaba pronto a sus turnos. Me bajé de la moto y vi algo debajo de la rueda delantera del coche de Sienna. Me agaché y lo cogí: una funda de teléfono. La había visto antes. El estampado de flores confirmó que era de Sienna. La goma de la funda contenía fragmentos de cristales rotos.

Pensé que se le habría caído y roto el teléfono al salir del coche. Probablemente estaba frustrada y se dejó la funda.

Me mordí el labio. Seguía siendo extraño. Se suponía que esas fundas protegían el teléfono de posibles daños. Pero ¿por qué iba a coger su teléfono roto y dejar la funda? Además, los teléfonos no solían salirse de la funda cuando se caían. El mío se me había caído una docena de veces sin ningún problema.

Algo no iba bien.

No estaba segura si mis temores eran lógicos o el asunto de Chad era más grave de lo que pensaba. No tenía mucha experiencia con amenazas reales. En el inframundo había noqueado a unas cuantas Parcas, pero los humanos eran capaces de un nivel de totalmente distinto. Me había entrenado para someter almas escurridizas, pero nunca me había encontrado con el tipo de maldad que dominaba las noticias de las nueve.

Me dirigí a la cafetería. Si Sienna estaba allí, lista para empezar su turno, podía dejar de lado mis preocupaciones. Cuando crucé la puerta y al ver que Joe estaba solo detrás del mostrador, se me hundió el estómago.

—¿Ha llegado Sienna? —le pregunté.

Negó con la cabeza.

—Todavía no. Supongo que llegará pronto.

—Creo que ha pasado algo —gruñí—. Anoche alguien intentó agredirla y yo intervine. Su coche está aparcado en el garaje. He encontrado la funda de su teléfono y algunos cristales rotos. Estoy preocupada.

—Probablemente se le ha caído el teléfono —Joe se encogió de hombros—, supongo que habrá ido a la tienda para reemplazarlo antes de su turno.

—No creo que sea eso. —Suspiré—. Aunque espero que tengas razón.

—¿De verdad piensas que deberíamos llamar a la policía por una funda arrugada?

—Sí, vale, puede que esté un poco paranoica. —Me rasqué la cabeza—. A lo mejor ya ha encendido su móvil nuevo.

Metí la mano en el bolsillo trasero y cogí el teléfono. Si Sienna ya tenía un teléfono nuevo, podría llamarla y resolver el misterio de una vez por todas. No llegué tan lejos. Vi que había perdido un mensaje de Sienna. Lo había enviado hacía quince minutos. Eso significaba que su teléfono se había estropeado minutos antes de que yo encontrara su maletín.

Había un vídeo adjunto.

Jadeé. Eran tres hombres, con los rostros cubiertos por pasamontañas, que salían de una furgoneta blanca. Era la misma furgoneta que me cortó el paso el día anterior en el aparcamiento.

—Zoey —se escuchó a Sienna en el fondo—. Estos tipos vienen a por mí y lo siento, esto es lo único que se me ha ocurrido hacer. Creo que son amigos del hombre de ayer. Si recibes esto, ¡por favor ayuda!

Entonces, la imagen del teléfono cambió al intentar ver las matrículas de la furgoneta. Era un borrón. Tal vez si la congelaba, podría distinguirla. Entonces oí un grito. Debió de darle a enviar antes de que uno de los hombres le arrancara el teléfono de la mano.

Pude conectar los puntos. Cogieron su teléfono, lo destrozaron y lo recuperaron. Con las prisas, dejaron la funda y la tiraron debajo del coche.

—Joe. —La expresión de mi jefe había pasado de estoica a preocupada—. La han secuestrado.

—¿A dónde vas? Deberíamos llamar a la policía —replicó.

—Hazlo tú, Joe. Lo siento. Vi la furgoneta que se la llevó justo cuando entraba en el aparcamiento. Si hay alguna posibilidad de alcanzarlos, tengo que intentarlo.

—Zoey, no es seguro.

—Estaré bien —le aseguré—. Si encuentro la furgoneta, llamaré a la policía, ¿de acuerdo? O te enviaré un mensaje con mi ubicación. Te voy a reenviar el vídeo para que se lo enseñes a los agentes.

Joe asintió, vacilante. Estaba a punto de hablar, probablemente para disuadirme, pero salí por la puerta antes de que pudiera pronunciar otra palabra. Corrí de vuelta al garaje, reenviando el mensaje de Sienna a Joe mientras corría hacia mi moto.

Sienna había enviado el mensaje hacía quince minutos. Desde mi plaza hasta Joe-co-latte había unos cinco minutos a pie. Seguro que había forcejeado con los hombres durante unos minutos antes de que se la llevaran.

Si hubiera llegado un minuto antes, habría estado allí. Podría haberlos detenido. Manejar a tres matones a la vez no podía ser más difícil que vencer a tres marionetas infundidas con almas cabreadas.

Así que el tal Chad no solo intentaba asaltar a Sienna. Intentaba secuestrarla. Había estado estudiando sus hábitos, su comportamiento, a saber cuánto tiempo y por eso sabía que ella llegaba temprano a trabajar. Y cuando arruiné su plan, apareció con más hombres para terminar el trabajo.

Sabía a lo que me enfrentaba. No era la primera vez que algo así ocurría en Kansas. El corredor de la I-70 era un hervidero de trata de personas. Muy pocos casos salían en las noticias, pero poco después de mi llegada hubo un reportaje que ponía de relieve el problema. No se mencionaban casos individuales, más allá que las víctimas nunca aparecían. Pero no me iba a pasar nada, después de todo había convertido a Chad en un charco de pis con un par de frases. Sus compañeros debían tener el mismo nivel de *hijoputismo*. Pero también debía tener en cuenta que eran secuestradores profesionales. Sabían cómo esconderse y cómo escapar.

Esta vez, sin embargo, habían sido descuidados. Vinieron a por la misma chica dos días seguidos. Todo lo que pude imaginar es que tenían un comprador, alguien que buscaba a una joven que encajara con la descripción de Sienna.

Me subí a la moto y metí la llave en el contacto. Aceleré el motor y salí del aparcamiento como una bala.

Varias carreteras interestatales se cruzaban con el centro de Kansas. Aunque el problema del tráfico estaba relacionado con la I-70, no había garantías de que fuera esa la carretera que tomarían.

¿Qué demonios estaba haciendo? Mis posibilidades de encontrar a Sienna eran mínimas. Podría alcanzar a la furgoneta con bastante facilidad si supiera en qué dirección se había ido.

En mi formación, nos enseñaron a intentar ponernos en la mente de nuestro objetivo si un alma huía de su cosecha. Si yo fuera uno de los secuestradores, ¿qué haría? Este distrito estaba en el lado de Missouri de la ciudad. Si cruzaban las fronteras estatales, significaba que la policía tendría que comunicarse con Kansas. No sabrían mejor que yo en qué dirección iba la furgoneta. No hasta que examinaran las cámaras de tráfico. Eso llevaría tiempo. Demasiado. Más que eso, la policía tardaría en evaluar la situación. Cruzar las fronteras estatales no daría mucho tiempo a los secuestradores (quizá una hora o más), pero dado lo que estaban intentando, eso podría ser todo lo que necesitaran para desaparecer.

No pude distinguir la matrícula de la furgoneta en el vídeo. Tal vez los policías podrían darle algún sentido. Supuse que la furgoneta era de alquiler. Los secuestradores seguramente usaron identificación falsa para asegurarla. La dejarían en algún sitio, pasarían a Sienna a otro vehículo y la llevarían a donde fueran.

Aun así, si yo fuera uno de los secuestradores, cruzaría las fronteras estatales, aunque solo fuera para complicar la búsqueda. No sabía mucho sobre cómo funcionaban los procesos policiales. Eso no formaba parte de lo que nos habían entrenado. Si cruzaban fronteras estatales, ¿no involucrarían a los federales? No lo sabía, pero imaginaba que, fuera cual fuera el caso, tardarían en actuar.

Mi bastón no era una guadaña. No podía segar. Eso no significaba que fuera inútil. Mi padre me había enseñado ese pequeño truco cuando me llevó en aquel accidente de avión. Era lo único que mi bastón podía hacer. Aun así, valía la pena intentarlo. Si de algún modo podía imponerle mi voluntad, si podía definir el objetivo, tal vez me mostraría adónde tenía que ir.

Me detuve y toqué mi sello en la muñeca derecha con la mano izquierda. El bastón se formó en mi mano. Me metí el bastón bajo el brazo y dirigí el extremo puntiagudo hacia delante.

«Concéntrate, Zoey. Dirige al personal. Identifica el objetivo...»

Imaginé a Sienna en mi mente. Grité su nombre en mi cabeza. No pasó nada.

Pero cuando estaba en aquella siega con mi padre, me había dicho que arañara la mejilla del hombre cuando el avión estuviera cayendo. Así podía apuntar a su alma. Así podía usar mi bastón como un faro para rastrear un alma en fuga. No haría falta mucho. Una sola hebra de cabello. Incluso un poco de sudor.

Necesitaba encontrar otra forma de apuntar a Sienna. No tenía nada de su ADN. ¿O sí? Todavía tenía la funda de su teléfono. Normalmente lo llevaba en su bolsillo trasero. Tal vez había un poco de sudor en ella. Tal vez algo de saliva de una conversación o incluso algunas células muertas de la piel permanecían en la superficie. Lo que fuera.

Metí la mano en el bolsillo y saqué la funda del teléfono de Sienna. Un resplandor azul se posó en la punta de mi bastón. Funcionó. Apunté con el bastón hacia mi izquierda. El brillo se desvaneció. Lo moví hacia delante. El resplandor volvió. Todo lo que tenía que hacer era seguirlo.

Me metí en la I-70, esquivando a los coches que aceleraban por la rampa de entrada.

—Aguanta, Sienna. —Aceleré mi moto—. Ya voy a por ti, nena.

15

Seguí las indicaciones de mi bastón. Era como una brújula, me dio un camino directo en línea recta a la ubicación de Sienna. Pero también estaba en deuda con las autopistas y las carreteras, anchas y lisas que no me hicieron derrapar en ningún momento. Cuando el resplandor empezó a desviarse hacia el lado derecho de la autopista, pensé que lo mejor que podía hacer era tomar la siguiente salida.

A partir de ahí, seguí cinco o seis giros más, llegando a unos cuantos callejones sin salida por el camino. Estaba en algún lugar en el lado de Kansas del río Missouri y mi brújula personal me dirigió al muelle de carga de mercancías, donde había unos trescientos o cuatrocientos contenedores, apilados sobre otros. Aparqué la moto. Lo más probable era que los cabrones que se habían llevado a Sienna me hubieran oído acercarme. Aun así, era mejor moverse en silencio entre los contenedores. Tenía que estar aquí, en alguna parte. Suponía que la operación de tráfico de tratas que llevaban a cabo utilizaba las barcazas para trasladar a sus víctimas.

Me metí entre dos contenedores y le envié un enlace GPS con mi ubicación a Joe. No quería enfrentarme a las fuerzas del orden y la ley, pero no era tonta. Cabía la posibilidad de que no saliera viva de esta. No había hecho nada como esto antes. Si me pasaba algo, no iba a dejar que se salieran con la suya secuestrando a Sienna por mi orgullo. Me encantaba verme como una Batwoman, pero debía ser precavida.

Seguí a mi bastón, cubriendo la punta con la mano para que el brillo no delatara mi ubicación. Solo vi a tres hombres en el vídeo de Sienna, pero puede que hubiera más en la furgoneta. Pero al ser el Disneyland de la trata de ser humanos, era probable que hubiera docenas de hombres implicados en la operación.

No soy pesimista por naturaleza, pero era prudente prepararse para el peor de los casos. Imaginaba que, dada la naturaleza de lo que estaban haciendo, la mayoría de ellos, si no todos, llevarían pistolas. Una mujer con un palo contra un puñado de hombres armados, a cualquier otra le habría dicho que las posibilidades de salir con vida eran casi nulas. Pero yo no era una chica común y corriente.

Comprobé la ubicación con la luz durante un segundo, era fácil perderse entre el laberinto de metal. Aun así, avanzaba en la dirección correcta. A menos que los traficantes tuvieran francotiradores encima de los contenedores apilados, lo cual era una posibilidad a tener en cuenta, yo era más vulnerable cuando corría en zigzag. Por desgracia, los contenedores estaban apilados en filas bastante ordenadas y había más posibilidades de que alguien girara en mi dirección y me viera.

Apreté los labios. Si eran traficantes, demonios, yo era lo bastante guapa. Puede que yo no fuera su objetivo, pero pensarían que una mujer soltera yendo sola a por Sienna era otra venta potencial.

Tal y como yo lo veía, tenía dos opciones. Podía ir en busca de luchar mi camino a Sienna y recibir un disparo. O podía salir a campo abierto y utilizarme como cebo para atraerlos.

Luego, cuando no se lo esperaran, podía invocar mi bastón y darles una paliza.

Solo había un problema con eso. Chad me había visto convocar a mi bastón la noche anterior. Sabía que podía luchar, la mancha húmeda en sus pantalones la noche anterior lo atestiguaba. No me subestimaría y, si estaba confabulado con esos traficantes, probablemente ellos tampoco lo harían.

Podría tener la apariencia de un activo deseable, un objetivo con el que traficar para su empresa, pero si pensaban que les iba a dar más problemas de los que valía, podrían optar por dispararme en lugar de arriesgarse. Sienna era su objetivo ideal. Una joven tímida y bonita. Una chica asustadiza, que se rendiría antes que oponer resistencia. No sabía cuánto tiempo llevaban vigilándola. Como trabajábamos juntas, probablemente también me habían estado vigilando a mí. Tal vez se fijaron en ella porque encajaba en el perfil de uno de sus compradores. O tal vez la consideraban un blanco más fácil que yo.

Aparté la cabeza justo a tiempo.

¡Bang! ¡Bang! ¡Bang!

Los disparos confirmaron que optaban por la muerte antes que por mi captura.

Al menos me resolvieron el dilema. Ahora tenía una opción. Tenía que luchar, y como ellos tenían armas mortíferas, no podía dejar que el miedo a encontrarme con una Parca me disuadiera de usar la fuerza letal.

Tenían armas. Armas a distancia. Yo tenía un bastón más adecuado para el combate cuerpo a cuerpo. ¿O no? No era diferente del bastón que había usado en mi examen.

Estaba cerca de Sienna. Estaba a unos cajones del pasillo del que habían salido los disparos.

Oí pasos corriendo en mi dirección. Tenía que actuar rápido. Salí rodando al pasillo y, de rodillas, lancé mi bastón como una jabalina. Alcanzó a uno de los dos hombres armados en el pecho.

Di una voltereta detrás de otra caja y toqué el sello de mi muñeca. Mi bastón se reformó en mi mano.

—Estupendo —murmuré en voz baja. Podría recargar y eliminar al segundo hombre.

Entonces oí pasos detrás de mí. Intentaban acorralarme.

Pivoté y lancé el bastón, atravesando al hombre que venía por detrás. Volví a tocar mi sello mientras giraba y lo lancé contra otro que corría a toda velocidad hacia mi posición. Disparó mientras mi bastón volaba hacia él.

No le di, pero le obligué a esquivar mi ataque, lo que hizo que su disparo también se desviara.

Volví a invocar mi bastón antes de que cayera al suelo y lo lancé de nuevo, alcanzando al imbécil justo en el hombro. Su arma cayó al suelo.

Corrí hacia su posición, sin dejar de comprobar los alrededores en busca de otros posibles atacantes. Sabía que había al menos tres, y él era el tercero.

Me acerqué al hombre. La herida de su hombro manaba sangre. Parte de ella me manchó la bota. Me agaché y le arranqué el pasamontañas.

Era Chad. Los cabrones nunca aprendían la lección.

Le di una patada en el pecho y le obligué a caer de espaldas. Volví a invocar mi bastón y estaba a punto de clavárselo en el corazón cuando un destello de luz a mi lado me llamó la atención.

—Zoey, ¿qué demonios haces?

Me giré. Era Morty. Gabriel estaba justo detrás de él. Sus guadañas estaban listas. Por el brillo que se había posado en sus hojas, ya habían segado las dos primeras almas de los hombres que yo había matado.

—No es su hora —dijo Gabriel—. Deja que se vaya.

Apreté la punta de mi lanza contra la garganta de Chad.

—Me la sopla que no sea su hora, se lo merece.

—Esa no es tu decisión.

—Claro que sí —insistí—. ¡No puedo dejar que haga daño a nadie más!

Chad me miró, con el ceño fruncido por la confusión.

—¿Con quién demonios estás hablando, puta loca?

No podía verlos. No estaban aquí por él. No era su hora. Gabriel tenía razón

Agarré mi bastón con fuerza. Quería arrancarle la cabeza de los hombros. Era una paradoja, supongo. Si podía matarlo, bueno, *sería* su hora. Cualquier entidad divina que fijara la fecha de caducidad de las almas debía saber, de algún modo, que yo no mataría a ese bastardo.

Así que le di una fuerte patada en la cara, dejándolo inconsciente. Me volví hacia Morty y Gabriel.

—Puede que no sea su hora, pero al menos puede pasar el resto de su vida en la cárcel.

—Es lo mejor —me tranquilizó Gabriel—. Estos tipos son parte de algo más grande. Podría ser la única pista que tienen las autoridades humanas de quien sea que esté dando las órdenes.

—Sí, probablemente tengas razón —suspiré—. De todas formas, tengo que salvar a mi amiga.

—Zoey —empezó Morty—. No puedes hacer una mierda como esta. No es seguro para ti.

Miré fijamente a mi hermano.

—¿Qué no es seguro? Nadie está a salvo mientras monstruos como este campen a sus anchas.

—¿Es esta realmente la vida que quieres hacerte aquí, Zoey? —preguntó Gabriel, mirándome con preocupación.

—Primero, no es asunto tuyo. —Apreté los puños, para calmar mi tono—. Segundo, mi amiga estaba en problemas. Tenía que hacer algo.

—Los humanos tienen autoridades para manejar este tipo

de cosas —respondió él—. He hecho mi reconocimiento. Las fuerzas del orden están en camino.

—Nunca habrían sabido que tenían que venir aquí si yo no hubiera venido —repliqué, dándome la vuelta y corriendo hacia uno de los contenedores.

Las sirenas sonaban a lo lejos cuando abrí las puertas.

Sienna estaba allí, atada de pies y manos y con la boca amordazada. También había otras dos jóvenes. Por su aspecto derrotado, llevaban allí varios días.

Las desaté y luego me encargué de Sienna. Le quité el trozo de tela de la boca y ella soltó un grito.

—¡Dios mío, Zoey! —Invoqué mi bastón y utilicé el extremo afilado para cortar las cuerdas que la ataban de pies y manos. Me rodeó con los brazos—. ¡Recibiste mi mensaje!

—Claro que sí, ya estás a salvo.

—No lo entiendo. ¿Cómo me has...? —Sus ojos se desviaron hacia mi bastón—. ¿Qué es eso?

Sonreí al soltarlo. Se disipó en el aire.

—¿Quizá podrías guardarme el secreto?

—Sí. Quiero decir, por supuesto, después de todo lo que has hecho... —Se le llenaron los ojos de lágrimas—. ¡Dios mío, Zoey! Estaba tan asustada.

—Ahora estás a salvo —repetí.

—Pero esos hombres... —Sienna se estremeció.

—Están muertos. Bueno, dos de ellos lo están. El tipo que te atacó anoche solo está inconsciente.

—¡Manos arriba, donde pueda verlas! —gritó un hombre desde la puerta del contenedor.

Me levanté y me di la vuelta, con las manos en alto.

—¡Ella es la que nos salvó! —gritó Sienna.

El agente seguía apuntándome con su arma mientras otros dos corrían hacia las víctimas, que lloraban tanto que no podían hablar.

—Señora, por favor, salga —me pidió el primer oficial.

—Lo que usted ordene, agente.

Cuando salí del contenedor, me di cuenta de que otro agente ya tenía esposado a Chad. Él me miró con desprecio.

—¡No sabes en lo que te has metido, zorra!

—Te equivocas, guapo. —Le fulminé con la mirada—. No sabes con quién te estás metiendo cuando volviste a por mi amiga.

Chad se rio, incluso mientras el oficial se lo llevaba.

Sacudí la cabeza y miré al agente, que bajó el arma.

—¿Qué ha pasado aquí, señora?

—Llámame Zoey —masculló.

—¡Espera, Zoey! —Los ojos de Chad brillaban con rabia—. ¡Ya sé tu nombre! ¡No tendrá piedad de ti! ¡Estás muerta, Zoey!

Tuve un escalofrío, pero no dejé que nadie se diera cuenta.

—Llevároslo a la comisaría —ordenó el policía—. Lo siento, señorita Grimm, nos ocuparemos de él, pero ahora tengo que hacerte unas preguntas.

—¿Y tú eres...?

—Soy el detective Schroeder. Kevin Schroeder —El agente me sonrió—. ¿Me puedes contar qué ha ocurrido aquí?

—Kevin, la verdad es que todo pasó muy rápido. No sabría por dónde empezar.

—Pero esos hombres están muertos...

—¿Muertos? —pregunté, fingiendo ignorancia—. ¿Estás seguro?

El detective Schroeder asintió. A lo lejos, vi a Gabriel y Morty desaparecer en un portal de vuelta al inframundo. Tenían un par de almas que entregar al barquero.

Cortesía de una servidora.

16

Todo el muelle se había llenado de policías. Supuse que tenían que asegurar la zona. Chad había confirmado, como yo ya sospechaba, que había alguien más arriba en la cadena de mando que era el responsable último de su operación de tráfico de tratas. Quienquiera que fuese, Chad parecía creer que no se tomaría a bien mi intromisión.

Pero yo no estaba preocupada. Dudaba que el señor Trata de Mujeres apareciera pronto. Con la policía tras su pista, sería demasiado arriesgarse a exponerse a sí mismo o a cualquiera de sus operativos por una simple venganza. Si el cerebro de la operación tenía algo de inteligencia, se mantendría alejado de mí y de cualquier otra persona relacionada con el incidente.

El detective Schroeder me llevó a su coche patrulla. Ahora que se me había pasado el subidón de adrenalina, me daba cuenta de que era mi tipo totalmente. Era alto, uno o dos centímetros por encima del metro ochenta, pelo oscuro, ojos marrones profundos, inquisidores, con los que observaba hasta el último de mis movimientos. El chaleco antibalas que llevaba le daba la impresión de ser más musculoso de lo que probablemente era. Aun así, no era uno de esos policías zampa-donuts que suelo ver patrullando por la ciudad. Quizás me atreviera a ligar con él en otra ocasión.

La forma en que me miraba, sus ojos vagando por debajo de mi barbilla antes de detenerse y volver a mirar a lo lejos, sugería que me encontraba al menos tan atractiva como yo a él. Intentaba ocultarlo, por supuesto. Pero a los hombres se les da fatal ocultarlo cuando están mirando a una mujer. El hecho de que hiciera todo lo posible por mantener la profesionalidad era bastante gracioso.

—Entonces, ¿ahora qué? ¿Vas a arrestarme?

—No, señorita Grimm. —Kevin se rio entre dientes—. A mi modo de ver, eres una heroína. Pero sigo sin entender qué ha ocurrido. ¿Podría ser tan amable de explicármelo?

Sonreí con satisfacción. Por su tono y lenguaje corporal, supe que había mordido el anzuelo.

—Supongo que quieres la historia completa.

Kevin asintió.

—Sí, desde el principio, por favor. ¿Cómo los rastreaste?

—Solo tuve suerte, supongo. —Me encogí de hombros—. Supongo que viste el vídeo que le envié a mi jefe.

—Por supuesto.

—Supuse que tenían que cruzar las fronteras estatales. Ya sabes, para frenar a la policía.

—Trabajamos en una ciudad situada en la frontera estatal. Estamos acostumbrados a trabajar así. Aun así, no serían los primeros delincuentes que piensan que pueden escapar de nosotros cruzando la frontera.

—Pues eso, solo tuve suerte. Salí por la autopista y vi la furgoneta. La seguí y le envié mi ubicación a Joe.

—Y en vez de esperar a que llegáramos, ¿intentaste salvar a tu amiga tú sola? —preguntó Kevin, enarcando una ceja.

—Lo sé. —Bufé como una niña caprichosa que la habían pillado con las manos en la masa. Por mi experiencia, sabía que a los hombres les gustaba la personalidad infantil en una mujer. Era absurdo y un tanto patético, pero si conseguía que pensase con los pantalones en vez de con la cabeza, me libraría de decir la verdad—. No fue inteligente.

—Pero para nada. ¿Qué te hizo pensar que podrías enfrentarte a esos hombres tú sola?

—No tenía muchas opciones. Me vieron. Corrí. Después de eso, bueno, todo fue un borrón. —Me toqueteé la barbilla y mordí mi labio. Por su gruñido gutural, supe que iba en buena dirección—. Escuché disparos, así que me agaché detrás de los contenedores. Lo siguiente que supe fue que alguien apareció y se cargó a dos de ellos.

—¿Un héroe apareció de la nada, soltó a tres hombres y desapareció? —Kevin entrecerró los ojos.

Mierda, le seguía funcionando el cerebro.

—Supongo. ¿Cómo voy a saberlo? Pero el tipo que arrestaste, Chad, estaba herido, pero aún respiraba. Así que le pateé tan fuerte como pude.

—Entonces, ¿qué pasó?

—Entré y liberé a Sienna. Entonces, apareciste tú. Eso fue todo. No hay mucho más que contar.

Kevin se mordió el labio. Y ahora era mi turno de gruñir, pero lo disimulé bastante bien con una tos.

—Bueno, ese tal Chad parece pensar que usted es la responsable de todo. Dirigió su ira hacia usted, señorita Grimm.

—Fui yo quien persiguió la furgoneta, a lo mejor me vieron en la carretera y por eso me dispararon. —Sonreí, satisfecha de haberme inventado esa excusa al momento.

—Pero usted no fue quien mató a los otros dos traficantes. ¿Es eso lo que me está diciendo?

—¡Por supuesto que no! —grité con un puchero infantil—. ¿Me ves con cara de asesina?

—Se da cuenta, señorita Grimm, de que interrogaremos al

sospechoso, junto con las tres víctimas. Si hay algo más que quiera decirnos, sería buena idea que se sincerara ahora.

—Mira, Kevin, ¿alguien se va a creer que puedo encargarme de tres hombres armados yo sola y sin un arma que me proteja?

—Creo que tuvo ayuda, señorita Grimm —contraatacó Kevin—. No estoy tan seguro de que no sepas quién fue. ¿Cómo iba a aparecer alguien que no fuera usted precisamente a la misma hora que usted si no se puso en contacto con ellos?

Me rasqué la nuca. Me estaba quedando poco a poco sin opciones.

—Puedes mirar en mi teléfono si quieres, Kevin.

—Detective Schroeder —me corrigió él.

Sonreí, desbloqueé mi teléfono mediante reconocimiento facial y se lo entregué al detective.

—Pues eso, que puedes revisar mi historial de llamadas y mensajes. Le envié un mensaje a Joe con la ubicación, no hablé con nadie más.

Kevin revisó mi teléfono y me lo devolvió.

—Bueno, eso está comprobado. Todavía no estoy seguro de qué hacer con usted, señorita Grimm.

—Pues... si averiguas quién fue, ¿serías tan amable de decírmelo? O sea, me ha salvado la vida.

—No puedo prometer nada —respondió Kevin—. Todo lo que descubramos será clasificado como prueba. Pero si todo concuerda y no hay ninguna razón para mantener en secreto la identidad de tu héroe, te diré a quién tienes que enviar la tarjeta de agradecimiento.

Bien, parecía ser que ya no estaba en peligro. Así que a lo mejor me ponía a coquetear un poco más, ya por diversión.

—¿No vas a pedirme mi número? —pregunté, guiñándole un ojo.

—¿Perdón?

—Para un seguimiento, Detective Schroeder. —Sonreí con inocencia—. Soy la testigo de un crimen, ¿verdad?

Kevin volvió la cara hacia un lado, intentando ocultar sus mejillas enrojecidas, pero sin conseguirlo. «Guapo y dulce, ojalá darle un mordisco».

—Sí. Obviamente... Quiero decir que necesitaré su número, señorita Grimm.

—¿Tienes un bolígrafo?

Kevin asintió y sacó uno de su bolsillo.

—Dame la mano.

—¿Perdón? —repitió Kevin, esta vez sin ocultar su sonrojo. Sonreí.

—Tengo que escribirlo en *algo*.

Kevin puso los ojos en blanco. Luego se metió la mano en el bolsillo y sacó dos tarjetas de visita.

—Escribe tu número en el reverso de una de ellas. Quédate con la otra. Si recuerdas algo más que pueda ayudarte, llámame.

—No seas tímido. Llámame cuando quieras. —Me metí la tarjeta en el sujetador con un guiño—. Por el día, por la noche, de madrugada...

Kevin entrecerró los ojos. Parecía que no había disipado todas sus sospechas. Tendría que trabajármelo mejor.

—Lo mismo digo. Estaré en contacto, señorita Grimm.

17

L e envié un mensaje de texto a Joe y, al saber lo que había pasado, me dio el día libre. Se lo agradecí. Matar a traficantes de personas era bastante agotador y, dado todo lo que había ocurrido, mi mente no estaba funcionando bien (como se demuestra claramente al intentar ligar con el encargado de investigar los asesinatos que yo misma había cometido). Además, Sienna no estaba en condiciones de ir a trabajar y seguro que metía la pata sin ella al mando.

Por suerte, a Sienna también le había dado el día de descanso, aunque no sabía si estaría de humor para ir a trabajar con solo veinticuatro horas de tranquilidad. Las dos últimas veces que había venido a trabajar, había sido atacada. ¿Quién podía culparla si necesitaba algo de tiempo o si no quería volver a trabajar en la cafetería?

El viaje hasta mi casa fue bastante relajante, aunque mi moto estaba más hecha para la velocidad que para la comodidad. Aun así, había algo tranquilizador en conducirla. Siempre que, por supuesto, no estuviera persiguiendo furgonetas hasta arriba de secuestradores. El viento en mi cara, revoloteando los mechones de pelo que se salían del casco, despejaba mi mente. Había una sensación de libertad al conducir al aire libre, y un poder innegable que me hacía vibrar los muslos.

Pero no. No era sexual. Era simplemente poder en su máxima expresión. Ir en moto es diferente a conducir un coche. Si alguna vez has montado en una, sabes que lo que digo es verdad. Se siente casi como si mi moto fuera una extensión de mi cuerpo. Como si la potencia de la moto fuera la mía.

Esa mezcla de claridad mental y empoderamiento me dio cierta perspectiva de todo a lo que me enfrentaba. Me preocupaba Sienna, pero también tenía otros problemas. Sabía que era posible que Chad mintiera cuando dijo que su jefe vendría a por mí. Pero en algún recoveco de mi mente, temía que su amenaza tuviera fundamento. Por otra parte, quizá eso fuera bueno. Las fuerzas del orden tienen que lidiar con un montón de burocracia cuando persiguen a terroristas. Si el jefe de Chad era tan tonto como para buscarme, podría cortarle la cabeza a la bestia y la organización se caería como un castillo de naipes. Haría del mundo un lugar mejor.

Claridad mental y poder: una combinación mortal, sobre todo en manos de una antigua aspirante a Parca.

Había otros problemas que no sabía cómo resolver. El detective Schroeder sospechaba que yo ocultaba algo, pero al menos él no creía que yo estuviera involucrada con los traficantes. Aun así, si iban a procesar a Chad y a perseguir a la organización para la que trabajaba, tendrían que investigar más a fondo los sucesos del día. Si lo hacían, ¿podrían averiguar lo que yo había hecho? ¿Había cámaras en el muelle? No había visto ninguna, pero en el siglo XXI casi siempre hay algo que te observa y te graba. ¿Qué pensarían si me vieran invocar mi bastón desde el éter y blandirlo como una lanzadora de jabalina olímpica convertida en asesina ninja?

Montar en la moto me dio la calma y la confianza necesarias para dejar a un lado cualquier preocupación sobre si los traficantes al final vendrían a por mí. No sirvió de mucho para calmar mis nervios por lo que pudiera averiguar el detective Schroeder. Coquetear con él era bastante divertido, pero peligroso. Aunque, si me servía para animar al detective a hacer la vista gorda ante mi implicación, podría mantener nuestros flirteos.

Sí, era una buena excusa para seguir flirteando con él sin sentirme culpable por ello...

Suspiré mientras me apeaba de la moto. Gabriel y yo nunca dijimos que nuestra relación fuera exclusiva, pero me engañaría a mí misma si no admitiera que no se daba por supuesto. Él esperaba que yo le fuera leal. La verdad es que esperaba que perdiera el interés, después de unos meses de separación. En cierto modo, yo era audaz, ruda y valiente. Con nada más que un bastón, aunque etéreo, había abatido a tres criminales armados. Era temible. ¿Por qué demonios era tan cobarde cuando se trataba de asuntos del corazón?

Quería romper con Gabriel, pero no quería *romper* con Gabriel. Me atraían otros hombres y quería tener el tipo de romance que tuvieron mis padres, pero mientras siguiera con Gabriel, eso no era una posibilidad real.

Por otra parte, después de la forma en que Gabriel me había sermoneado sobre lo que estaba haciendo con mi vida me había sentado como una patada en los ovarios. Si alguna vez iba a armarme de valor para romper con él, este era el momento. Aún me quedaban tres o cuatro horas antes de ir a su apartamento. Con suerte, podría mantener mi determinación.

Introduje la llave en la puerta de mi apartamento y los perros empezaron a ladrar.

Pero no tenía perro.

Y sí, era el plural... *perros.*

Solo había una persona en toda la Tierra y el inframundo que tenía acceso a mi apartamento y podía venir con varios perros... Bueno, un perro, con tres cabezas. Si mi padre hubiera dejado que Cerbero orinara en mis muebles nuevos o arañara el cuero de mi sofá, habría un infierno que pagar. Podría ser la única persona en la historia que amenazara a la Parca con el infierno, pero yo era su hija. Podía salirme con la mía, sobre todo porque la amenaza se limitaba a mi mente.

Abrí la puerta de golpe y vi que Cerbero corría hacia mí.

—¡Cerbero, quieto! —grité.

—¡Muy bien! —exclamó mi padre desde el salón—. ¡Esa es la orden correcta!

Me quedé mirando a mi padre sin comprender, que se había acostado en mi sofá en plan Cleopatra, como si mi piso fuera suyo... Bueno, él había pagado los primeros tres meses, pero, aun así, ¡era mi apartamento!

—¿Has traído a tu perro a mi casa?

—No lo he traído de visita, Zoey. Cerbero se queda contigo. Tu hermano me ha comentado lo que estabas haciendo en el muelle. Y no puedo evitar que hagas lo que tengas que hacer, pero al menos puedo dejarlo aquí para echarte un ojo.

Ladeé la cabeza.

—Es un perro, papá.

—No es solo un perro, Zoey. —Mi padre sonrió y se incorporó—. Es un sabueso del Infierno. Un guardián de todos los mundos. Es muy poderoso y se asegurará de que no te pases de la raya.

—¿Perdona? —resoplé—. ¿Pasarme de la raya?

—No en ese sentido. —Mi padre unió las puntas de sus dedos—. Más que nada quiero que te proteja.

Sacudí la cabeza y me senté en uno de los taburetes de mi isla. Cerbero seguía girando la cabeza como si entendiera la conversación.

—Un perro de tres cabezas va a destacar un poquito en la Tierra, ¿no crees?

—Aquí solo necesita una —replicó mi padre.

—¿Vas a realizar una doble decapitación a tu perro, papá?

Mi padre se rio. Me dio gusto escuchar su risa después del día de mierda que había tenido.

—No, en absoluto. El inframundo es un nexo entre mundos. Cerbero tiene una cabeza para cada dominio, una que corresponde al Hades, la segunda al Olimpo y la tercera a la Tierra. —Se levantó y se puso de rodillas para enseñarme cada una de sus cabezas. El perro levantó las barbillas y agitó la cola de felicidad—. Solo necesitas la cabeza de la Tierra, aunque puede invocar las tres en cualquier momento. Supongo que se podría decir que es una manada en sí mismo. La cabeza que corresponde a cada reino reclama el estatus de alfa dependiendo de dónde se encuentre.

—Entonces, si enviaras a tu perro al Hades o al Olimpo, ¿solo tendría uso de esas respectivas cabezas?

—¡Que no, nena! —Cerbero gruñó—. ¿No estabas escuchando? Esas cabezas se convertirían en alfa. Eso no significa que mis otras cabezas sean inútiles.

—¡Hostias! ¿Puedes hablar?

—¡Guau! Pues sí, churri, y vete acostumbrando. ¡Guau! —La cabeza central de Cerbero estuvo de acuerdo conmigo y los otros dos aullaron a la vez.

Cerbero no era un perro pequeño. De tamaño medio, supongo. Probablemente unos cincuenta o sesenta kilos. Su pelo era corto y negro. Cada una de sus cabezas era idéntica, aparte del color de sus ojos. Nunca se me ocurrió que se correspondieran con los tres reinos. Uno tenía los ojos rojos, lo que probablemente le daba vista en el Hades. Una tenía ojos blancos con motas doradas, probablemente correspondiendo al Olimpo. Y la cabeza del medio tenía ojos marrones comunes. Esa, supuse, era su cabeza terrestre.

—Entonces, cuéntame cómo funciona con tus tres cabezas —pregunté. Era una sensación rarísima. No es que fuera raro hablarle a un perro si solo fuera un perro, pero ahora que me daba cuenta de que él podía comunicarse, me sentía un poco tonta al ver que siempre ha podido hablar.

Cerbero se estiró. Su cabeza central se giró y ladró a las otras dos. Las cabezas de su izquierda y derecha gimieron y se replegaron en su cuerpo hasta que fueron algo así como dos verrugas en sus hombros.

—Reina, no tiene más misterio. Soy el único de nosotros que puede hablar en la Tierra porque soy la cabeza que se convierte en alfa cuando está en la Tierra.

—Sus otras dos cabezas se convertirían en alfas en sus respectivos reinos —añadió mi padre.

—¿Y no podías hablar en el inframundo porque no estabas en ninguno de los tres reinos que se corresponden con tus distintas cabezas?

—¡B-I-N-G-O! —Cerbero canturreó sin dejar de mover la cola—. Y se llamaba Bingo.

Ladeé la cabeza.

—Pero si ese no es tu nombre.

Cerbero puso los ojos en blanco y se giró a mi padre para que le rasque la cabeza.

—Como habrás deducido, Cerbero no es un can común —explicó él, cumpliendo con las órdenes de su perro.

—¿Tú crees? Como si ser capaz de hablar no lo delatara.

Mi padre ignoró mi respuesta sarcástica.

—Aunque tiene toda la energía de un cachorro, en realidad tiene miles de años.

—Pensé que lo habías acogido para lidiar con el síndrome del nido vacío después de que Morty y yo nos graduáramos.

—Bueno, eso podría haber sido en parte. Antes de que ocurriera todo, tenía la intención de que te acompañara cuando empezaras tu entrenamiento conmigo. Para una protección extra a medida que tus cosechas se volvían más desafiantes.

—Entonces, ¿por qué no enviarlo con Morty? —Me mordí la mejilla y apreté las manos sobre las rodillas—. Es tu nuevo heredero.

Mi padre negó con la cabeza sin apartar la mirada de su perro.

—Pasará un tiempo antes de que Morty haya avanzado lo suficiente para eso. Ahora mismo, tú eres quien más le necesita.

—Ojalá conociera todas sus órdenes. —Suspiré.

Cerbero se rio. Viniendo de un perro, era un poco inquietante.

—¡No puedes darme órdenes! Respondo a Azrael porque le respeto.

—¿Y yo qué? —pregunté, ofendida.

—Pues, churri, tendrás que ganártelo —respondió Cerbero. Me rasqué la cabeza.

—¿En serio tengo que ganarme el respeto de un perro?

—¡Que no soy solo un perro! —protestó—. ¿No has estado escuchando a tu padre?

—¡Claro que no! Cuéntamelo tú.

Mi padre se agachó nuevamente y rascó a Cerbero detrás de las orejas.

—Mira, Zoey. Sería tonto si te dijera que dejaras de intentar luchar contra la injusticia.

—Eso no es lo que estaba haciendo. —Puse las manos en las caderas—. Mi amiga estaba en peligro y decidí hacer algo al respecto.

Mi padre se rio entre dientes.

—Zoey, te conozco mejor que eso. Ahora que tu amiga está a salvo, ¿piensas dejar de perseguir a los que la secuestraron?

Me encogí de hombros, sin contestar. ¿Para qué, si ya sabía la respuesta?

Odio cuando tiene razón. La verdad es que me había pasado la mitad del camino de vuelta a casa pensando en cómo podría utilizar la amenaza de Chad para acabar con toda la organización de tráfico de personas. Al menos, se me había pasado por la cabeza. Puede que mi padre fuera un adicto al trabajo, pero me quería y probablemente me conocía mejor que yo misma.

—Cerbero puede ser un gran compañero si le dejas. Como dije, puede parecer un perro, pero en realidad es un semidiós.

—¿Es un semidiós? —Me reí entre dientes—. O sea, si fuera un gato, encajaría...

—¿Perdona? —Cerbero resopló. —¡No me compares con una de esas viles criaturas!

—¿No te gustan los gatos?

Cerbero entrecerró los ojos, pero no respondió. Supongo que la pregunta era tan estúpida que no merecía respuesta.

—Bueno, en inglés 'dios' es 'perro' deletreado al revés, *dog-god*. Quizá sea un semi-perro disléxico.

Mi padre se rio. Cerbero ladró. Mi broma no le hizo tanta gracia como a mi padre y a mí. Mi padre levantó la mano y dejó de ladrar obedientemente.

—Te das cuenta de que vivo en un apartamento en la ciudad. No hay muchos sitios estupendos para que un perro salga a pasear.

—¿Qué clase de perro crees que soy? —preguntó Cerbero —. Puedo usar un retrete igual que tú.

Levanté una ceja.

—¿Sabes usar el cuarto de baño?

—Hablo —Cerbero me miró sin comprender la pregunta. De nuevo, de esa forma condescendiente en la que me contestaba solo por escucharse hablar a sí mismo—, ¿y te cuesta creer que pueda mear en un barreño? Y con más puntería que muchos humanos.

Sonreí.

—De acuerdo, en eso tienes razón.

—Debería dejaros solos —Mi padre empezó a levantarse del suelo—. Tengo asuntos que atender. Pero antes de irme, ¿has tenido la oportunidad de revisar las cartas y diarios que te di?

Asentí.

—Así es. Tengo algunas preguntas, si no te importa que te las haga.

—Supongo que puedo tomarme unos minutos para contestarlas.

Me senté en el extremo opuesto del sofá, metiendo una pierna bajo el culo.

—¿Por qué se cabreó mamá? ¿Fue porque le quitaras a sus bebés o que tuvieras que segar a su madre?

Mi padre entrecerró los ojos.

—Yo no segué a su madre.

—Pero alguien tuvo que hacerlo —insistí—. Escribiste sobre ello. Dijiste que su tiempo había expirado.

Mi padre suspiró y echó la cabeza hacia atrás.

—Faltan algunas páginas en mis diarios. Seguro que te has dado cuenta.

Asentí con la cabeza.

—Sabía que disgustaría a Josephine cuando supiera la verdad —explicó mi padre—. Así que fui al Olimpo. Pedí a los dioses que prolongaran la vida de Rose. Sabía que no sería suficiente para calmar la ira de tu madre cuando os llevé a ti y a Morty de vuelta conmigo al inframundo, pero era lo menos que podía hacer.

—¿Y los dioses concedieron la petición? —pregunté.

Mi padre asintió.

—Con ciertas condiciones. Una de ellas era que no podría visitar a la madre de Josephine hasta que llegara su hora. Otra era que tendría que ser yo quien la cosechara.

Me encogí de hombros y dejé ambos pies en el suelo. De repente, no me podía quedar quieta.

—¿Quitaste esas páginas para protegerla? ¿Para que no fuera a buscarla?

—No exactamente. —Mi padre se rascó la barbilla, intentando hacer memoria—. Quité esas páginas hace mucho tiempo. Antes de que supiéramos que no se podía cosechar. La verdad es que lo que hice no se había hecho antes. Los Parcas rara vez interceden por vidas humanas. Los dioses no querían que mi heredero tomara mis acciones como precedente. Y, claro, sabes que yo escribo en mi diario para procesar mis decisiones, para darme claridad. Después de escribirlo, me di cuenta de que haber dejado las pruebas de mis actos había sido un error.

—¿Por qué?

—No todos los dioses accedieron a mi petición. Zeus rechazó mi petición de inmediato. Pero una de sus hijas, Atenea, vino a visitarme al inframundo. Es una larga historia, pero ella ha esperado por mucho tiempo derrocar a su padre, ya que Zeus convirtió a su madre en una mosca, se la comió, luego concibió a Atenea en su mente. Ella surgió con el deseo de vengar a su madre. Es una historia extraña, y no estoy seguro de cuánto de ella es verdad. Pero sé que Atenea quiere destronar a Zeus en el Olimpo.

—¿Y tu petición de repente formó parte de su plan? —le pregunté—. Pero ¿por qué? No tiene mucho sentido que quiera a mi abuela viva ni qué tiene que ver que le hayas alargado la vida para destronar al pu... —me contuve antes de soltar una palabrota—...ñetero Zeus.

Mi padre parecía de acuerdo conmigo e igual de perdido que yo.

—No tengo ni idea. Sospecho que una de las razones por las que me exigió que no volviera a visitar a Rose tiene algo que ver, pero no puedo imaginar qué se trae entre manos. Sea como fuere, si Zeus llegara a enterarse de lo sucedido, me estremezco al pensar cómo podría reaccionar. Puedo ser poderoso, Zoey, pero no tendría oportunidad si Zeus dejara el Olimpo y viniera tras de mí. Si él desestabilizara el inframundo y las almas ya no pudieran ser cosechadas, el equilibrio de la vida y la muerte para toda la humanidad se rompería.

—¿Zeus no tiene idea de que tú y Atenea lograron extender la vida de Rose?

Mi padre negó con la cabeza.

—Sospecho que, fuera lo que fuera lo que Atenea había planeado, supuso que él nunca descubriría la verdad, ya que Rose no era más que una sola vida humana y los olímpicos ya no se preocupan mucho por los asuntos humanos.

—¿Así que arrancaste las páginas del diario por si acaso porque eran pruebas de lo que acordasteis Atenea y tú?

—Para empezar, nunca debí haber escrito esas páginas. —Se giró hacia mí y me miró con preocupación—. Incluso decirte la verdad ahora es un riesgo, Zoey. No debes hablar de esto con nadie.

—Claro que no. —Puse los ojos en blanco—. ¿Supongo que Atenea te exigiera que fueras tú quien cosechara a Rose era otra forma de cubrir sus huellas?

—Sospecho que ese es el caso. Sea como fuere, la hora de Rose se acerca. Cuando creí que ibas a ocupar mi lugar, pretendía que su siega fuera mi último acto como la Parca antes de ascender.

—¿Cuánto falta para que la vida de Rose expire? —pregunté.

Mi padre suspiró.

—Una semana a partir de hoy.

Me quedé mirando a mi padre, con un montón de planes bullendo en mi cabeza.

—Tu diario decía que vivía en una casa en Grandview.

¿Puedes darme su dirección? Necesito hablar con ella. Si alguien sabe dónde está mi madre, es mi abuela.

Sacudió la cabeza.

—Puede que no sea la mejor idea, Zoey. —Suspiró de nuevo, bastante derrotado—. Si su nieta aparece justo antes de que le llegue la hora, podría resistirse a su cosecha.

—¿Y qué? Eres la Parca, papá. Puedes rastrearla y asegurarte de que no se convierta en fantasma.

—Esa es la cuestión —replicó él—. Ya no estoy seguro de que pueda hacerlo. Mis habilidades han empezado a menguar. Cuanto más cerca estoy de ascender, más difícil es cosechar.

—No tuviste ningún problema en hacerlo el otro día en ese avión. Estuviste bastante impresionante.

—La razón por la que te asigné esa cosecha en particular y me uní a ella fue que sabía que había pocas posibilidades de que alguien escapara. Fue un accidente de avión, después de todo. Si Rose intenta escapar, quizá no pueda localizarla.

—¿Qué pasa si se convierte en fantasma? —pregunté.

Mi padre se encogió de hombros.

—No lo sé, pero violaría los términos de mi acuerdo con Atenea. Si eso sucede, puedo perder mi oportunidad de ascender.

—¿Entonces seguirías siendo la Parca?

—Permanecería en el inframundo. Pero mis poderes seguirían menguando hasta quedarme en nada.

Respiré hondo. Conocía esa sensación demasiado bien, pero yo había tenido la oportunidad de irme de casa. Mi padre no tendría tanta suerte, no podría rehacer su vida encerrado en el inframundo.

—Bien. Supongo que tendré que encontrar otra forma de localizar a mamá.

Mi padre negó con la cabeza.

—No te he dicho esto para disuadirte, Zoey. Solo te he dicho la verdad para que sepas lo que está en juego y actúes con prudencia. Es tu decisión. Si quieres buscar a Rose, no te lo impediré.

—¡Papá, no podría vivir conmigo mismo si de alguna manera arruinara tu oportunidad de ascender!

—Y no podría ascender con la conciencia tranquila si te impidiera encontrar a tu madre, Zoey. —Cerbero ladró y se restregó la cabeza con la mano de mi padre, para que dejara de hablar de mi familia y volviera a lo que parecía ser lo importante. Mi padre volvió a rascarle la cabeza—. Y no hace falta que te dé la dirección, ya la tienes.

—¿Sí?

Mi padre sonrió.

—Una de las cartas que intenté enviar a tu madre iba dirigida a casa de su madre. Todas las demás se enviaron al apartamento donde vivía Josephine. No esperaba que la carta que envié a casa de su madre también fuera rechazada.

Resoplé, sintiéndome muy estúpida.

—Tendría que haberlo mirado mejor. Y te llegaron a un apartado de correos como si estuviéramos en los cincuenta.

—Era lo que se usaba entonces.

—No fue hace tanto tiempo. Tenían correo electrónico hace veinte años, papá.

Mi padre se rio.

—Soy una Parca chapada a la antigua, Zoey. Manejar los algoritmos de mi ordenador es algo más reciente. Por aquel entonces, no sabía nada de cómo funcionaban esas tecnologías.

Asentí y me levanté con él del sofá.

—Gracias, papá. Tendré cuidado, te lo prometo. Ni siquiera necesito decirle a Rose quién soy. Podría averiguar la ubicación de mamá sin decirle la verdad.

—Es posible —aceptó mi padre—. Ahora, pequeña, de verdad que debo irme.

Suspiré sin ganas de moverme del apartamento.

—Será mejor que vaya contigo. He quedado con Gabriel esta noche.

Mi padre ladeó la cabeza.

—No lo encontrarás en el inframundo, Zoey. No esta noche.

—¿Por qué no? Ya han hecho su trabajo. —Arrugué la frente.

—Hay otra alma que requería ser cosechada. Estaba designado para otro Parca, pero dada la sensibilidad de la situación, se la reasigné a Gabriel y Morty.

—¿Estás hablando de Chad? ¿El otro secuestrador con el que he luchado hoy? —Mi padre asintió—. ¡Dijeron que no era su hora!

—Y no lo era —convino él—. Pero ahora sí.

—Pero le necesitamos vivo. —Sacudí la cabeza—. Tiene un jefe, alguien más arriba, que controla la organización. Debo interrogarle y averiguar quién es antes de que muera. Es la única forma de detener a los traficantes.

—Su herida estaba infectada, Zoey. Su bastón puede parecer un arma común, y tal vez no pueda segar almas, pero como le has provocado una herida, su magia lo va a matar. Por suerte, los médicos lo llamarán sepsis y no investigarán nada más.

—¿Cuánto tiempo tengo?

—Lo siento, Zoey. Envié a Gabriel y a Morty justo antes de salir para encontrarte aquí. Apenas tienes una hora.

—Tengo que irme. —Gruñí—. Probablemente llegue demasiado tarde, pero tengo que intentarlo.

Mi padre asintió.

—Lo comprendo.

Me incliné hacia él y le besé en la mejilla. Me devolvió el beso, formó un portal al inframundo y se marchó.

Cerbero saltó sobre mis muslos antes de que pudiera levantarme del sofá. Después de todo lo que me había contado mi padre, casi había olvidado que ahora iba a tener que averiguar cómo tratar con un perro.

—Abajo, chico —le espeté.

—Cuando vuelvas de hacer tus asuntillos de Parca retirada, acuérdate de traerme comida.

Suspiré.

—Venga, vale. ¿Qué prefieres? ¿*Purina*? ¿*Science Diet*?

—¿Estás de broma? —preguntó Cerbero—. Estamos en Kansas. Tráeme algo de barbacoa y rapidito.

18

Había dos formas de localizar a Chad. La primera era llamar al detective Schroeder. Dudaba que me diera alguna información. ¿Por qué lo haría? Era una posibilidad remota. Pero un poco de sangre de Chad había manchado mi bota. Recurrí a mi bastón y raspé la mancha. Mi mejor opción era usar su ADN para localizarlo.

Supuse que estaría en algún hospital. Como estaba bajo arresto, estaría vigilado. Llegar hasta él no sería fácil. Tenía menos de una hora. Solo encontrarlo, incluso con mi personal y la velocidad de mi motocicleta, me llevaría la mayor parte del tiempo. Luego, entrar en la habitación en la que estuviera sería el segundo reto.

Gabriel y Morty también estarían allí. No me apetecía mucho encontrármelos. Solo podía esperar convencerles de que retrasaran su cosecha hasta que le sacara a Chad la información que necesitaba.

Esa iba a ser una tercera dificultad que debía. El tipo se estaba muriendo. Si se daba cuenta de que le quedaban minutos de vida, no tendría mucha ventaja para obligarle a hablar.

¿Qué demonios estaba haciendo?

Si me abría paso entre los agentes que probablemente custodiaban a Chad, podría meterme en algún lío. El detective Schroeder ya tenía más que curiosidad sobre mi implicación en esto. Enfrentarme al único tipo que había dejado vivo solo confirmaría su sospecha de que yo tenía más que ver de lo que había admitido.

Lo único que me animó y me permitió dejar a un lado mis reparos fue la bendición de mi padre. Claro, me había presionado para que sobresaliera más de lo que un padre probablemente debería. Tenía sus razones, y no podía culparle por ello. Pero también creía en mí. No había cuestionado mis intenciones cuando le dije que necesitaba llegar a Chad.

Para mi disgusto, había dejado Cerbero conmigo. Podría haberme dicho que me retirara, que tuviera más cuidado, que viviera una vida normal y pacífica. En cambio, había encargado a un perro maleducado que me protegiera. Para ayudarme a enfrentarme a cualquier fuerza desagradable que acabara encontrando en la Tierra.

Corrí todo lo rápido que pide por la interestatal, utilizando mi bastón como faro localizador. Me condujo a las puertas del Hospital de San Lucas, cerca de la Plaza.

Disipé mi bastón. Entrar en un hospital con un arma no era prudente. Tendría que recurrir a métodos de investigación más convencionales para localizar a Chad. ¿Podría preguntar en la recepción? Yo no era su familia y no sabía su apellido. Como también estaba bajo custodia policial, no había muchas posibilidades de que me dieran el número de su habitación.

Desde la perspectiva de los detectives, Chad no era solo un criminal. También era un testigo. Una conexión que podían aprovechar, probablemente ofreciendo una sentencia más indulgente a cambio de delatar a sus superiores.

Vi a un agente de policía paseando por el vestíbulo del hospital y acercándose a un ascensor. Me aparté y observé cómo entraba. Luego, observé las luces numeradas sobre el ascensor mientras ascendía y se detenía. La tercera planta.

A menos que la policía tuviera otros sujetos bajo custodia, lo más probable era que Chad estuviera en el tercer piso.

Pulsé el botón del ascensor y esperé. Miré las puertas de los tres ascensores a la espera de que se abriera la primera. La del medio sonó y las puertas se abrieron.

Estaba a punto de entrar cuando vi al detective Schroeder esperando dentro.

Sus ojos se encontraron con los míos mientras ladeaba la cabeza.

—¿Señorita Grimm? ¿Qué está haciendo aquí?

—He venido a visitar a alguien.

Kevin soltó una risita y puso la mano en la puerta del ascensor para sujetarla. Era muy curioso cómo el detective se transformaba en solo Kevin cuando está tan cerca de mí.

—No puede visitar al sospechoso, señorita Grimm. ¿Por qué querría hacerlo?

Gruñí. No iba a poder engañarlo.

—Me amenazó. No lo sé. Solo estaba ansioso. Quería intentar que hablara. Si supiera quién podría venir a por mí, me sentiría mejor.

Kevin suspiró.

—En primer lugar, señorita Grimm, debería dejarnos eso a nosotros. Si cree que está en peligro, podemos ofrecerle protección. Pero segundo, no le servirá de mucho.

—¿Por qué? —pregunté, temiéndome lo peor

—El sospechoso murió hace unos momentos.

Apreté el puño. Había llegado demasiado tarde.

—¿Te dijo algo que pudiera ayudar? Con la investigación, quiero decir.

Kevin negó con la cabeza.

—Pues no, señorita Grimm. Pero debo decir que no estoy tan sorprendido de verla aquí como podría pensar.

Ladeé la cabeza.

—¿Y eso por qué?

—¿No lo sabes? —preguntó Kevin, levantando una ceja. —¿Seguro que sabías que tus cómplices estaban aquí antes que tú?

—¿De qué estás hablando?

Se echó a reír.

—Podría haberme dicho la verdad antes, señorita Grimm. Aunque sospecho que tenías tus razones para querer proteger a tu novio y a tu hermano.

Suspiré. Morty y Gabriel estaban allí para cosechar a Chad. Por supuesto. Pero ¿cómo demonios se le habían aparecido ante Kevin? Solo había una forma de que eso hubiera sido posible. Debían de haber tomado el portal del despacho de mi padre. No estaban aquí en una siega. Entonces, deben haberse quitado sus capas. Tenían *la intención* de ser vistos.

—¿Qué te dijeron?

—Solo que estaban allí contigo en el muelle. Eran los que manejaban a los secuestradores.

Puse los ojos en blanco. Intentaban cubrirme. Intentaban protegerme. No estaba segura si estaba agradecida por ello o cabreada de que vinieran, como un par de caballeros blancos, a proteger a la pobre damisela terrícola en apuros.

Sí, la segunda opción. Cabreada se ha dicho.

—¿Dónde están ahora?

—Los interrogué. Se mostraron bastante cooperativos, lo que, debo decir, fue agradable para variar.

Puse los ojos en blanco, molesta por su tono de voz.

—Te das cuenta de por qué no podía hablarte de ellos, ¿verdad?

—Por supuesto —respondió Kevin—. Intentaba protegerlos. Pero ten por seguro que no tengo intención de procesarles por matar a esos hombres. Técnicamente, podría. Pero en este caso, hay peces más gordos a los que pescar. Estoy dispuesto a pasar por alto su participación y la suya y descartarlo como una cuestión de defensa propia. Siempre que, por supuesto, usted se retire y me deje hacer mi trabajo.

Ladeé la cabeza. Ahora que Kevin sabía que tenía novio, supongo que flirtear con él no iba a llevarme a ninguna parte.

—¿Eso es una amenaza, detective?

Kevin negó con la cabeza.

—Más bien una advertencia, señorita Grimm. No me fuerce. Preferiría que mantuviéramos una relación de cooperación. Puede que necesitemos su testimonio y el de ellos cuando averigüemos para quién trabajaban esos hombres.

Kevin salió del ascensor y dejó que se cerrara mientras ambos caminábamos de vuelta por el vestíbulo y salíamos por las puertas principales del hospital.

—Te diré una cosa, Kevin.

—Detective Schroeder —me interrumpió.

—Detective Schroeder —continué, mi cabreo avanzando por momentos—, no me interpondré en su camino. Pero Chad me amenazó. Necesito llevar esto a cabo. Necesito averiguar quién podría venir a por mí.

Kevin negó con la cabeza.

—Dudo que tenga mucho de qué preocuparse, señorita Grimm. Su amenaza se produjo en un momento de desesperación. Puedo asegurarle que no ha tenido contacto con nadie desde su detención. Considere una bendición disfrazada que haya fallecido. No podrá dar su nombre a nadie que quiera hacerle daño.

—No estoy seguro de poder confiar en eso. Este no fue mi primer encuentro con Chad.

Kevin asintió.

—Ya lo sé, hablé con la víctima, su amiga. Me contó lo que pasó la noche anterior.

—Entonces sabes que puede que ya le haya dado mi

nombre a alguien de su organización. No puedo confiar en que estoy a salvo solo porque él está muerto.

—Vigilaremos tu apartamento los próximos días si eso te hace sentir mejor.

—No estoy seguro de que sea así. No puedes vigilarme para siempre. —Y añadí—: Aunque estoy segura de que te gustaría.

Kevin se le escapó una sonrisa antes de poner la cara seria.

—¿Podemos por favor tener una relación profesional, señorita Grimm?

Puse los ojos en blanco.

—Sí, claro. Como quieras.

19

Como estaba cerca de la Plaza, me compré unas costillas de *Fiorella's Jack Stack Barbecue*. A mí no me gustaba mucho la barbacoa, lo que me convertiría en un paria en Kansas si alguien lo supiera. Por lo que había podido averiguar, había dos cosas de las que los habitantes de la ciudad estaban orgullosos: sus equipos deportivos y su barbacoa. Y yo tampoco era una gran aficionada a los deportes.

Aunque, claro, las costillas no eran para mí. Eran para Cerbero.

Cogí una botella de salsa barbacoa picante para acompañarla. Fue una decisión improvisada. Mientras esperaba las costillas, había buscado en Google «cómo enseñar a tu perro a comer solamente pienso».

Uno de los resultados que apareció fue un artículo sobre cómo entrenar a tu perro para que deje de comerse sus cacas. ¿En serio? Uno pensaría que es algo que se mantenía en secreto. Ya sabes, como si tu mejor amigo fuera el niño de la escuela que se hurgara la nariz. Puede que sigáis siendo amigos en privado. No hay vergüenza en eso. Quiero decir, casi todo el mundo va a buscar el oro verde cuando no hay nadie más alrededor. ¿Qué más daba? Pero cuando estás rodeado de los chicos guais del colegio o incluso de cualquier otro ser humano civilizado, puedes caer en la tentación de restar importancia a la parte «mejor» de ser «mejor amigo» del chico que frecuenta el bufé de mocos donde todo el mundo puede comer.

La mayoría de la gente se hurga la nariz cuando nadie mira. No creo que mucha gente pruebe su caca en privado. Pero la cuestión es que cuando alguien o algo tiene un hábito repugnante, tener una asociación íntima con dicho inadaptado social es un poco vergonzoso. Si los perros se comen la mierda con tanta frecuencia, ¿por qué los humanos se inclinan tanto por ellos como especie preferida de compañía? Los monos y los simios están mucho más cerca de los humanos, evolutivamente hablando, pero hay una razón importante por la que la gente no se hace amiga de ellos de forma habitual. Juegan con caca. He estado en el zoo. He visto las cosas que hacen.

Quizá por eso a los humanos les gustaban tanto los perros. Les recordaban lo que solían ser. Abrazan a sus perros comedores de caca por nostalgia.

Y yo estaba divagando. Claro que tenía que ver más con el cabreo de ver que Chad se me había escapado por los pelos *y* que Morty y Gabriel hubieran intentado tapar mis errores que por el bicho de cuatro patas que tenía en casa. Pero bueno, el artículo decía que una forma de quitarle a tu perro el hábito de comer caca era condimentarla con salsa picante. Mi esperanza era que un poco de salsa barbacoa picante pudiera disuadir a Cerbero de sus inconvenientes y *caras* elecciones alimentarias.

Rocié el recipiente con la salsa antes de colocar unas cuantas costillas en un plato para Cerbero.

Lo olfateó. Luego cambió de cabeza. La de ojos rojos, la cabeza de Hades, emergió y devoró todo el plato. Con huesos y todo.

Cerbero eructó y una ráfaga de llamas emergió de sus fauces infernales. Luego volvió a su cabeza terrestre.

Meneó la cola.

—¡Estaba delicioso! Gracias, Zoey.

—No sé qué es más extraño, que me hayas demostrado que puedes respirar fuego como un dragón o que te hayas comido hasta los huesos.

Cerbero resopló.

—¿No se supone que debes comer huesos?

—Los perros *mastican* huesos. No se los tragan.

—Bueno, si no te has dado cuenta —Cerbero relamió los restos de salsa del plato—, no soy como otros perros.

Ahora me tocaba a mí resoplar.

—Sí, lo de las tres cabezas te delató un poco.

—Tampoco me voy a restregar contra tu pierna —me aseguró.

Sonreí con satisfacción. No había pensado en ese otro problema de tener perro en casa.

—Bueno, es bueno saberlo.

—Mis intereses anatómicos están unos pisos más arriba de los pies.

—¡Cerbero!

—Relájate, churri. —El sabueso infernal se rio—. Solo me estoy metiendo un poco contigo. No eres mi tipo.

Ladeé la cabeza.

—No lo suficientemente peluda para ti, supongo.

Cerbero resopló.

—No era eso lo que quería decir, pero servirá por ahora.

—Bueno, soy humana en parte, así que tiene sentido.

—No estoy hablando de tu especie, Zoey. Solo me follo a tíos.

—Espera, ¿eres gay?

—¡Ding! ¡Ding! ¡Ding! ¡Tenemos un ganador! ¡Pero si tuvieras una salchicha entre las piernas, estaría aún más feliz!

—Podrías haber dicho algo. —Me eché a reír—. No es para tanto. A mí me la sopla.

—Bien. Porque tengo mucho que soplar.

—¡No me digas nada más! —protesté.

Sacó sus otras dos cabezas.

—¡Que no me refería a eso! Hablo solo de tragarme una buena polla.

Me reí. Esto iba a ser mucho más divertido de lo que había pensado.

—Hablando de tragar, ¿quieres más costillas? No soy fan. Se echarán a perder si no te las comes.

—¿Hay más? —preguntó Cerbero—. ¿Por qué me las escondes?

—Porque no puedo permitirme comprarte barbacoa para cada comida —le expliqué—. Esperaba alargar esta losa un par de días.

Cerbero resopló.

—Churri, por favor. Tienes el dinero de papá.

Entrecerré los ojos.

—Estoy tratando de no usar su dinero. Tiene que pagarle a Caronte.

Cerbero me miró sin comprender lo que le decía.

—¿Por qué demonios no? ¿Has visto al barquero?

—Por supuesto.

—¡Parece la muerte recalentada! ¿Para qué crees que necesita tanto dinero?

Me encogí de hombros.

—No lo sé. ¿Para hacerse manipedis?

—Cariño, Caronte no organiza cruceros a los muertos por placer —replicó Cerbero—. Lleva siglos transportando almas por el río Estigia en esa góndola de mierda, y nunca le he visto vestir más que harapos. Uno pensaría que con las doscientas fortunas que ha reunido a lo largo de los años, al menos podría comprarse un buen par de pantalones, pero no. No hace nada con ese dinero.

—Debe tener un uso para él —presioné—. Si no le pagamos, las almas no avanzan.

—Es un juego de poder si me preguntas. No conoce otra cosa que ese tonto barco y el río. Lo haría gratis, probablemente, si se diera el caso, porque no tiene otro propósito. Pero si lo hiciera gratis, bueno, entonces sería un esclavo. Y Caronte no va a ser la perra de nadie. Te hace pagar para que te des cuenta de que él tiene el control.

Me encogí de hombros.

—No me importan sus motivos. El hecho es que tenemos que asegurarnos de que haya dinero suficiente para que todas las almas de la Tierra puedan cruzar. Y con el ritmo de crecimiento de la población y el tipo de interés de las inversiones actuales de mi padre, debo tener cuidado con la cantidad de su dinero que cojo.

Cerbero entrecerró los ojos.

—Eso es lo más estúpido que he oído nunca.

Arrugué la frente.

—¿Perdón?

—Dime, Zoey. ¿Cuánta gente muere cada día en todo el mundo?

Conocía la respuesta. La había aprendido en la academia.

—En promedio, aproximadamente ciento cincuenta mil.

—El barquero cobra cien pavos por cada uno. No tengo que hacerte las cuentas, Zoey, pero eso es mucho dinero—.

—¡Exacto! Por eso te digo que no puedo gastármelo todo así como así.

—Estoy hablando de cincuenta o sesenta pavos al día por una barbacoa. —Cerbero gruñó—. Es una gota en el océano.

—¡Todo suma! —protesté.

—Oh, basta. ¿Cuál es la verdadera razón por la que no quieres usar su dinero?

—Estoy aquí por mi cuenta. —Respiré hondo—. No quiero depender de nadie para sobrevivir, ¿comprendes?

—Si quieres vivir pobre por principios, es cosa tuya. Pero tu padre me hizo venir aquí y ¡yo exijo lujos!

Puse los ojos en blanco.

—¿Qué te crees que eres? ¿Un gato o algo así?

—Voy a fingir que no acabas de decir eso. —Cerbero entrecerró los ojos—. Puedo ser un perro del infierno, pero no soy ningún demonio.

—Bueno, para que lo sepas, yo tampoco le pedí a mi padre que te enviara aquí. Tenemos mucho en común. Ninguno de los dos está encantado de que estés lamiéndote las pelotas en mi salón. Ya que mi padre es quien está detrás de todo esto, supongo que es justo que sea él quien pague el postre.

—¿Postre? —preguntó Cerbero.

—Sí, es dulce justicia —respondí.

El sabueso del infierno ladeó la cabeza.

—Creía que tenías dulces.

—No es lo que estaba diciendo. —Suspiré—. No importa. Podemos parar a tomar algo más tarde. Tengo que hacer un recado.

Cerbero asintió.

—Vale, pues te sigo.

—¿Cómo me vas a seguir? No estoy seguro de que pudieras correr detrás de mi moto.

Me enseñó sus caninos al sonreír.

—Ya te lo he dicho; no soy un perro normal. Puedo correr rápido. Además, tu padre me ha ordenado que no debo separarme de ti.

—No me acompañaste antes al hospital.

—¿No? —Cerbero inclinó la cabeza hacia la derecha—. Y fíjate que yo pensaba que sí.

Fruncí el ceño.

—¿Me has seguido?

—¡Por supuesto!

—¿Qué pensaría la gente si viera a un perro corriendo a ochenta kilómetros por hora por la autopista?

—Nadie me ve a menos que yo quiera. Puede que mi cabeza terrestre sea alfa aquí, pero no es como si no pudiera usar las otras dos. Por ejemplo, el Olimpo está aquí mismo, pero existe en un plano diferente, superpuesto a la Tierra. Lo único que tengo que hacer es utilizar mis otras cabezas, correr a tu lado por el Hades o el Olimpo según me apetezca en cada momento, y resurgir con mi cabeza terrestre cuando quiera volver a aparecer por aquí.

Arrugué la frente.

—¿Estás diciendo que puedes correr *entre* los reinos?

Cerbero resopló.

—Sí, y ahora no puedo ir al inframundo, el intermedio. Necesito la ayuda de tu padre, o tal vez tu portal de cristal, para hacerlo. Pero puedo atravesar el Olimpo y el Hades con la misma facilidad que la Tierra.

—¿Pero puedes verme en la Tierra cuando haces eso? —pregunté.

Cerbero asintió.

—Por supuesto. Puedo ver los tres reinos en cualquier momento. Ya sabes, gracias a mis cabezas.

Mientras Cerbero lo decía, sus cabezas de Hades y del Olimpo eructaban. De nuevo, su cabeza de Hades expulsó llamas. La otra eructó una nube de algo parecido a purpurina.

—¿Vas a limpiar eso? —pregunté, con asco.

Cerbero se rio.

—Cariño, la purpurina no se limpia. Es el herpes de las manualidades. No hay forma de deshacerse de ella.

Entrecerré los ojos, sintiendo el dolor de cabeza que estaba a punto de golpearme en las sienes.

—Entonces al menos intenta no vomitarla por todo mi apartamento.

20

Solo faltaba una semana para la muerte de mi abuela (me resultaba raro decirlo porque nunca la había conocido). Mi padre tenía que hacer el trabajo. Si no lo hacía, o si violaba de algún modo su pacto con Atenea, podría perder su oportunidad de ascender. Yo sabía poco sobre cómo era el ascenso de un Parca. Supongo que es tan misterioso para nosotros -bueno, para las Parcas- como para los humanos que se preparan para ir al cielo.

Se supone que es mejor, una nueva existencia. Algo más cercano a los dioses. Tal vez mi padre se convertiría en un ángel. ¿Podría terminar siendo un Olímpico? Lo dudaba. No era probable que esos dioses recibieran a alguien de nuestra calaña en su pretencioso club de campo en las montañas celestiales. Al menos así me lo imaginaba yo. Zeus, Afrodita, Dionisio y los demás, bebiendo té y comiendo pastas (¿qué demonios son las pastas? No tenía ni idea, pero salía en todas las pelis), hablando de lo mucho mejores que son que los simples mortales o semidivinos como nosotros.

—¿No somos maravillosos? —me imaginaba a Zeus exclamando, sentado en los verdes del Olimpo bajo un paraguas mientras un sirviente cuyo nombre nunca se molestó en aprender le servía una copa de *pinot noir* de cincuenta mil años de antigüedad.

—Sí, cariño —respondería Hera, probablemente sorbiendo un daiquiri—. ¡Estamos espléndidos! ¡Increíblemente fabulosos!

Mientras tanto, Dionisio, el dios del vino (el putísimo amo, si me lo preguntas), corría por el campo mientras Zeus le lanzaba rayos a su culo.

Aunque sabía que el Olimpo no era nada de eso. Probablemente sea mucho más presumido y pomposo de lo que yo podría imaginar. Sabes lo que dicen de los dioses, ¿verdad? Su belleza, su gloria, su majestuosidad es tan superior a la de los seres inferiores y limitados que contemplarlas superaría a un simple mortal hasta el punto de matarlo. Bah. Sabes de quién vino esa idea, ¿verdad? De los propios dioses.

Nadie sabía cómo era en el Olimpo, ni cómo era para una Parca después de ascender. Se suponía que sería mejor, de alguna manera. Nadie asciende a la mierda. No lo llamarían «ascender» si ese fuera el caso. Tenía que ser deseable en algún nivel, pero ¿cómo podíamos saber si lo era? Tal vez «ascender» era solo un eufemismo para «Bienvenido al Olimpo. No, no eres un dios. ¡Ja! ¿Te imaginas? Estás aquí para ser la perra eterna de Zeus».

Nadie sabía lo que venía después. Ni siquiera los humanos no lo sabían. Incluso aquellos que (supuestamente) eran personas de fe no podían decirte más que sus tópicos y especulaciones sobre cómo creían que era el cielo. No era diferente para las Parcas que contemplaban su ascensión. Aun así, era lo que mi padre quería. Estaba listo, o al menos cerca de estarlo. Una vez que Morty llegara a su nivel, que conociendo a mi hermano tardaría mucho más de lo que a mi padre le gustaría.

Y hablando de Morty, ¿es posible estar agradecida y resentida con él al mismo tiempo? Ciertamente, la gratitud puede aplacar el dolor del rencor, pero no desaparecía.

En cuanto a Gabriel, atribuirse el mérito de haber abatido a los malos en el muelle me había ayudado a mantener a la policía alejada de mí. Pero odiaba que me hubiera tratado como a su damisela en apuros. Él no derribó a esos traficantes. Yo lo hice. Con dos lanzamientos de jabalina de mi bastón.

No es que quisiera reconocimiento. En cualquier caso, era mejor que Kevin (oh, cierto, *el detective Schroeder*) no supiera lo que yo podía hacer. En la práctica, Morty y Gabriel me resolvieron un problemón, pero no habían hablado conmigo de ello antes de actuar. No me habían preguntado si quería o necesitaba su ayuda. Se habían presentado sin más y Gabriel se había encargado de interpretar el papel de mi caballero de brillante armadura.

Imaginé que Morty solo le había seguido la corriente ya que era Gabriel el de mayor rango corriente. Con el tiempo, una vez que Morty sustituyera a mi padre, los papeles se invertirían y, de verdad, yo estaba feliz de ver que estaba creciendo como Parca. Pero aún no superaba el hecho de que se suponía que debía ser yo quien asumiera ese lugar. Con Gabriel, bueno, era diferente. Era más personal.

Por suerte, había faltado a mi cita mensual con él. Quizá después de un mes para calmarme, para ver cómo evolucionaba la situación con la policía y los traficantes, lo vería de otra manera. Después de un mes, lo que ahora era un muro gigante entre nosotros podría convertirse en algo parecido a una valla de alambre. Todavía una barrera, pero no demasiado difícil de superar.

Por el momento necesitaba encontrar a mi abue..., a la madre de Josephine. Tenía su dirección. Todo lo que tenía que hacer era programarla en Google Maps y conducir hasta allí. Pero ese era un camino que me ataría para siempre a este mundo. Conectar el lado de la familia de mi madre y, en algún momento, a mi madre, significaba que me estaba vendiendo por la Tierra.

Y tenía que cortar la cuerda que me ataba al inframundo.

Me estaba engañando con Gabriel. No era una valla de alambre lo que nos separaban, eran dos planos opuestos de realidad. Y era el momento de romper con él.

21

Preparé el cristal que formaba el portal que me llevaría de vuelta al inframundo. Cerbero, hasta arriba de barbacoa, estaba acurrucado en mi sofá. No necesitaba venir conmigo. No esta vez. Se suponía que era mi perro guardián en la Tierra, después de todo.

Fue un proceso sencillo. Para que el cristal funcionara, tenía que colocarlo sobre un pequeño pedestal y alumbrarlo con un poco de luz. Antes, durante el día, lo ponía delante de la ventana. La luz del sol atravesaba el cristal y el portal se formaba en un pequeño círculo dorado en el lado opuesto.

Sin embargo, el sol ya se había puesto. En lugar de eso, coloqué el teléfono en la mesa de la cocina. Lo coloqué entre dos vasos llenos de agua. Eran vasos cortos, el peso mantenía el teléfono en su sitio, y la luz del teléfono brillaba por encima de los vasos hacia el cristal que tenía sentado en la plataforma casera.

Por suerte, el cristal no discriminaba entre fuentes de luz. La forma en que refractaba la luz, condicionada por la estructura molecular del propio cristal único, era la misma. Se formó el portal y salté a través de él.

Aterricé en el despacho de mi padre.

Agradecí que no estuviera allí. No es que no quisiera verlo, pero al menos tendría que entablar una breve conversación con él si estaba allí. Y quería acabar con esto de una vez.

Cogí una de las capas de Parca de mi padre de su armario. Tenía unas veinte, todas idénticas. ¿Echaría de menos una? No me haría invisible en el inframundo. Con ella puesta, sin embargo, me vería como cualquier otra Parca recién salida de una cosecha. Con la capucha puesta, nadie me reconocería.

Si pudiera salirme con la mía, me la llevaría a la Tierra. A mi padre *probablemente* no le importaría. Me daría invisibilidad si la usara, y eso podría ser útil, sobre todo si tuviera más encuentros con los traficantes.

Bajé las escaleras del despacho de mi padre, salí del castillo y atravesé las calles que llevaban al apartamento de Gabriel. Llamé a la puerta tres veces. No sé por qué tres golpes. Dos parecían pocos. Cuatro me parecían excesivos.

Gabriel abrió la puerta. No necesité quitarme la capucha para que me reconociera. Solo tuve que levantar la vista. Sonrió cuando sus ojos se encontraron con los míos. Maldita sea. Cómo me miraba. Esto iba a ser duro.

—¡Zoey! —Gabriel sonaba exuberante—. No estaba seguro de que vendrías después de todo lo que ha pasado hoy.

Asentí, sin querer echarme atrás.

—Tenemos que hablar, Gabriel.

Él suspiró.

—Pasa, por favor.

Se hizo a un lado y entré en su apartamento. Me quité la capucha de la capa prestada y me senté en su sofá. Gabriel se acercó y se sentó a mi lado.

—Esto no está funcionando —afirmó.

Ladeé la cabeza.

—Por lo visto no. No esperaba que tú también te sintieras así.

—Es obvio, Zoey —respondió, apretando los labios—. Las últimas veces que viniste, era como si no estuvieras realmente aquí. Tu mente estaba en otra parte, en la Tierra. Y ahora, después de todo lo que ha pasado...

Me mordí el labio.

—¿Estás rompiendo conmigo?

Gabriel asintió.

Y yo me reí.

—No esperaba que reaccionaras así. —Gabriel me lanzó una mirada incrédula.

—Es que yo he venido a romper contigo. —Puse mi mano sobre la suya.

—Bueno, me alegro de haberlo dicho primero. —Apartó la mano y se secó una lágrima de la mejilla—. De esa manera, tú eres la que sale perdiendo, no yo.

Me reí, bastante más triste que antes. Odiaba verle tan abatido, pero sabía que era lo mejor para él.

—Si eso lo hace más fácil.

Gabriel negó con la cabeza.

—No es fácil, Zoey. Estoy enamorado de ti, pero tengo muy claro que tú no sientes lo mismo. Sería egoísta por mi parte pedirte que te quedaras conmigo, aunque tu corazón no esté en ello. Tampoco sería justo para mí.

—Tienes razón —acepté—. Te mereces tener a alguien que te quiera tanto como tú eres capaz de amar.

—Y tú mereces amar a alguien como yo aún siento por ti, Zoey.

Sonreí, sin querer discutir sobre eso.

—Pensé que esto iba a ser mucho más difícil. Estaba preparada para que me rogaras que me quedara contigo otra vez, para intentar que esto funcionara. Gracias por hacerlo más... fácil.

Gabriel respiró hondo.

—Lo siento, Zoey. Sabía que no sentías lo mismo que yo

cuando te fuiste. No debería haberme llevado tanto tiempo aceptarlo, comprender que, si te quería, no tenía más remedio que dejarte marchar.

—Sabes, esto sería mucho más fácil si no fueras tan buen tipo. —Sacudí la cabeza—. Como si fueras un gilipollas y yo tuviera una buena razón para no quererte.

—El corazón quiere lo que el corazón quiere, Zoey. No siempre tiene sentido. Si lo tuviera, bueno, no te seguiría queriendo cuando sé que tú no sientes lo mismo, cuando estás intentando forjarte una nueva vida y yo te estoy frenando.

—Igualmente, no necesitabas cubrirme con el detective —le dije.

—Lo sé —admitió en voz baja—. No era mi lugar. No pude evitarlo. Cada instinto que tengo me decía que tenía que protegerte.

—No necesito tu protección, Gabriel.

Se rio con los ojos brillantes de lágrimas.

—Nunca has necesitado mi protección ni la de nadie. Eres una fuerza de la naturaleza, Zoey. Sinceramente, no creo que haya nada que no pudieras hacer bien si te lo propones.

Me reí entre dientes.

—Deberías verme intentar hacer un café con leche.

Gabriel sonrió.

—¿Sigues luchando con tu trabajo?

—Pero quizá acabas de darme una idea de por qué. No me he propuesto hacerlo bien. No he hecho fichas ni un diario ni siquiera me esfuerzo en aprender las recetas de una vez a otra.

—Deberías encontrar algo que te apasione, Zoey —instó Gabriel—. Viviendo en el mundo humano, hay infinitas posibilidades. Podrías ser casi lo que quisieras.

Sacudí la cabeza.

—No puedo ser una Parca.

—Pero aún tienes tus habilidades —replicó él—. Tu formación. Tal vez podrías convertirte en inspectora.

—Tampoco estoy segura de estar hecha para el uniforme de policía. Hay demasiada burocracia y demasiadas normas que cumplir. Tendría que hacerlo a su manera.

—¿No hay jabalinas mágicas para abatir a los malos? —preguntó Gabriel, enarcando una ceja.

Sonreí.

—¿Me viste?

—Morty y yo te vimos derribar a esos hombres. Creo que podría haber sido incluso más impresionante que tu examen en el coliseo.

—Sabes, me doy cuenta de que no debería sentirme así —abrí y cerré las manos, casi sintiendo mi bastón en ellas—, pero me sentí *bien* al derribar a «los malos».

Gabriel asintió.

—El mundo es un lugar mejor contigo en él, Zoey.

Me sonrojé y se me llenaron los ojos de lágrimas.

—Gracias por decir eso, Gabriel.

—Cuídate, Zoey. —Él se inclinó y me besó la mejilla—. Te echaré de menos.

—Yo también te echaré de menos. —Lo dije en serio. Ojalá fuera suficiente para tener una relación con él—. Cuida de Morty, ¿quieres?

Gabriel se rio.

—La verdad, lo está haciendo mejor de lo que esperaba. ¿Sabías que ya es Nivel Dos?

—No tenía ni idea.

—Casi Nivel Tres. Pronto irá solo si tu padre lo permite. Morty está bajo mucha presión, pero ha estado a la altura.

—Ya no está a mi sombra. Imagino que eso es bueno para él.

Gabriel asintió.

—Sé que esta no es la vida que querías, Zoey. Pero puede que al final sea para mejor.

—Me queda mucho camino por recorrer antes de estar

preparada para aceptarlo. —Suspiré—. Pero te agradezco que lo digas.

Gabriel me acompañó hasta la puerta, me dio otro beso en la mejilla y me marché.

No tenía ganas de quedarme en el inframundo. Tenía cosas que hacer en casa. ¿Volver a *casa*? Me di cuenta, por primera vez, de que me había referido a la Tierra como «casa». Era cierto, sin embargo. Ahora que Gabriel y yo no estábamos juntos, yo era libre. Podía llamar a la Tierra mi hogar. No quedaba nada para mí en el inframundo. Mi padre todavía estaba allí. Mi hermano también. Podría volver a visitarlos de vez en cuando. Pero cuando lo hiciera, no sería volver «a casa». Todavía estaba tratando de encontrarme a mí misma. No sabía cuál iba a ser mi papel en la Tierra.

Pero sabía que encontraría mi lugar en el mundo. De algún modo, de alguna manera, descubriría mi camino, forjaría mi destino y, con guadaña o sin ella, encontraría la forma de ser feliz.

Cerbero saltó sobre mis muslos en el momento en que aparecí de vuelta en mi apartamento, casi haciéndome caer de nuevo en el portal.

—¡Abajo!

Le di un ligero rodillazo al perro, lo suficiente para comunicarle que saltar sobre mí era un comportamiento inaceptable.

Cerbero retrocedió dos pasos, se volvió hacia la puerta y empezó a ladrar.

—¿Qué pasa?

—Alguien ha llamado a la puerta —me dijo entre ladridos—. Justo antes de que volvieras.

Ladeé la cabeza. No recibía muchas visitas. Sienna era lo más parecido a una amiga que tenía, y ni siquiera ella sabía dónde estaba mi apartamento. Suspiré. Solo había una persona que tuviera mi dirección.

Detective Kevin Schroeder.

Me agaché y le rasqué detrás de las orejas para que dejara de ladrar.

—Creo que sé quién fue. El detective dijo que enviaría a alguien a ver cómo estaba. Veré si puedo alcanzarlo.

El perro asintió, resopló y desapareció. Parecía decidido a seguirme. Me quité la capa de Parca de mi padre y la arrojé sobre el sofá. Puede que alguna vez la necesitara, pero mientras la llevara puesta, el oficial asignado a mi «protección» no podría verme.

No había nadie en el descansillo del edificio, así que bajé las escaleras lo más rápido que pude sin caerme y salí.

Efectivamente, había un coche de policía aparcado fuera. No tenía todos los distintivos de un coche patrulla, pero las antenas y las matrículas lo delataban.

Me acerqué a la puerta y llamé a la ventana.

El agente que estaba dentro bajó la ventanilla. Me arrodillé para mirar dentro.

—¿Kevin? Pensé que enviarías a un novato para cuidarme.

Él se rio. Y por primera vez en un par de horas, sentí que el mundo volvía a ser un sitio bonito en el que vivir.

—Te diría otra vez que me llamaras detective Schroeder, pero empiezo a pensar que es una causa perdida.

Me encogí de hombros.

—No me gustan mucho las formalidades.

—Sí, he tenido esa impresión. —Kevin resopló—. ¿Quieres entrar para que charlemos un momento?

Sonreí, más animada.

—¿Es eso apropiado, detective Schroeder? ¿Invitar a una mujer a subir a su coche? ¿Qué pensaría la gente?

Kevin enarcó una ceja.

—¿Ahora decides usar mi título oficial, Zoey?

Sonreí, captando el hecho de que por una vez no me llamara señorita Grimm.

—Solo te mantengo en alerta, Kevin. Para que, cuando crees que ya me conoces, te vuelva a sorprender.

Se rio entre dientes.

—Entra en el coche.

Rodeé el coche y le guiñé un ojo mientras deslizaba los

dedos por el capó. Me fijé en su mentón abultado, su barba de tres días y su nariz recta. Cuando pensaba que no podía atraerme más, veía algo nuevo en sus ojos (en *él*) que me provocaba el tirón en las entrañas. Con Gabriel no había sentido esto. Quizás es algo bueno que me haya quedado en la Tierra.

Kevin cogió una carpeta que estaba en el asiento del copiloto y la arrojó sobre el salpicadero. Subí y cerré la puerta.

—He llamado al timbre de apartamento —empezó Kevin—. Tu perro no estaba muy contento de oír que tenías visita.

Sonreí. Me había dejado una oportunidad de lujo para darle una información actualizada sobre mi nuevo estatus social.

—Sí, es un excelente perro guardián. Cuando eres soltera y vives sola en la ciudad, nunca se es demasiado cuidadosa.

—¿No tenías novio? —preguntó.

—Hasta esta mañana, sí. Acabamos de romper.

Kevin enarcó las cejas.

—¿En serio?

—Sí, no le gustaba que un tipo con uniforme me siguiera a todas partes.

Puso los ojos en blanco.

—Estoy seguro de que esa no es la razón.

Sonreí con satisfacción. Ya no hacía falta hablar más de Gabriel.

—Siento no haber contestado. Estaba cagando.

Kevin soltó una carcajada sorprendida.

—Sabes, a veces me desconciertas, Zoey. Un momento, podría jurar que estás coqueteando conmigo. Al siguiente, me estás hablando de tus movimientos intestinales.

—¿Creías que estaba flirteando contigo? —Ladeé la cabeza con inocencia fingida—. ¡No se haga ilusiones, detective! Usted mismo me ha insistido en mantener una relación profesional.

—Como quieras... —Kevin se removió en su silla, dándose cuenta de que estaba abriendo una caja de Pandora que no debía. Después de todo, yo era testigo en su caso. Si se acercaba demasiado a mí, podría comprometer su objetividad.

Me reí para relajar el ambiente.

—Solo te estoy picando un poco, Kevin. No te preocupes. Si crees que estoy flirteando contigo, bueno, eres detective. Seguro que puedes averiguarlo.

Kevin asintió, mucho más serio.

—Pero tienes razón. Solo estoy aquí para asegurarme de que estás a salvo.

—Estoy bien —le aseguré—. Pero podrías haber enviado a cualquiera. Un oficial de bajo rango podría hacer el trabajo. Eres un detective importante, ¿no? ¿No deberías estar investigando el caso? ¿Revisando las pruebas? ¿Persiguiendo a los malos a los malos?

Kevin me miró brevemente y luego me devolvió la mirada a través del parabrisas.

—Con tan poca antelación, he pensado en encargarme de tu protección por esta noche. No puedo prometerte que sea yo quien esté aquí mañana. Además, tengo todos mis archivos aquí en el coche. Era sentarme en una oficina vacía y tratar de darle sentido a todo o venir aquí y matar dos pájaros de un tiro.

—No soy un pajarito y matarme no haría mucho por tu carrera.

A Kevin se le dibujó una pequeña sonrisa antes de volver a la formalidad.

—Sí, lo siento. Ha sido una mala elección de palabras. Pero ya sabes lo que quería decir, pensé que podría hacer aquí lo mismo que en la oficina.

—¿Has encontrado algo ya? —pregunté.

—No estoy en libertad de discutir el caso contigo, Zoey.

Miré a Kevin y ladeé la cabeza de nuevo. Parecía que la inocencia funcionaba con él y no iba a dejar pasar esta oportunidad de oro de averiguar algo más sobre Chad y su jefe.

—¿En serio? Puedes decírmelo.

Kevin se rio entre dientes.

—Dado tu historial de intentar ir tú mismo a por los malos, aunque supiera algo y *pudiera contártelo*, no lo haría.

—Entonces, ¿estás aquí solo para vigilar mi apartamento?

Kevin negó con la cabeza.

—También quería preguntarte si te importaría darme tu horario. Nos ayudará a la hora de organizar una patrulla. Haremos rondas aleatorias por la cafetería donde trabajas cuando estés de turno.

—¿Y también acecharás mi apartamento en cualquier momento?

Kevin ladeó la cabeza, en un gesto clavado al mío. Y el estúpido tirón del estómago casi me hizo pasarle la lengua por la mandíbula.

—Esto es un detalle de protección, no acoso, Zoey.

—Ajá. —Miré los archivos de Kevin—. Por eso estás estudiando tus expedientes mientras te sientas aquí.

—Supuse que no estabas en casa. Estaba esperando a ver si aparecías para asegurarme de que estabas a salvo.

Entrecerré los ojos.

—Una de dos. O *querías* venir solo para poder verme, o tienes razones para creer que estoy en verdadero peligro. Tienes pruebas que sugieren que la amenaza de Chad no era tan vacía como parece. De cualquier manera, me parece bien. Pero si tuvieras razones para creer que alguien viene a por mí, me dirías algo al respecto. Me darías más indicaciones sobre lo que debería o no debería hacer, o al menos me dirías lo que debería buscar.

Kevin apretó los labios y asintió.

—Basándome en tu silencio, supongo que aún no tienes pruebas sobre la amenaza. Eso significa que solo querías venir a verme.

—Piensa lo que quieras, Zoey —respondió—. Me tomo mi trabajo muy en serio. Que no tengamos pruebas de que estés en peligro no significa que *no* lo estés. Lo único que significa es que aún no he dado con la clave. Hasta que no esté convencido de que no estás en peligro, lo mejor es proceder como si las amenazas de Chad fueran creíbles.

Mientras Kevin hablaba, tres hombres pasaron junto a nosotros por la acera. Uno de ellos se dirigió hacia la puerta que daba a mi apartamento. Los otros dos hombres dijeron algo y el tercero volvió corriendo con su grupo. Si formaban parte de la organización de traficantes y habían venido a por mí, supuse que habían visto el coche de Kevin y habían decidido seguir adelante. Por lo que parecía, él también se había dado cuenta.

—Quédate aquí —me dijo—. Probablemente no sea nada, pero voy a comprobarlo.

Asentí mientras Kevin salía del coche y cerraba las puertas.

Observé un momento cómo se acercaba a los tres hombres. Se dieron la vuelta y le saludaron. No pude oír lo que decían. Miré la carpeta que estaba en el salpicadero delante de mí. Al parecer, esta oportunidad no era solo de oro, sino de diamante, rubí y todas las piedras preciosas del universo. La cogí rápidamente y hojeé las páginas. Había mucha información sobre la supuesta organización de traficantes de la que la policía sospechaba. No podía robar los archivos. Kevin se daría cuenta de que habían desaparecido.

Saqué mi teléfono del bolsillo y tomé tantas fotos como pude. Podría revisarlas más tarde. Si había alguna prueba que pudiera ayudar a localizar a los traficantes, la tendría.

Mientras hacía mi tarea, mi conciencia me lanzó un pequeño rapapolvo. Sí, estaba coqueteando con Kevin. El hombre me atraía. Era sexy, sobre todo con sus pantalones ajustados azul marino. Pero no estaba seriamente interesada en el detective. Él tenía razón, era un conflicto de intereses. Además, Gabriel y yo acabábamos de romper. No quería una relación con nadie y mucho menos con un policía. Sin embargo, si coquetear con él me daba la oportunidad de obtener información como esta, valía la pena.

Volví a colocar la carpeta en el salpicadero justo a tiempo. Kevin despidió a los tres hombres y volvió al coche.

—¿Quiénes eran?

Kevin se encogió de hombros.

—No estoy seguro. Dijeron que iban de camino a una reunión en el apartamento de un compañero de trabajo, pero que no estaban seguros de qué puerta tomar.

Asentí con la cabeza.

—No es raro. Estos estudios tienen entradas que no son obvias para la gente que no sabe dónde mirar.

Kevin asintió.

—Probablemente decían la verdad. Creo que me quedaré un rato, para estar seguro.

Sonreí.

—Bueno, aunque me encantaría quedarme aquí contigo y charlar, tengo que ir a un sitio.

—Puedo seguirte si quieres —se ofreció Kevin.

Sacudí la cabeza.

—Sigue vigilando el apartamento. Si alguien me busca, vendrá aquí primero.

—¿A dónde vas, si no te importa que pregunte?

¿Debería decírselo?

Bueno, tener la ayuda de un policía no me vendría mal.

—No he visto a mi madre desde que era un bebé. —Suspiré—. Hace poco conseguí la dirección de mi abuela. Voy a ver si puedo si puedo localizarla.

—¿Cómo se llama tu madre? —preguntó Kevin—. Quizá pueda averiguar algo en las bases de datos, como un favor personal. Pero no se lo digas a nadie.

Sonreí con satisfacción.

—Josephine Collins. Pero creo que ahora va con otro nombre.

—¿Collins es su apellido de soltera?

Asentí con la cabeza.

—Sí, pero también creo que usa un nombre de pila diferente. Cuando nacimos mi hermano y yo, nos fuimos a vivir con mi padre y ella desapareció. Creo que estaba huyendo. Probablemente se cambió el nombre para que mi padre no pudiera localizarla.

—¿Por qué crees que quiere conocerte ahora?

Me encogí de hombros.

—No lo sé. Pero tal y como yo lo veo, si ella estaba abrumada por criar gemelos, o lo que sea, yo ya soy mayor. Si quiere conocerme, espero dar el primer paso para hacerle saber que a mí también me gustaría conocerla.

Kevin asintió.

—Bueno, buena suerte con eso, Zoey. Es difícil saber cómo saldrán situaciones así. Te deseo lo mejor.

23

Entré a mi apartamento y revisé el expediente en mi móvil. Tendría unas diez o doce páginas y hacer que el pequeño movimiento de pellizco inverso de la pantalla de mi teléfono con cada esquina, y luego navegar por la pantalla arrastrándola, iba a ser un coñazo importante. Pero podía echarle un vistazo rápido.

Una página parecía el extracto bancario de Chad. Algunas transacciones estaban marcadas en amarillo. ¿Intercambios con sus superiores en la organización con la que había estado trabajando? Lo más probable. No era un extracto de un banco conocido. Ni siquiera vi el nombre de la institución financiera de la que procedían los archivos en la parte superior de la página. No obstante, se trataba de pagos electrónicos.

Tendría que mirarlo con más detalle más tarde. Lo más probable era que necesitara pedir ayuda. A pesar de todas mis habilidades, navegar por la «web» no era una de ellas. Si tu teléfono y tu ordenador estuvieran en perpetuo «modo avión», tendrías una experiencia comparable a la que yo tuve con esas tecnologías antes de abandonar el inframundo.

Claro que había mejorado en los últimos seis meses. Era

bastante buena manejando Facebook y Twitter. Pero Sienna casi se le traga la lengua del susto la primera vez que le dije que estaba mirando algo *en* YouTube. Dijo que sonaba como una *Boomer*, lo que quiera que eso signifique.

Ya había anochecido, y dado que mi abuela solo le quedaba una semana de vida, imaginé que probablemente cada día estaría más cansada que el anterior y no podía desaprovechar ni un segundo.

Saludé a Kevin con la mano mientras montaba en mi moto, que estaba aparcada a unos seis metros delante de su coche. Casi podía sentir cómo me desnudaba con la mirada mientras me subía. Me volví y le guiñé un ojo. Se señaló la cabeza. Suspiré. Sí, ya lo sabía, debía ponerme el casco.

Me recogí el pelo en una coleta. Me encendió las luces. Miré hacia atrás. Sacudía la cabeza mientras hacía un gesto con las dos manos como si se colocara un casco imaginario en la cabeza.

¡Qué tontería!

Me coloqué un casco imaginario en la cabeza. Luego giré la llave en el contacto y salí a la carretera. ¿Me iba a multar? Estaba de servicio, vigilando mi apartamento. Como no vi ninguna luz intermitente en los retrovisores, supuse que lo dejaría pasar.

Ya tenía la dirección programada en mi teléfono. Deslicé el móvil en el soporte del manillar. Según el tiempo estimado de llegada de mi aplicación GPS, solo había quince minutos de trayecto desde mi apartamento hasta la casa de mi abuela. Ni siquiera tuve que cruzar el río ni atravesar el bosque para llegar.

La casa a la que me llevó coincidía con la descrita en los diarios de mi padre. Parecía que no la habían pintado en más de veinte años. Todavía tenía pintura verde oliva, aunque ahora estaba descascarillada en los alféizares de las ventanas. Había un Ford Taurus blanco de cuatro puertas en la entrada. Aparqué la moto junto a él y me acerqué a la puerta.

Pulsé el timbre. Una mujer morena y con bata abrió la puerta.

—¿Puedo ayudarle? —preguntó.

—¿Vive aquí Rose?

—¿Es usted de la familia? —insistió la señora, que supuse que era enfermera.

Asentí, más nerviosa de lo que era capaz de admitir.

—Me llamo Zoey.

La señora sonrió y me hizo un gesto para que entrara.

—Soy Helen, del asilo.

—¿Cómo está? —No me veía capaz de participar en una conversación insustancial cuando estaba a segundos de conocer a mi abuela.

—Ella está de buen humor, considerando todas las cosas. Por aquí.

Seguí a Helen por un estrecho pasillo hasta un dormitorio situado a la derecha. Entré. Una anciana, que supuse que debía de ser mi abuela, estaba sentada en la cama con varias vías conectadas distintos sueros. Tenía una sonrisa en la cara, que se ensanchó cuando me vio, pero la ocultó al llevarse una mano a la boca.

—¡No me lo puedo creer! —exclamó Rose.

Ladeé la cabeza, con una timidez que no había sentido nunca.

—Soy Zoey. Creo que no nos conocemos.

—Oh, yo creo que sí —respondió con emoción en la voz—. Eras mucho más pequeña la última vez que te vi. Apenas un bebé.

—¿Sabes quién soy? —pregunté, haciendo una mueca. Esperaba que no supiera quién era. Mi padre había dicho que, si lo sabía, podría poner en peligro su trato con la diosa Atenea. Ya no había vuelta atrás.

—Eres la viva imagen de mi hija cuando tenía tu edad —continuó Rose, con las lágrimas recorriéndole las mejillas—. Cómo has crecido. ¿Cómo me has encontrado? ¿Te lo ha dicho tu madre?

Sacudí la cabeza. Estaba aquí para encontrar a mi madre y eso era lo único en lo que debía pensar.

—Lo siento, señora. Esperaba que usted pudiera decirme dónde encontrarla.

Rose suspiró.

—Ya veo. —Parecía mucho más decaída que antes—. ¿Por qué no tomas asiento, querida?

Me acerqué a lo que parecía una silla de cocina que habían colocado junto a la cama de Rose y me senté en ella.

—Siento irrumpir así.

—¿Estás de broma? —preguntó Rose—. He estado rezando para que mi Josephine viniera a verme antes de irme. Pero para que mi nieta perdida aparezca, diré que el Señor sí que trabaja de maneras misteriosas.

Ladeé la cabeza.

—¿Mi madre no ha vuelto nunca?

Rose negó con la cabeza.

—No la he visto desde la última vez que te vi, querida.

—¿En serio? —Arrugué la frente, sin poder hacerme la idea de que este viaje no había servido para nada—. ¿No sabes dónde está mi madre?

Rose negó de nuevo, con la mirada perdida entre las sábanas.

—Lo siento, niña. Ojalá fuera así.

Me preparé para lo peor.

—¿Está...?

—Oh, está viva. Está en alguna parte. Me ha enviado cartas. —Rose señaló una que descansaba en la mesita junto a la cama—. Me escribe a menudo. Pero nunca me ha dado una dirección para que pueda responderle.

—¿Puedo?

Rose asintió.

—Por supuesto, querida.

Cogí con cuidado la carta y examiné el sobre: no había remite, pero sí un matasellos con un código postal.

—¿Sabe usted dónde se encuentra... el apartado 64015?

Rose asintió.

—Blue Springs.

—¿Eso es algún barrio de por aquí cerca?

Rose ladeó la cabeza.

—¿Dónde has estado todos estos años, querida?

Suspiré.

—Bastante lejos de aquí. Me mudé a la ciudad hace seis meses. He estado intentando encontrar a mi madre.

—Los matasellos no son siempre los mismos. —Rose sonrió—. Tengo más cartas en mi cómoda. Puedes cogerlas si quieres.

—¿Está segura? —pregunté—. O sea, se las ha enviado a usted.

Rose se rio.

—Querida, ¿no me has visto? Puede que no pase de esta noche. Los he leído todos cientos de veces. Me atrevería a decir que incluso he memorizado la mayoría. Tal vez puedas hacer uso de ellos ahora.

—¿Todos los matasellos son locales? —se me ocurrió preguntar.

Rose asintió.

—Creo que mi Josephine vive en algún lugar cercano, pero envía sus cartas desde diversos lugares. No creo que quiera que la encuentren, querida. Aunque, a decir verdad, no he buscado demasiado en los últimos años. Si mi Josephine quisiera ser encontrada, ella misma vendría a mí.

Suspiré, me levanté y abrí el cajón de la cómoda de Rose.

Había probablemente treinta cartas o más, todas apiladas y atadas con un cordel.

—Gracias.

Rose asintió.

—Desearía poder decirte más, querida. Pero lo último que quería en esta vida era conocerte y veo que se ha cumplido. Ya puedo irme feliz.

Sonreí e intenté contener una lágrima mientras cogía la mano de mi abuela.

—Lo siento, señora. Si hubiera podido venir antes...

—Lo sé, querida. No es culpa tuya. Solo estoy feliz de que estés aquí ahora.

No podía hablar más de ello. No podía. Me estaba rompiendo al ver a esta anciana tan débil, pero tan feliz de verme. Si pensaba en el tiempo que me quedaba con ella, se me partiría el corazón.

—¿Y no sabes por qué desapareció mi madre? —pregunté, tratando de recomponerme.

—Ella solo dijo que era necesario. Está todo en sus cartas, pero ha revelado poco más sobre sus actividades o por qué era necesario, aparte de que podría matarme si volvía.

Me mordí el labio. ¿Estaba mi madre obligada al mismo acuerdo que mi padre? ¿Tenía que aceptar permanecer ausente a cambio de que Atenea le concediera a su madre una vida más larga? Era la única explicación que se me ocurría que tuviera sentido.

Si pudiera decirle a mi abuela lo que sospechaba, lo haría. Pero ¿cómo decirle a una moribunda que su hija y el antiguo amante de su hija hicieron un acuerdo con una diosa griega para salvarle la vida? No lo creería si se lo dijera. Y en realidad, ¿qué le ayudaría saberlo? Probablemente solo le causaría más problemas y ansiedad.

Aun así, era algo para mí. ¿Por qué Atenea les exigiría que mis padres no volvieran a ver a Rose a cambio de darle unos años más de vida? Los dioses podían ser crueles. Sabía poco de ellos, pero sus decisiones rara vez tenían en cuenta el bienestar emocional de los mortales o de las Parcas.

—Espero que vuelva pronto a verte. —Volví a sentarme en mi silla—. Si la encuentro, me aseguraré de que lo haga.

Rose me sonrió. Tenía un brillo en los ojos y en la cara que, a pesar de todo, resultaba reconfortante.

—¿Podrías quedarte conmigo un rato?

—Por supuesto, señora —dije rápidamente.

—Llámame Rose. O abuela. O cualquier otra cosa. Ojalá te hubiera conocido de niña. Me imagino que, si te parecías a tu madre, eres una petarda.

Me reí entre dientes.

—Se podría decir que sí. Mi padre lo ha dicho a menudo.

—Ah, tu padre. ¿Cómo está?

—Tan bien como podría estar. —Me encogí de hombros—. Se está preparando para jubilarse. Creo que a él también le gustaría encontrar a mamá.

Rose apretó los labios.

—Cuando tu madre se fue, rompió muchos corazones. Pero yo también tengo mis teorías. Ella me ha escrito sobre ti muchas veces. Creo que te quiere. A ti y a tu hermano.

Respiré hondo para retener las lágrimas.

—Tendré que leer sobre ello más tarde.

—¿Cómo está tu hermano?

Sonreí. De eso sí podía hablar sin berrear como una tonta. Ahora que estaba con mi abuela, que Morty me hubiera robado el sueño de mi vida no me parecía tan importante.

—Le va bien. Hasta ahora no se ha sentido seguro de sí mismo, pero es muy competente. Aunque, claro, yo me he estado formando toda la vida para hacerme cargo del negocio familiar, pero hace poco supe que... no estaba hecha para ello. Y ahora Morty ha cogido el relevo. Se está preparando para hacerse cargo cuando papá se jubile.

—Bueno, háblame de ti, querida. ¿Qué te gusta? ¿Qué haces con tu vida? Tengo tantas preguntas.

—Supongo que soy un atleta —comenté, recordando los lanzamientos de jabalina—. Todavía estoy tratando de encontrar mi camino.

—¿Qué clase de atleta?

Sonreí.

—Artes marciales.

Rose enarcó una ceja.

—Eso ya es algo. ¿Quizás podrías empezar tu propio dojo?

Me reí entre dientes.

—No es mala idea. Tendré que pensarlo. Gracias, abuela.

—¿Y el negocio de tu padre? —preguntó.

—Dirige algo parecido a una funeraria. —Apreté los labios —. Aunque es una empresa mucho más grande que la mayoría.

Rose se rio abiertamente. Su risa sonaba tan dulce como cansada.

—Bueno, no es una mala línea de trabajo. Es un negocio a prueba de economías. No importa cómo fluctúen los mercados, la gente siempre se muere.

Me mordí el labio.

—Sí, supongo que es verdad.

—Aunque, claro, trabajar con los muertos no es un trabajo que sea plato de gusto para todos.

—Eso es cierto. —Y también hay que tener un par de poderes que yo no había heredado, minucias.

—No hay que avergonzarse de forjar tu propio camino, querida. Probablemente sea mejor que te des cuenta ahora antes de que te encuentres en una línea de trabajo que no te hará feliz. La vida es demasiado corta, créeme, para desperdiciarla sin seguir tu corazón.

—Siento lo de mi madre. —Suspiré—. No puedo evitar pensar que es culpa mía que se fuera.

—¡Oh, niña! —protestó Rose—. Puede ser que tu madre no

estuviera preparada para criar dos bebés y quizá por eso se marchó. Pero no hiciste nada malo. Todos los niños merecen que los quieran. Puedo decirte que no se fue porque no os quisiera a ti y a tu hermano, solo es que... era una joven problemática. Si alguien tiene la culpa de lo que hizo, fui yo.

—Abuena, no digas eso.

—Quizá podría haber hecho más. A lo mejor no lo hice todo lo bien que pude con mi hija y..., bueno, es posible que se fuera por eso. Lo siento de verdad, Zoey.

Ya no podía contener las lágrimas. Las dejé fluir.

—¿Puedo abrazarte?

—Por supuesto, querida. —Rose abrió los brazos.

—Yo tampoco te culpo. Si te sirve de algo, te perdono. Solo desearía que las cosas hubieran salido de otra manera.

Respiró entrecortadamente en mi hombro.

—Yo también, dulce niña —dijo, llorando—. Yo también.

Abracé a Rose mientras ella me apretaba todo lo que le permitían sus frágiles brazos. Juntas, lloramos. Rose no era mi madre. Pero ahora tenía más con lo que trabajar que antes. Y me alegré de conocerla.

—Tengo que ir a casa, pero volveré a verte mañana —le prometí.

—Por favor, hazlo. Y si me voy antes de que llegues, te quiero, Zoey.

Sonreí mientras me zafaba del abrazo.

—Yo también te quiero, abuela.

24

Era bastante difícil conducir una moto con el viento soplándote en la cara mientras tienes la vista nublada por las lágrimas. No estaba segura de me alegraba haber conocido a Rose y oír que creía que mi madre aún me quería o me entristecía saber que iba a morir pronto. Una mujer tan dulce. Si hubiera venido antes a la Tierra, habría podido conocerla antes de que estuviera en su lecho de muerte.

Pero volvería a verla antes de que muriera. Se lo había prometido. No sabía qué le pasaba a Rose, por qué se estaba muriendo, sin embargo, sabía cuándo su corazón dejaría de latir y no pensaba desperdiciar un solo segundo. Además, tenía tantas preguntas. Tantas cartas que revisar con ella. Y quizás entre las dos podamos seguir la pista de mi madre a través de los matasellos.

Mi padre tenía que llevarnos a Morty y a mí con él al inframundo. Por eso había dejado embarazada a mi madre.

Quería enfadarme con mi padre, con mi madre, con todo el mundo y el inframundo, por lo que había pasado. Sobre todo con mi padre, pero ¿qué más podría haber hecho? Estaba atrapado por su destino, al igual que mi madre como la desafortunada mujer a la que había elegido. ¿Se habrían amado de verdad? No tenía motivos para sospechar lo contrario basándome en las cartas que había leído. Sin embargo, mi madre había escrito las cartas antes de que saber la verdad, antes de que mi padre nos llevara lejos y antes de que hiciera su trato con Atenea.

¿Cómo se supone que alguien puede lidiar con este resentimiento sin que haya culpables en la situación? ¿Cómo podía enfadarme con alguien cuando cada persona implicada se quedaba sin una opción mejor? No había un blanco fácil para mi ira.

Afortunadamente, los documentos que había fotografiado en el coche de Kevin iban a una muy buena distracción. Además, como lo tenía en digital, iba a ser muy cómodo para llevármelo a todas partes, pero, como ya sabía, un coñazo para leerlo. Estaba cansada. Quería irme a casa, acurrucarme en la cama y dejarme llevar al país de los sueños. El problema era que los dos problemas que tenía que resolver tenían fecha de caducidad.

Podía encontrar a mi madre en cualquier momento, pero me urgía encontrarla cuanto antes. ¿Sabía mi madre siquiera que Rose estaba enferma? ¿Cuánto sabía del trato que mi padre había hecho con Atenea? ¿Conocía la fecha de su muerte? En realidad, daba igual. Rose se merecía ver a su hija por última vez.

Tal vez esperó hasta el último momento, temerosa de que la Parca (mi padre) apareciera para llevársela. O tal vez sabía que mi padre era quien tenía que segar a su madre y que su presencia aceleraría su llegada. En ese caso, tal vez no viniera ni siquiera para despedirse. Ella no vería a mi padre cuando él apareciera para segar el alma de Rose, pero él la vería a ella. Y casi seguro que se desataría el caos.

No había forma de que supiera con certeza qué mantenía alejada a mi madre. Quizá las cartas me dieran alguna pista. A lo mejor podrían explicarme su comportamiento errático y, con suerte, me revelaran dónde y revelaran dónde se escondía. Operaciones

Pero también debía ocuparme de los traficantes. No podía dejar las cosas como estaban. En primer lugar, no sabía si iban a por mí. Si era así, una organización especializada en secuestrar seres humanos sin ser descubierta seguramente encontraría la forma de hacerme pagar por cargarme uno de los suyos y daría igual que Kevin o que la mitad de los policías del país intentaran protegerme. Además, cuanto más tiempo pasara sin ser descubierta, más gente sufriría.

No estaba en condiciones de elegir uno de los dos problemas. Tenía que hacer ambos, además de ir a trabajar. Y era consciente de que, con todo lo que estaba en juego, trabajar en una cafetería parecía poca cosa, pero seguía siendo importante. Rose tenía razón. Tal vez yo estaba destinada a algo más, pero como Joe me había dicho cuando me contrató, había pocos trabajos mejores. Era un puesto estupendo y, además, aún no había tenido ocasión de hablar con Sienna desde que ocurrió todo, debía ponerme en marcha.

Pero, antes de salir, me concedí una hora para hojear las cartas de mi madre a mi abuela, y otra para examinar los documentos de Kevin.

Rose tenía razón. Los matasellos venían de cada punto del país. En más de dos docenas de cartas, había unos cinco códigos postales diferentes. Ojalá pudiera marcarlos en un mapa, averiguar cuál estaba en el centro y suponer que mi madre vivía en ese lugar. Había visto cosas así en programas de televisión de vez en cuando. El problema era que los humanos no somos especialmente precisos en nuestro comportamiento, y cualquier factor podía explicar por qué mi madre había ido a todas aquellas ciudades. Tal vez iba a la peluquería en una zona, tenía una amiga en otra, iba al médico en otro sitio o le gustaba ir de compras en un lugar concreto. Lo único que indicaban los matasellos era que vivía en *algún lugar* de Missouri. Y, aunque Kansas no era Chicago, Nueva York o Los Ángeles, sigue siendo una gran área metropolitana.

Así que los ordené cronológicamente. Cogí varios colores de rotulador fluorescente solo para marcar todos los códigos postales. Sin duda, mi madre intentaba enmascarar su ubicación. Además, suponía que, si mi madre enviaba una carta mientras iba a la peluquería, al cambiar de peluquería, cambiaba la zona y el código postal. O, tal vez, un supermercado donde compraba con frecuencia cerró. Solo había un código postal que se repetía. Solo se utilizó una vez en los primeros años, pero también era el mismo código postal impreso en la más reciente: 64015, Blue Springs.

No había ninguna garantía, pero apostaría a que era allí donde vivía mi madre. Por lo que había oído, Blue Springs era una ciudad encantadora, pero lo suficientemente grande como para que, suponiendo que tuviera razón sobre su ubicación, no pudiera encontrarla basándome únicamente en el código postal. Una rápida búsqueda en Google reveló que el código postal representaba aproximadamente la mitad del suburbio que estaba situado al este de la ciudad, en línea recta por la interestatal 70.

No era concluyente. Podía pasarme meses buscando en la zona y, como no había visto ninguna foto de mi madre en los últimos años, podía pasar por delante de ella en público y no reconocerla. Aun así, era un avance. El siguiente paso era leer las cartas, por si me daban alguna otra pista.

Aunque la carta más reciente podía contener algunos detalles sobre su paradero, a falta de una dirección, quizás si me leía todo su viaje, podría entenderlo mejor. Así que planeé empezar con las cartas que había enviado en el último año. Luego volvería al principio y seguiría adelante, buscando cualquier conexión que pudiera ayudarme.

Todas las cartas estaban escritas a mano. Mi madre escribía

con una caligrafía inclinada, incluyendo muchas florituras en sus cartas. Yo no era una experta en caligrafía, pero era una forma de escribir tan única que estaba segura de que, si viera una lista de la compra o un post-it en la nevera escritos por ella, sería capaz de identificarla. Imaginaba, sin embargo, que solo escribía esas cartas a mano por el bien de Rose, ya que no parecía muy partidaria de utilizar el correo electrónico.

Nada en la carta más reciente revelaba mucho. Indicaba que gozaba de buena salud, que pensaba en Rose con frecuencia y que deseaba poder visitarla. No escribió nada sobre mí, ni sobre mi hermano, ni nada que pudiera ayudarme a identificar sus hábitos o comportamientos. Sin embargo, cuando volví a su primera carta, el tono era muy diferente. Escribió que pasaba la mayor parte del día llorando y que nos echaba de menos a Morty y a mí. Escribió que estaba bien, relativamente hablando, pero que no estaba segura de cómo iba a poder seguir adelante con su vida y, lo que era más interesante, «hacer lo que se esperaba de ella».

¿Qué podía significar eso? Las cartas siguientes no me ayudaron a desvelar ese misterio. Tal vez Rose tuviera alguna idea que pudiera aclarar lo que mi madre quería decir. Tomé una nota mental de preguntarle la próxima vez que la visitara. Aparté tres cartas más para llevármelas al trabajo al día siguiente. Tal vez encontrara tiempo para leerlas entre cliente y cliente, en mi descanso o cuando fuera al baño.

Cogí mi teléfono y me acurruqué en la cama para examinar los archivos de Kevin con más detalle. La mayoría de los expedientes tenían que ver con cosas que yo ya sabía. Había un informe que Kevin escribió después del incidente en el muelle de carga. No escribió nada sobre mí más que los hechos. Si sospechaba que yo estaba más involucrada de lo que estaba (un hecho que Gabriel y Morty confundieron con sus medias verdades), no lo puso en su informe. Se lo agradecí.

Tampoco había nada en ninguno de sus informes sobre la

emisión de una orden de protección para mí. Quizá simplemente no lo incluyó en su expediente. Me mordí el interior de la mejilla. Quizá pretendía vigilarme él mismo y no quería que nadie lo supiera. Pero ¿por qué querría hacer algo así?

También había una copia de mis antecedentes. Como era de esperar, no contenía nada útil. No había nada más que mi lugar de nacimiento. Por lo que veía, nací en un hospital de... Blue Springs. ¿Era una coincidencia, o había alguna razón por la que mi madre había elegido vivir en la misma ciudad en la que nací?

La única cosa que había despertado su curiosidad sobre mí era que el permiso de conducir incluía mi dirección actual. Eso ya lo sabía. Mi padre me había dado un carné nuevo y lo había guardado junto con las llaves de mi moto en el baúl que me envió cuando llegué a la Tierra. Cómo lo había conseguido era un misterio. De lo que no me había dado cuenta era de que mi licencia había sido renovada de alguna manera. La imagen de mi licencia en el archivo de Kevin era de unos años antes. Que reflejara mi dirección actual indicaba que mi padre debía de haber conservado mi piso durante algún tiempo. Cuando me mudé, no había indicios de que nadie hubiera vivido allí en años.

Imaginé que Kevin estaba perplejo por la falta de información sobre mí. ¿Había investigado los antecedentes de Morty y Gabriel? Si lo había hecho, probablemente no había encontrado nada sobre mi ex, pero mi padre se había encargado de que Morty y yo tuviéramos documentación que nos permitiera abrir nuestras propias cuentas bancarias y demás papeleos para después de que ascendiera. Si Kevin investigaba los antecedentes de mi hermano, probablemente encontraría tan poco sobre él como sobre mí.

También revisé el estado financiero de Chad. Como ya había notado antes, era imposible saber de dónde procedían los fondos. Sin embargo, vi que había varios depósitos de cinco y seis cifras en la cuenta de Chad. Supuse que eran pagos por la entrega de cargamentos humanos. Apenas había pasado un mes en el último año (que era todo lo que mostraba el extracto) sin que hubiera recibido al menos un pago. Algunos meses mostraban múltiples depósitos. Cada uno de esos depósitos representaba probablemente una vida humana, alguien que había desaparecido.

¿Podría coordinar el momento de esos depósitos con los informes de personas desaparecidas? Tal vez. Si pudiera adivinar a quién más habían secuestrado Chad y sus compañeros traficantes, podría discernir algunos patrones. ¿Habría un perfil particular que coincidiera con las víctimas? ¿O lugares que los traficantes frecuentaban cuando hacían un trabajo? Era mucho. No se me daban muy bien las búsquedas en Internet. Necesitaba ayuda para ordenarlo. Solo había una persona que tenía tanto los medios para ayudar como los motivos para hacerlo. La única pregunta era si Sienna estaría dispuesta a ayudar.

25

—No puedes venir conmigo. No se admiten perros en la cafetería, a no ser que sean perro guía.

Cerbero resopló.

—¿Un perro guía? Yo no sirvo a nadie.

Me reí entre dientes.

—Sí, eso lo he deducido rápido.

—Menos mal que no soy solo un perro. —Cerbero levantó la cabeza de su cuenco de agua y se relamió con una lengua larguísima.

—Pero *eres* un perro. —Me encogí de hombros—. ¿No?

—¿Estás segura? —Sus otras dos cabezas emergieron de su cuerpo y me gruñó tres veces.

—Bueno, haz lo que te dé la gana, pero que nadie te vea. No tienes que preocuparte por mí, Cerbero. Sé que mi padre te envió para protegerme, pero puedo arreglármelas sola.

Cerbero se rio mucho más fuerte.

—Claro que puedes, Zoey.

—Hablo en serio —protesté con las manos en las rodillas—. No necesito niñera. Mantén las distancias y haz lo que te digo.

—¿Crees que soy *tu* compinche? —Cerbero resopló—. Ten cuidado, guapa. Que no sabes lo que puedo hacer.

Suspiré para armarme de paciencia. Me agaché y rasqué la media cabeza de Cerbero detrás de las orejas.

—Tienes razón. Estoy siendo un poco zorra contigo, lo siento.

—Está bien. —Sonrió—. Y ya te lo he dicho. No me van ni las zorras ni las perras.

—No todo tiene que ver con tu sexualidad. —Resoplé.

—¡Es para que no se te olvide!

Me reí entre dientes.

—No se me olvida, no, pero no nos desviemos. Lo que quiero decir es que todo lo que voy a hacer hoy es trabajar. Podrías ser bastante útil en una pelea, y tienes razón; no sé lo que puedes hacer. Pero estoy bastante seguro de que no tienes más habilidades que yo cuando se trata de hacer café con triple leche o un moca descafeinado.

—Y sospecho que no esperabas encontrarte con ningún problema la última vez que fuiste a trabajar, ¿verdad?

Suspiré.

—Vale. Entonces, tienes razón. Nunca sé cuándo pueden venir problemas a buscarme.

—¡Especialmente ahora! —exclamó Cerbero.

—De acuerdo, tú ganas. —Asentí, con el bolso ya en el hombro—. Como he dicho, esfúmate. Lo último que necesito es que mi mascota... o lo que seas, aparezca en el Joe-co-latte. Ya tengo bastantes problemas con mi trabajo.

—Ni siquiera sabrás que estoy ahí a menos que tenga que orinar. Entonces... bueno, puede que necesites una fregona.

—Si tienes que hacer pis, tendrás que salir de la cafetería.

—No puedes educarme, Zoey. No soy un sabueso infernal domesticado.

Arrugué las cejas.

—Espera, si no estás domesticado, ¿cómo has... ya sabes?

Cerbero sonrió.

—Puede que quieras añadir un poco más de detergente a tu colada.

—¡¿Te has meado en mi ropa?!

—Y en el lado de tu sofá.

—¡Hijo de...!

—Me gusta el sofá. Quería que supieras que era mío.

Entrecerré los ojos.

—¡Lo he pagado yo!

—Con el dinero de tu papi.

—¡Sí, pero se lo estoy devolviendo!

Cerbero se rio en mi cara, el muy cabrón.

—Claro que sí.

—¡Que sí, joder! —insistí.

Resopló.

—Pues ahora es mío, hazte a la idea.

Suspiré mientras cogía un trapo y echaba un vistazo a mi sofá.

—No veo nada de pis aquí. ¿De qué estás hablando?

Cerbero me ignoró, se dio la vuelta y caminó en dirección contraria.

—Eres tan crédula. No voy a mear en tu mierda, Zoey. Pero podría. No es que haya un buen sitio cerca de tu apartamento.

—Hay un pequeño trozo de hierba en la parte trasera del edificio. Puedes usarlo.

—¿Qué clase de perro te crees que soy? —preguntó Cerbero, entrando en mi cuarto de baño y usando su hocico para cerrar la puerta.

Tenía demasiada curiosidad para no seguirle. Puse la oreja junto a la puerta.

—¿Me estás espiando en el baño? Necesitas un novio nuevo.

—¡No te estoy espiando! —Resoplé—. Solo tengo curiosidad.

Lo siguiente que oí fue orina golpeando el agua. Luego una descarga.

Unos segundos después, oí su pata arañando la puerta.

—Déjame salir, que no lo he pensado bien.

Me reí sobre la puerta de madera para que me escuchara.

—¡No hasta que te laves las patas!

—¿En serio? Ni siquiera me he tocado.

—Primero, no te creo. Y segundo, ¡me da igual! Siempre hay que lavarse las manos, o las patas, después de ir al baño.

Cerbero gruñó. Unos segundos después, oí arañazos y un ruido sordo.

—¡Maldita sea, Zoey!

—¿Qué? —pregunté a través de la puerta.

—¡No puedo alcanzar el lavabo! Vamos, ¡déjame salir!

—Puedes imaginártelo. El retrete está justo al lado. Si te subes a la maceta, puedes llegar.

Cerbero resopló.

—¡Vale!

Unos segundos después, tras unos golpes que imaginé se correspondían con el intento de Cerbero de llegar al fregadero, el agua empezó a correr. Luego se detuvo.

—¡Buen chico! —Le abrí la puerta.

Cerbero bajó del fregadero y me lanzó una mirada asesina.

—¿Usaste jabón?

—¡No puedes hablar en serio!

—Usa jabón. Si vas a usar el baño, tienes que lavarte con jabón.

—Te das cuenta, Zoey, que podría cumplir con mis amenazas y mearte en el sofá.

Me eché a reír.

—Muy bien. De acuerdo. Esta vez lo dejaré pasar. Pero la próxima vez, usa jabón.

Cerbero gruñó y se abrió paso a empujones. Cogí las llaves

y salí por la puerta. Cerbero me siguió de cerca. A mitad de la escalera, desapareció.

—¿Sigues aquí, Cerbero? —llamé.

Él ladró, y yo seguí el sonido hasta el rellano al pie de la escalera. Agarró el dobladillo de mis pantalones con las mandíbulas y tiró.

—Para de hacer el tonto. —Presioné la barra para abrir la puerta que llevaba de la escalera a la calle.

¡BANG, BANG, BANG!

Rápidamente volví a cerrar la puerta.

—¡Qué demonios!

Cerbero reapareció.

—Traté de advertirte.

—¡La próxima vez, dímelo directamente!

Cerbero entrecerró los ojos.

—¿Cómo sabías que estaban ahí fuera?

—Detecté el olor de la pólvora.

—¿En sus balas? Eso es... —Sacudí la cabeza—. No importa. Necesitamos un plan. Solo hay una forma de entrar y salir de este complejo de apartamentos.

—No soy el único que puede volverse invisible, Zoey. Robaste una de las capas de tu padre, ¿verdad?

—Sí. Pero seguirán viendo la puerta abierta. Si empiezan a disparar en cuanto se abra la puerta, es muy probable que nos disparen. —respondí, mi mente a mil por hora buscando una salida—. Estos no son profesionales

—Oye, deja de hacerte la lista un segundo y dime una cosa ¿este lugar tiene acceso a la azotea? —preguntó Cerbero.

Asentí.

—Con mi capa puesta...

—La capa de tu padre, querrás decir —me cortó Cerbero.

Puse los ojos en blanco.

—Con la capa *de mi padre* puesta, debería poder llegar al tejado y echar un vistazo a dónde están para saber a qué nos enfrentamos. O... —Corrí escaleras arriba con Cerbero justo detrás de mí—. Eres brillante, Cerbero.

—Lo sé, pero ¿por qué esta vez?

—¡Atráelos adentro!

El sabueso infernal resopló.

—Lo dije como advertencia, no como táctica. Podrían venir a por ti en cualquier momento.

—Estaré lista cuando lo hagan. —Asentí—. Ahora que saben que sé que están ahí fuera, no esperarán que vuelva a salir por la puerta principal. Harán su movimiento rápido, sospechando que voy a llamar a la policía.

—Todavía debemos ir a la azotea —sugirió Cerbero—. Algunos de ellos podrían entrar a por ti. Pero si yo estuviera en su posición, mantendría un pistolero o dos fuera esperando en caso de que intentaras huir.

—Bien. Tiene sentido. Venga, tenemos que darnos prisa.

Entré corriendo en mi apartamento y me puse la capa de mi padre. Me tapé la cabeza con la capucha y desaparecí. Cerbero también se hizo invisible. Cuando salí del apartamento, vi que dos hombres, pistola en mano, subían las escaleras.

Tenía una ventaja al estar en lo alto de las escaleras. No podían verme. Podía derribar a uno de ellos sin problemas. No se sabía cómo reaccionaría el segundo.

No quería matar a nadie. Lo tendría más que justificado, pero no quería atraer a ninguna Parca a la escena. Aun así, si le quitaba las piernas, no podría subir las escaleras.

Toqué el sigilo de mi muñeca y lancé mi bastón contra el primer gánster, alcanzándole en el muslo derecho. El hombre gritó y cayó al suelo. Volví a tocar el sello y volví a colocar el bastón en mi mano.

El hombre que quedaba levantó su arma. Rodé para apartarme cuando empezó a disparar al azar hacia la parte superior de la escalera. No podía verme. Eso no significaba que no viera mis pasos o las nubes de polvo que podía levantar si me movía demasiado deprisa.

—Puedo ocuparme yo —se ofreció Cerbero.

—¿Y cómo piensas hacerlo? ¿Oliéndoles el culo?

—No, puedo deshacerme de ellos. —Gruñó.

No tuve ocasión de preguntarle a Cerbero a qué se refería. El segundo gánster ya estaba en lo alto de la escalera. Solté el bastón y le di una patada con la pierna. Ya que estaba, le di un pisotón en la muñeca, obligándole a soltar el arma.

—¡Qué coño! —gritó, aterrado por el hecho de que una ser invisible le estuviera dando por el culo. Entonces, invoqué mi bastón y lo golpeé contra el suelo justo al lado de su cara.

Me bajé la capucha mientras Cerbero bajaba las escaleras, gruñendo al chocar con el otro hombre. Gritos y gruñidos se combinaban para sugerir que la cosa no iba muy bien para el Gánster Número Uno.

—¿Quién te ha enviado? —pregunté.

—¡No lo sé! —exclamó el hombre.

—Puede que no me haya explicado bien. Alguien me quiere muerta y quiero saber quién es.

Le temblaron los labios.

—¡No le vimos la cara! Solo viene por la noche. No tiene nombre.

—¿No tiene nombre? —Resoplé—. Todo el mundo tiene nombre.

—Quiero decir, no sabemos su nombre. Tiene trabajo. Nos paga bien. Eso es todo. ¡Lo juro!

—¿Cuántos tíos tienes esperándome fuera?

—¡Nadie! Solo estamos nosotros dos.

Cogí mi bastón y lo introduje entre las piernas del hombre, evitando por poco su... pistola.

—Este sería un buen momento para decir la verdad. O, la próxima vez, no fallaré.

—¡Mierda! ¡Vale! ¡Perra loca! Hay dos más. ¡Nadie más!

Sonreí con satisfacción.

—El tipo que te contrató. Digamos que quisieras hablar con él. ¿Cómo lo encontrarías?

—Nadie lo encuentra. Él te encuentra a ti.

Chasqueé la lengua y rocé el interior de los muslos del hombre con el extremo puntiagudo de mi bastón.

—Y yo que pensaba que querías conservar tus pelotas.

—¡Es la verdad! ¡Lo juro!

No le creí. No con el chasco que me había llevado con Chad.

—Pero seguro que tendrías que informar de que has terminado el trabajo. Dudo que este hombre te pague por adelantado.

—Cuando terminamos un trabajo, se entera por su cuenta de alguna manera. No lo sé. Probablemente paga a alguien para que lo compruebe. Lo único que sé es que cuando terminamos un trabajo, el dinero aparece en la puerta.

—Alguien tiene que entregar su pago.

—Sí. Alguien. Pero nunca lo vemos. Nos han dicho que no miremos. Llama tres veces. Esperamos treinta segundos, cogemos nuestro pago y cerramos la puerta.

—¿Qué puerta? ¿Dónde se encuentra?

—¡Por favor! —Al sicario se le cayó una lágrima en ese momento—. Tengo niños en casa. Solo estoy tratando de mantener a mi familia, ¡eso es todo!

—Hay mejores formas de ganarse la vida para tu familia que matando gente. —Suspiré.

—No lo entiendes. Tengo un trabajo. Pero no es suficiente. Tengo cinco hijos. Apenas puedo poner comida en la mesa y mantener un techo sobre nuestras cabezas. Me paga lo suficiente por un golpe para duplicar mi salario de un año. Lo hago para que mis hijos no tengan que pasar hambre.

El hombre lloraba como un bebé. Me estremecí un poco al escucharle. Estaba desesperado.

—Si asesinas a alguien y vas a la cárcel, ¿quién mantendrá entonces a tus hijos?

—Mira, sé que es un riesgo. Pero no tengo elección. El tipo que nos contrata no es la clase de persona a la que le dices que no. Si no hiciera el trabajo, sería mi culo. Me mataría.

Me rasqué la cabeza. Maldita sea, me sentía mal por aquel tipo. No era más que un peón, tentado por los grandes pagos y aterrorizado bajo amenaza de muerte para cumplir las órdenes de quienquiera que dirigiera el sindicato de traficantes.

—¿Qué pasa si suspendes el trabajo? —pregunté.

—Desapareces —me explicó—. Junto con toda tu familia. Les ha pasado a otros. No tengo elección. Tengo que matarte.

—Bueno, no puedo dejar que hagas eso. —Resoplé, alejándome unos pasos. Tanto lloriqueo me daba dolor de cabeza—. Esto es lo que va a pasar. Te levantas, sales y les dices a tus amigos que el trabajo está hecho.

—¡Él sabrá si fallamos! ¡No sé cómo, pero lo sabrá!

Sacudí la cabeza.

—Que así sea. Digamos que fracasas. ¿Cuánto tardará el jefe en venir a por ti?

—Esta noche. Matará a toda mi familia y a mí. Siempre de noche.

Asentí con la cabeza.

—Entonces esto es lo que vamos a hacer. Te irás de aquí como si hubieras triunfado. Tus amigos no necesitan saber nada diferente. Vas a darme tu dirección. Quiero a estos tipos fuera de escena. No permitiré que hagan daño a tu familia.

El hombre, con lágrimas en los ojos, negó con la cabeza.

—Solo eres una persona. Y encima mujer. No puedes detenerlos.

Entrecerré los ojos.

—Por si no te has dado cuenta, sé cuidarme sola.

—¡No lo entiendes! Son despiadados. No les importa. ¡Te matarán a ti y a mi familia!

—Ya te lo he dicho, no dejaré que eso ocurra —le aseguré —. Tal y como yo lo veo, tienes dos opciones. Puedes confiar en mí y darme la oportunidad de acabar con estos tipos. Entonces, serás libre. Puede que pierdas una fuente de ingresos, pero al menos no tendrás que matar a nadie más. O puedo tratar contigo ahora y conseguir lo que necesito de los tipos de afuera.

—Pero he matado. Si sabes dónde vivo...

—Eso no me preocupa. —Suspiré—. No te entregaré a la policía si eso es lo que temes.

—Ya estás trabajando con ellos. Estabas hablando con ese policía antes en su coche.

—¿Me estabas observando?

—Lo vemos todo, Zoey.

Gruñí. Confirmado, los tres tipos a los que Kevin había perseguido cuando intentaron entrar en mi apartamento la noche anterior.

—No le debo nada a ese policía. Él y yo no trabajamos juntos.

—¡No te creo!

—¡Me importa una mierda si me crees o no! —grité—. Mira, puedes dejar que te ayude a acabar con esos capullos, o puedes irte y esperar a que hagan lo que demonios vayan a hacer contigo y con tu familia esta noche. Tal y como yo lo veo, si cooperas conmigo, tienes más posibilidades de sobrevivir que si rechazas mi oferta. ¿Qué otra opción tienes?

—Incluso si tienes éxito, solo enviarán más. Ni siquiera entiendes lo poderosa que es esta gente.

—Si esta gente es tan peligrosa, ¿por qué no me matan ellos mismos? ¿Por qué te utilizan para hacer su trabajo sucio?

—¡Porque los policías te están vigilando! Intentan cubrirse las espaldas. Si alguien te mata, la gente se dará cuenta. Si yo desaparezco, la gente asumirá que alguna banda nos mató. Los polis no investigan casos como los nuestros como lo harían con los tuyos.

Resoplé.

—¿Por qué no? Una familia entera desaparece, ¿y la policía hace la vista gorda?

—No te ofendas. Eres una chica guapa y encima blanca. Es diferente cuando alguien que se parece a ti es asesinado o desaparece.

Respiré hondo.

—Eso no está bien.

—No lo es. Pero así funciona el mundo. Así son las cosas. Tengo un historial. Si me pasa algo, todos pensarán que me lo he buscado. Que me he buscado la vida.

Me mordí el labio.

—Bueno, para ser justos, estás dando golpes a gente mala. Ese comportamiento tiene consecuencias.

—¡Pero no lo hago por elección! —contraatacó. —Ya te lo he dicho. Mira, si no salgo pronto, los otros van a venir a buscarme.

—¿Entonces qué vas a hacer? —pregunté—. ¿Me dejarás ayudarte?

El hombre apretó los labios.

—Me llamo Ronald Chaffin. Mi dirección está en la guía telefónica.

Asentí y me aparté del hombre. Cogí su pistola, descargué las balas y se la devolví cuando volvió a ponerse en pie.

—Será mejor que te vayas.

Ronald asintió. Luego se volvió y me miró antes de bajar las escaleras.

—¿Por qué me ayudas, si no te importa que te pregunte? He venido a matarte.

Apreté los labios.

—No voy a mentirte. No me importa lo que te pase, Ronald. Pero sí me importa tu familia, y hay que detener a la gente que te contrató para hacer esto.

Ronald asintió y se apresuró a bajar las escaleras. Me rasqué la cabeza. ¿Qué le había ocurrido al primer sicario?

—Bueno, ha salido mejor de lo que esperaba. —Cerbero apareció a mi lado y eructó.

—¡Oye! —exclamé—. ¿Qué has hecho con el otro?

Cerbero se lamió los labios. —Me lo he comido.

—¿Tú qué? ¿Cómo demonios has hecho eso?

El perro creció hasta llenar el pasillo. Yo jadeé.

—¡Mierda, Cerbero!

—Acabó con él de un solo bocado.

—¿En serio? —Suspiré—. ¿Y apareció un Parca para...?

—No. Me lo comí con mi otra cabeza. La cabeza de Hades.

—¿Y eso qué le hizo a su alma?

Cerbero volvió a su tamaño normal.

—Va directamente al Infierno. Sin escalas. El pobre barquero no podrá cobrar sus cien dólares.

—Entonces, ¿si te comes a alguien con tu cabeza de Hades, su alma se va allí? —pregunté—. ¿Y si te los comes con tu otra cabeza?

Cerbero se encogió de hombros.

—No tengo por costumbre comerme a la gente buena. Pero si lo hiciera, bueno, supongo que irían al Olimpo. Si me los comiera con mi cabeza terrestre, morirían aquí. Una Parca aparecería para recoger el alma.

—Bueno, es bueno saberlo. —Me reí entre dientes—. Pobre tipo. No tenía ninguna oportunidad, ¿verdad?

Cerbero carcajeó.

—¡No!

—Bueno, no se debe comer a la gente, Cerbero. ¡Perro malo!

Cerbero me miró con esa petulancia imposible de imitar.

—Lo que tú digas.

26

Me eché la capucha de la capa sobre la cabeza y me dirigí al tejado, solo para asegurarme de que los demás se habían marchado. Se me ocurrió que, ya que había dejado libre a Ronald, bien podría decirles a los demás que esperaran a que me fuera para poder terminar su trabajo. Después de todo, no se había ido convencido de mi plan.

Y no, no le había mentido. Esta era la mejor oportunidad que había tenido hasta ahora para llegar al mandamás. Por no mencionar que, ahora que sabía lo que Cerbero podía hacer, estaba aún más segura que antes de que podría manejar a estos gilipollas sin problemas.

No me sentía del todo cómoda dándole de comer tipos malos a mi perro, aunque la mayoría de ellos probablemente se lo merecían. Pero Ronald me había demostrado que a veces los hombres atrapados en ese tipo de vida no son malos del todo. En su caso, en algún momento, había hecho una mala elección. Ahora, estaba obligado a seguir matando gente para proteger a su familia y mantener la comida en la mesa. Sí, estaba mal.

Pero cuando miré a Ronald a los ojos, me di cuenta de que no era un hombre malvado. Estaba desesperado.

No me entusiasmaba la idea de que con Cerbero pudiera enviar las almas de la gente directamente al Hades (al pobre le podría dar una indigestión), Gabriel había tenido razón. No me correspondía a mí decidir quién iba al cielo o al infierno.

Por el lado bueno, ahora que Cerbero se había comido a una persona entera, podía ahorrar dinero en llenar su estómago. Si Cerbero iba a comerse a alguien en el futuro, tendría que asegurarme de que utilizara su cabeza terrestre para hacerlo. Aparecería una Parca y yo me quedaría tranquila al saber que era su destino morir así. Una cosa menos de la que preocuparse.

Miré el móvil y suspiré. Ya llegaba cinco minutos tarde al trabajo. Joe era bastante tolerante y comprensivo, sobre todo teniendo en cuenta todo lo que había pasado, pero estaba tentando a la suerte. Su paciencia tenía un límite. Al fin y al cabo, estaba intentando llevar un negocio.

Como no había moros en la costa, dejé mi capa en mi apartamento y cerré con llave. No vi Cerbero. Probablemente ya estaba siguiéndome.

Me detuve junto al coche de Sienna en el aparcamiento. Me sorprendió ver que ella también había vuelto al trabajo. Esperaba que lo dejara o, como mínimo, que se tomara un par de semanas libres. Aun así, sería agradable verla. Por no mencionar que mi mente estaba en cualquier lugar menos en mi trabajo. Eso se traducía a un montón de café derramado en mi futuro inmediato.

Cuando entré por la puerta principal de la cafetería, Sienna me sonrió. No vi a Joe. No sabía si estaba más aliviada de que no supiera que llegaba tarde o disgustada por haberla dejado sola en la cafetería. Mi preocupación se apaciguó cuando vi a Kevin sentado en una de las mesas con una taza de café delante mientras repasaba sus expedientes. No era la típica pausa para el café. Estaba allí por nuestra seguridad.

Me reí entre dientes. Su trabajo de vigilancia no había servido de mucho para impedir que los asesinos a sueldo hicieran todo lo posible por acabar conmigo a primera hora de la mañana. Por supuesto, no se lo contaría a Kevin. Le había dado mi palabra a Ronald de que no involucraría a la policía. Si le contaba a la policía lo que había pasado, lo arrestaría y dejaría a su familia a su suerte.

Sonreí a Kevin al pasar por delante de su mesa, el tirón del estómago volvió a aparecer cuando levantó su mirada oscura y me sonrió con los ojos. No podía pensar en ello. Me puse el delantal, fiché en la terminal y me acerqué a Sienna.

—¿Cómo estás? —le pregunté.

Sienna se encogió de hombros.

—Tan bien como cabía esperar, supongo. Todavía un poco nerviosa, pero, ya sabes, estoy mejor. Trabajar es una buena distracción. Lo peor fue aparcar.

—Ya lo creo. —Apoyé una mano en el hombro de Sienna—. Por si te sirve de algo, no creo que vuelvan a molestarte.

—Bueno, no. No después de lo que les hiciste.

Sonreí y luego miré en dirección a Kevin, que era ajeno a nuestra conversación.

—¿El qué? Si apenas hice nada.

—Oh, sí. Sí, claro. —Una media sonrisa se formó en la comisura de los labios de Sienna—. Pero me salvaste, eso ya es algo.

—Tal vez más tarde podamos hablar de eso cuando tengamos un poco más de privacidad —susurré.

Sienna asintió, distraída por una cliente que entraba por la puerta. Dirigió su atención a la joven que había pedido un *caramel macchiato* con extra de caramelo.

No fue la bebida más compleja que teníamos. La preparé sin demasiados problemas y añadí una cucharada de nata montada por encima antes de rociarla con sirope Al menos esta señora no lo había pedido desnatado. Te sorprendería saber cuántas bebidas, repletas de azúcar, piden los clientes sin grasa para hacerse la ilusión de que su bebida es baja en calorías.

Kevin recogió sus papeles y se acercó al mostrador.

—¿Podría pedir otra taza para llevar?

—¿Café solo? —pregunté.

—Soy un purista —respondió Kevin, inclinándose hacia mí —. No hay nada mejor que una buena taza de café fuerte, y tú tienes el mejor tostado de la ciudad.

—Bueno, estoy segura de que a Joe le gustaría oír eso. —Sonreí—. Tuesta todos los granos él mismo.

Kevin se quedó en silencio un segundo y luego se apartó de la barra.

—Volveré hacia el final de tu turno. Solo para asegurarme de que no pasa nada en el aparcamiento.

—Estaremos bien, Kevin. Gracias, de todos modos.

Kevin asintió de nuevo.

—Avísame si pasa algo extraño.

Me mordí el interior de la mejilla.

—¿Por qué lo dices?

—No lo sé. Cuanto más escarbo en esta organización, más profunda es la madriguera del conejo. —Suspiró—. El problema es que hasta que no llego al fondo de esto, me siento como si estuviera haciendo caída libre. No puedo precisar nada, pero puedo decir que sea lo que sea, tienen montada una muy gorda grande. Puede que reduzcan sus operaciones de forma temporal, hasta que las cosas se calmen, pero volverán.

—Bueno. —Sonreí con dulzura—. Por el lado bueno, supongo que significa que nos veremos mucho durante un tiempo.

Kevin sonrió feliz un segundo, antes de volver a su seriedad.

—Sí, supongo.

Moví los dedos en el aire.

—¡Nos vemos pronto!

Se dio la vuelta para marcharse. Luego hizo una pausa y se volvió.

—Una pregunta rápida. Acabo de recibir un aviso de que alguien ha denunciado disparos en su barrio hace una media hora.

—¿De verdad? —Alcé las cejas—. No me sorprende. Ocurre de vez en cuando en mi zona.

—¿Has oído o visto algo?

Sacudí la cabeza.

—No tengo ni idea.

—¿En serio? —preguntó Kevin—. Porque has llegado tarde. Sabiendo el tiempo que tardas en conducir desde tu apartamento hasta aquí, habrías estado en casa cuando ocurrió.

Joder, era muy listo. Y yo, en vez de preocuparme, me sentía como una perra en celo al escucharle hablar.

—Tenía recados que hacer esta mañana. —Carraspeé y traté de concentrarme en mis mentiras—. He adoptado a un perro, ¿recuerdas? He tenido que ir a comprar pienso, el tío come como un animal.

Kevin apretó los labios.

—De acuerdo. Bueno, ten cuidado. Probablemente estaba relacionado con bandas. Pero no puedo descartar nada.

—Le agradezco la preocupación, detective —ronroneé con cordialidad. Eso pareció trastocarlo. Mejor—. Disfrute de su café.

Una vez que Kevin salió por la puerta, Sienna se puso a mi lado.

—¿Crees que los van a encontrar?

Sacudí la cabeza.

—Son criminales profesionales. Saben cómo cubrir sus huellas. Por desgracia, la policía está limitada. No pueden hacer mucho hasta que las pruebas son lo bastante abrumadoras como para que puedan actuar, conseguir una orden judicial o lo que sea.

Sienna suspiró.

—Tiene que haber algo más que se pueda hacer. Si pudieron identificar a los tres hombres que me raptaron, uno pensaría que podrían averiguar para quién trabajaban.

—He estado investigando y Kevin tiene razón, es más turbio de lo que parece. —Me mordí el labio, decidida en actuar—. Si la policía no puede averiguar dónde se esconden, acabaré con ellos yo misma.

—Zoey, ¿estás segura de que es una buena idea?

Asentí con la cabeza.

—Cuanto más tarden los polis en averiguar esto, más gente podrían llevarse. No sé a ti, pero a mí eso no me parece bien. Hay que detener a esos gilipollas. —Dudé. Sienna estaba todavía afectada por el ataque, pero estos tíos no se pararían por nada—. No sé si pedírtelo, pero me vendría bien tu ayuda, Sienna.

—¿Qué necesitas?

—No soy muy buena con los ordenadores —le dije—. No se lo digas a Kevin, pero me las arreglé para conseguir una copia de los registros financieros que la policía sacó del tal Chad.

—¿Cómo demonios has conseguido eso? —preguntó Sienna.

—Soy escurridiza. —Me reí—. Y quizá he estado flirteando con el detective un poquito.

—¿Un poco? —Sienna se rio conmigo. —En serio, la tensión sexual entre vosotros dos es tan densa que se tendría que cortar con una motosierra.

—Sí, a mí también me lo parece. Tengo una lista de depósitos importantes hechos en la cuenta de Chad y las fechas en que se hicieron. ¿Crees que podrías entrar en el ordenador y buscar en los informes de personas desaparecidas? Quiero ver si podemos correlacionar alguno de ellos con los depósitos que hizo Chad. Si podemos hacer eso, si podemos identificar a algunas de sus otras posibles víctimas, tal vez podamos detectar algunos patrones.

Sienna sonrió.

—Considéralo hecho. Usaré el ordenador de Joe en la parte de atrás si no te importa vigilar el mostrador.

—¿Conoces su contraseña? —pregunté, levantando una ceja.

Sienna se rio.

—Es la palabra «café».

—¿Cómo puede ser tan predecible?

—Lo descubrí al tercer intento —continuó Sienna—. Ya sabes, después de probar con «contraseña» y «1234».

—¿Por qué estabas tratando de entrar en su ordenador, de todos modos? —le pregunté— ¿Has estad espiándolo?

Sienna sonrió.

—¿Qué puedo decir? Me aburría, y hace un tiempo contrató a una chica sin ninguna cualificación. Me obligó a entrenarla. ¿Te lo puedes creer?

Me reí.

—Sí, lo siento. Sé que doy asco.

Sienna negó con la cabeza.

—¿Te das cuenta de que tenía otros tres aspirantes? Uno de ellos trabajaba para Starbucks. Aun así, te contrató a ti, Zoey. ¿Por qué crees?

Me encogí de hombros. No lo había pensado.

—No lo sé. Pero me contrató en el acto. Tal vez le di buenas vibraciones.

—Sí. —Sienna puso los ojos en blanco—. Si le dio unas buenas vibraciones bajo la bragueta.

—Sienna, no digas gilipolleces.

—¿No es así? Es obvio que le gustas, Zoey.

—¿Joe? ¡Para nada! ¡Y ugh! Tiene como treinta años, ¿no?

—No es mucho mayor que tú, Zoey. No creo que sea mayor que ese detective. Además, tú eres su tipo.

—¿Tiene un tipo?

—Cabello oscuro. Cuerpo atlético. Y, además, te pareces mucho a su ex.

—¿Entonces me contrató porque le gusto? Joder, qué putada.

—Es un buen tipo —protestó ella—. Podría ser peor.

—Es demasiado bueno. —Sacudí la cabeza—. Ése es el problema. Acabo de romper con alguien calcado a él. Aun así, ¿cómo se le ocurría contratarme a mí en lugar de a alguien más cualificado?

Sienna se encogió de hombros.

—Es un trabajo de camarera, Zoey. No es como si te hubiera contratado para dirigir una empresa del *Fortune 500*. Quién sabe, quizá me equivoque.

Me encogí de hombros.

—Quizá me contrató porque no quería traer a alguien que ya tuviera ideas sobre cómo debía funcionar una cafetería. Yo era un lienzo en blanco al que entrenar para hacer el trabajo como él quería.

—Quizá —aceptó Sienna dubitativa—. Probablemente tengas razón. Olvida lo que he dicho. ¿Tienes las fechas en que se hicieron los depósitos?

Pulsé un par de iconos en mi móvil y el culo de Sienna dio un pitido.

—Ya los tienes.

Sienna sonrió.

—Dame diez minutos. Y si hay algún pedido que no puedas manejar, avísame.

27

Sienna volvió de la trastienda con unas hojas de papel en la mano.

—¿Has encontrado algo? —pregunté.

Asintió y limpió el mostrador antes de dejar los papeles. El trabajo por delante así era ella.

—Todas estas fechas se correlacionan con los depósitos en la cuenta de Chad. Si estamos en lo cierto, y estas fueron las personas que secuestraron. Aunque yo no veo ningún patrón.

Asentí y examiné los informes de personas desaparecidas. Tenía razón. Había supuesto que las mujeres jóvenes eran el objetivo principal. Pero Sienna había encontrado cuatro nombres de personas dadas por desaparecidas alrededor de la fecha en que se hicieron los depósitos en la cuenta de Chad. Todos los informes de personas desaparecidas se hicieron uno o dos días antes de que Chad recibiera los fondos. Eso tenía sentido. Solo cobraría *después* de entregar a sus víctimas.

La primera que vi se ajustaba al perfil: una atractiva mujer morena de unos veinte años.

La siguiente impresión mostraba a un hombre de unos treinta años. Por la descripción y la imagen, era un tipo bastante corpulento. No es el tipo de persona que uno esperaría que fuera objeto de trata. Es decir, no para el mismo tipo de servicios que habíamos presumido hasta este punto que las mujeres jóvenes estaban siendo objeto de trata. ¿Trabajo físico, quizás?

Era posible. Sabía muy poco sobre la trata de seres humanos. A pesar de ser un problema generalizado en Estados Unidos, los principales medios de comunicación le prestaban muy poca atención. Sin embargo, sabía que la trata de seres humanos tenía diversos fines. A veces, las víctimas eran obligadas a ser esclavas sexuales y, a las que no les gustaban los clientes, eran obligadas a realizar trabajos manuales.

Esa teoría no se sostuvo con la siguiente que localicé: una anciana negra, de aspecto frágil, que había residido en una residencia de ancianos. Me mordí el labio. No había ninguna garantía de que estas personas hubieran sido secuestradas por Chad simplemente porque las fechas coincidían. Lo más probable era que esta mujer en concreto se hubiera escapado de la residencia en la que vivía. Esas cosas pasaban. En la academia aprendimos a rastrear almas errantes que sufrían demencia. Por lo general, se dirigían a lugares y personas que habían sido importantes en una época anterior de sus vidas. Sin embargo, el hecho de que esta mujer no hubiera sido encontrada todavía y hubiera pasado más o menos un mes desde que se denunció su desaparición planteaba algunas preguntas.

La última víctima, que había desaparecido justo una semana antes de que Sienna fuera atacada, era una mujer que había sido vista por última vez entrenando a sus clientes en un gimnasio local. Era una candidata ideal para los traficantes. No como las anteriores.

Me rasqué la nuca.

—No lo entiendo. Quiero decir, hay una posibilidad de que algunas de estas personas desaparecieron por otras razones, y no tenemos ningún informe sobre las víctimas que se correlacionaron con otros depósitos.

—Es cierto —aceptó Sienna—. Había varios depósitos que no se correlacionaban con ningún informe local de personas desaparecidas. Podría ampliar mi búsqueda, supongo.

Sacudí la cabeza.

—Hay una razón por la que estos criminales tienen como objetivo a la gente cerca de la interestatal. Algunos podrían ser viajeros de fuera del estado. No habría forma de adivinar de dónde proceden sus víctimas ni adónde se dirigen. Podrías hacer una búsqueda por todo el país, pero supongo que, si lo hicieras, sería aún más probable que las personas que encontráramos desaparecieran por otros motivos.

—Ojalá pudiéramos hablar de algo más —reflexionó Sienna.

Sacudí la cabeza.

—Eso no significa que no mereciera la pena. Si estos cuatro fueron secuestrados por los traficantes, significa que la empresa criminal tiene una gran variedad de compradores. Eso significa que hay más gente implicada que si hubiera un solo comprador que coleccionara víctimas con un único fin. Por no mencionar que podemos indagar un poco más en estos casos concretos e intentar averiguar si hubo testigos. Chad te exploró durante un tiempo antes de hacer un movimiento. Es probable que, si estas personas fueron secuestradas por él, otros lo reconocieran.

Sienna asintió.

—Sí, pero necesitaríamos una foto suya.

Hojeé mi teléfono y se lo enseñé a Sienna.

—Copié muchos de los archivos del detective. Tenía una foto de Chad tomada varios años antes en un arresto por conducir ebrio.

—¡Es fantástico! —exclamó Sienna—. ¿Vamos después del trabajo?

Sacudí la cabeza.

—Esta noche no. Tengo que ocuparme de otra cosa. Un par de cosas, en realidad. Mi abuela está bastante enferma y me gustaría volver a verla esta noche. Luego, tengo otros recados. Tal vez mañana, después de nuestro turno, podamos intentar localizar a algunas familias o compañeros de trabajo relacionados con los desaparecidos.

Sienna asintió.

—Siento lo de tu abuela.

Sonreí.

—Te lo agradezco.

—Es un día tranquilo. Si quieres irte a pasar el día con ella, probablemente pueda arreglármelas —se ofreció Sienna.

Sacudí la cabeza.

—No voy a dejarte aquí sola, Sienna. No creo que sea seguro.

Sienna asintió.

—Gracias, Zoey.

—No, gracias por ayudar. No creo que hubiera podido encontrar esos nombres por mi cuenta. Soy malísima buscando en Google.

Sienna se rio, pasándose los dedos por el pelo.

—Debería ser yo quien te diera las gracias. Me has salvado la vida. Dos veces por falta de una.

Teníamos una guía telefónica en la cafetería. No estaba segura de dónde más podría conseguir una guía telefónica. ¿Un museo? Creo que no había visto ninguna desde que llegué a la Tierra, aparte de la que estaba escondida bajo el mostrador de la cafetería. Busqué el número de teléfono y la dirección de Ronald Chaffin antes de salir del trabajo a las cinco. Necesitaba llegar a su casa antes de que oscureciera.

Me gustaba mucho más este método de búsqueda que el Internet. Enseguida me di cuenta de que los nombres de las personas estaban ordenados alfabéticamente por apellido. Como el apellido de Ronnie empezaba por «C», su nombre y dirección estaban al principio del libro. Según la aplicación de mapas de mi teléfono, Ronald vivía a unos veinte minutos de mi apartamento. Dada la hora de la tarde, debí tener en cuenta el tráfico. Arranqué la página de la guía telefónica y me la llevé. Dudaba que alguien la echara de menos.

Pero primero quería ver cómo estaba Rose. No me quedaba mucho tiempo con ella, y como tenía unas horas antes de que oscureciera, supuse que ponerme al día con ella era el mejor uso que podía hacer de mi tiempo. Además, me sentía mal. Estaba allí, moribunda, sin nadie que le hiciera compañía, excepto Helen, la enfermera de cuidados paliativos que la visitaba de vez en cuando.

Por supuesto, yo sabía que Rose podía acudir al centro de cuidados paliativos en cualquier momento. Estudié cómo funcionaban en la academia. Aun así, mucha gente como Rose elegía morir en casa, aunque, eso significara morir sola.

Me detuve junto a la casa de Rose. Helen no estaba allí. Al menos, su coche no estaba aparcado fuera. ¿Podría Rose abrir la puerta? No estaba segura. Llamé al timbre.

Esperé un minuto y volví a llamar. Seguía sin sonar.

Llamé tres veces.

No había respuesta.

Suspiré. El dormitorio de Rose tenía una ventana que daba a la parte trasera de la casa. Quizá pudiera llamar su atención. Ella podría decirme dónde podría estar escondida una llave de repuesto.

Salté la valla metálica que rodeaba el patio trasero. Golpeé la ventana trasera y me tapé los ojos con las manos para mirar dentro.

La cama de Rose estaba vacía.

Se me hundió el estómago. ¿La habían llevado a un centro de cuidados paliativos? A lo mejor estaba en el hospital. Se suponía que no moriría hasta dentro de cuatro o cinco días.

Entonces, sentí una mano fría en mi hombro.

Me giré y vi a mi padre de pie, con dolor en los ojos. Se había quitado la capucha de la cabeza y le colgaba de la espalda.

—¿Papá? —Y lo entendí. Y lo sentí como una daga en el corazón—. ¡No, papá! ¿Por qué?

—Han adelantado su fecha —me explicó mi padre—. Lo siento, Zoey.

Apreté los puños.

—¿Por qué? Sabías cuándo se suponía que iba a morir. No viniste a verla, o...

—No, Zoey. No la vi hasta que llegó su hora.

—Si no... ¡Espera, *no*! Esto es culpa mía. Soy tu hija. De alguna manera, cuando te visité, ¡debí romper tu trato con Atenea!

—No fue tu culpa, Zoey.

—¡No puedes saber eso! —protesté con los ojos cerrados—. Tú mismo lo dijiste. Era un riesgo. Si me reconocía, y lo hizo...

—Era un riesgo que ella estuviera menos dispuesta a seguir adelante tan pronto después de conocer a su nieta —gimoteó mi padre—. Pero no fue tu presencia la que causó esto.

Yo no entendía nada. Y si no lo entendía, no podía arreglarlo. Y había que arreglarlo, ¿no? Debía de haber alguna manera de traerla de vuelta.

—Entonces, ¿por qué? ¿Qué ha pasado? Seguro que mi aparición tuvo algo que ver.

Mi padre suspiró.

—Fue tu madre, Zoey.

Las lágrimas se cortaron de golpe.

—¿Mi madre?

Mi padre asintió.

—Estaba aquí al lado de Rose cuando falleció. Después de todos estos años, ha vuelto.

No podía pensar en la muerte de mi abuela. Mi madre estaba aquí, *mi madre estaba aquí,* y debía conocerla como fuera.

—¿Dónde está? —le pregunté—. ¿Hablaste con ella?

Mi padre negó con la cabeza.

—No me quité la capa, Zoey. Pero tu madre sabía que yo estaba allí. Miró más allá de mí, a través de la habitación, como si supiera que yo debía estar allí. Asintió con la cabeza. Pero pude ver el dolor en su cara. Ella no quería verme, Zoey.

—¡Eso no lo sabes, papá! Podrías haberle hablado de mí. Podrías haberle hecho saber que la estaba buscando.

—Ya lo sabía —me aseguró mi padre—. Rose se lo dijo cuando llegó. Le di todo el tiempo que pude antes de cosechar su alma. Pero como sabes, Zoey, una Parca tiene una ventana de oportunidad muy estrecha para actuar antes de que el alma pierda su hora programada con el barquero.

Sacudí la cabeza, incrédula de lo que estaba escuchando.

—Debes haber visto *algo*. Hiciste tu reconocimiento. Esa es una de las R. ¿Qué conducía? ¿Qué dirección tomó cuando se fue? ¿Le dijo algo a Rose que revelara dónde vivía?

—Zoey, no miré nada de eso. Quería darles a tu madre y a Rose un par de minutos a solas. Tenía que estar listo para cosechar su alma.

Resoplé. Tanto insistirme en las R, en hacer un trabajo sin fisuras, en seguir las reglas y ahora él se las saltaba a la primera de cambio.

—Si tenías tantas ganas de llevarte el alma de Rose de vuelta al río Estigia, ¿por qué sigues aquí? ¿No deberías estar de camino?

—Morty la está entregando en mi nombre.

—¿Morty? ¿Hablas en serio?

—Me ha estado siguiendo. Coseché el alma de Rose, luego la pasé a la guadaña de Morty. Esperaba que vinieras a verla pronto. Rose se lo dijo a tu madre. Dijo que te esperaba esta noche.

—Entonces, ¿dónde está? —pregunté—. ¿Dónde está mi madre? Si supiera que venía, seguro que esperaría.

Mi padre me abrazó.

—Se fue, Zoey, y no me dijo adónde. No puedo decir adónde fue. Tal vez regrese. Puedes esperarla.

—No puedo quedarme. —Me aparté de su abrazo suavemente—. Hay algo que tengo que hacer. Una familia que necesita mi ayuda.

—Muy bien —aceptó mi padre—. Tampoco sé si tu madre va a regresar.

—¿Por qué diablos no lo haría si sabía que yo venía?

—Zoey, no sé cómo decir esto. Pero puede que tu madre no quiera conocerte. Quizás no esté preparada.

—¿No está listo? ¿Por qué diablos no? Han pasado más de veinte años, papá.

—Lo entiendo, Zoey. Pero no es tan simple. No sé lo que hay en la mente de tu madre. Pero creo que ella te ama. Derramó una lágrima cuando Rose le dijo que estabas aquí. Si no viene, si no te busca, puede ser que se sienta culpable.

—Eso es una excusa de mierda, papá. —Gruñí—. Me la sopla su culpabilidad. Sé que no fue culpa suya. Solo era una situación de mierda. Antes no tenía motivos para sentirse culpable. Pero si se niega a verme ahora, cuando sabe que he vuelto a la Tierra, y sabía que volvería aquí esta noche, *sí* que es su culpa.

—Puede haber razones —replicó mi padre—. Tal vez necesita tiempo para prepararse, Zoey. Acaba de perder a su madre. Vino a verla después de dos décadas solo para perderla. Es mucho con lo que lidiar. Conocer a su hija podría ser demasiado para ella en este momento. Sabe que estás aquí. Seguro que ya sabe tu dirección.

—¿Cómo?

—Una vez usé el mismo apartamento. —Mi padre sonrió—. Seguro que, si te busca, es el primer sitio al que irá.

Saqué del bolsillo una de las cartas de mi madre.

—Rose me las dio. Un montón de cartas que mi madre le envió a lo largo de los años. En algunas de las primeras, mencionaba hacer lo necesario. ¿Tienes idea de lo que eso significaba?

Mi padre se pellizcó la barbilla.

—No puedo decirlo. Podría ser cualquier cosa. Tal vez solo tenía que hacer lo que tenía que hacer para seguir adelante sin ti y sin tu hermano, sin mí. O, quizás...

—¿Qué?

Mi padre suspiró.

—Esa maldita diosa.

—¿Atenea? —adiviné.

—Me dijo que tenía que llegar a un acuerdo similar con Josephine. —Mi padre asintió, sin dejar de mirar la habitación vacía—. Aunque fuera yo quien se lo había pedido a Atenea, Josephine era sangre de Rose. Atenea necesitaba el consentimiento de la familia para hacerlo realidad. Supuse que iba a ser un simple intercambio. Pero, por lo que veo, Josephine nunca visitó a Rose en todos estos años, así que tiene que haber sido por algo más. Probablemente tuvo algo que ver con el trato que Atenea hizo con ella.

—¿Puedes ir al Olimpo y averiguarlo? —pregunté.

—Los Olímpicos son mucho menos accesibles hoy de lo que lo eran incluso entonces. En los últimos años, han cerrado los caminos que yo conocía para acceder a su reino. Si quieres saber lo que Josephine escribió a su madre, tendrás que encontrarla y preguntárselo tú misma.

29

No podía quedarme esperando por si mi madre aparecía. No cuando seguramente tenía una pelea. Sin cargarme a nadie, claro, no podía arriesgarme que otra Parca viniera, pero al menos tenía la cabeza de Cerbero para ocuparme de eso. Pero estaría bien descargar la rabia que sentía por perder a mi abuela. La había almacenado en un rincón de mi alma, un punto caliente del que podía olvidarme hasta que llegara el momento. Después, desataría toda mi ira.

Los traficantes ya debían saber que yo no estaba muerta. Era posible que contrataran a otro Ronald, otro mercenario asesino, para acabar con él y su familia. En teoría, este ciclo podía repetirse docenas de veces hasta que el sindicato me matara o uno de los dos se cansara de jugar al gato y el ratón.

Por otro lado, si el sindicato pretendía asesinar a Ronald y a su familia, entonces, y yo lo atrapaba, podría hacerles hablar. Sería la mayor oportunidad para localizar a los verdaderos responsables de la operación de tráfico.

Ya había programado la dirección de Ronald en mi teléfono. Primero, tenía que pasarme por mi apartamento para coger la capa de Parca de mi padre. La invisibilidad me vendría bien. Necesitaba cualquier ventaja que pudiera conseguir.

Fue una carrera rápida dentro y fuera de mi apartamento. Cerbero ni siquiera se molestó en hacer acto de presencia. Entonces, yo estaba de vuelta en mi moto para tomar el camino más rápido a la casa de Ronald.

Me detuve en su dirección. No parecía la típica casa familiar. Se trataba de una vieja mansión, impropia de un padre de familia tan desesperado por mantener a su familia que tenía que recurrir a los asesinatos a sueldo. Si estaba tan mal de dinero, podía vender la casa y comprar otra más pequeña.

Pasé por delante del lugar y aparqué la moto a unas manzanas. Volví a comprobar la dirección que había programado en mi teléfono. Saqué la página doblada de la guía telefónica para asegurarme de que no había escrito mal la dirección. Estaba en el sitio correcto. Y, sin embargo, al pasar por la ventana de la casa, me encontré con varias sombras escondidas en la oscuridad. Y ninguno de ellos era Ronald.

Quizás el que yo había conocido era un simple empleado, o quizás una persona cualquiera. ¿Pero quién era el Ronald Chaffin *que yo había conocido*? Quienquiera que fuese, imaginé que me estaba esperando. El tipo de mi apartamento que había intentado matarme seguramente había informado. Atraerme aquí debe haber sido un plan de contingencia.

Lo que no sabían era que podía desaparecer.

Me puse la capa sobre la cabeza y me levanté la capucha. Hablar con mi padre me había hecho recordar mi entrenamiento. Primera R, tenía mis ropajes. Hecho. También tenía un nombre, así que cumplía con la segunda R, resguardo. No era quien yo pensaba, pero si el falso Ronald Chaffin en aquel lugar, entonces era probable que estuviera conectado con los sicarios. También me había ocupado de la tercera R, reubicación, siguiendo las indicaciones del GPS de mi teléfono hasta la dirección indicada. La cuarta R era a menudo la más crucial para el éxito. Reconocimiento.

En este caso, no podía cosechar, pero podía cambiarla por «Ronald». Era conveniente que el nombre del tipo encajara con mi aliteración. No funcionaría en futuras operaciones. Si no iba a matar o intentaba evitarlo, tendría que inventar otra palabra con R para el objetivo final. O tal vez seguiría usando recolecta. Al fin y al cabo, estaba recogiendo una cosecha, las semillas sembradas de la investigación. Al menos, eso esperaba. Dudaba que ese tal Ronald estuviera al mando, pero algo le relacionaba de un modo u otro

La ventaja de mi capa de Parca era que no tenía que molestarme en esconderme detrás de arbustos o árboles para inspeccionar la casa en cuestión.

—¿Cerbero? —susurré—. ¿Estás aquí?

Sentí una pata en mi espinilla.

—Estoy aquí.

—¿Puedes verme mientras llevo mi capa?

—¿Te refieres a la capa que robaste?

Su chiste se estaba envejeciendo rápido de tanto que lo estaba usando.

—Somos familia. No es robar. No tiene importancia. Es solo que no me di cuenta de que serías capaz de verme cuando me pusiera esto.

—Puedo —me aseguró Cerbero—. La tela cambia tu frecuencia. Con tu capa, te pareces más a un alma que a un ser humano. Puedo ver almas, así que puedo verte a ti.

—¿Como un fantasma? —pregunté.

—Algo así, pero con un cuerpo.

—Pero puedo ver la capa cuando no la llevo puesta —protesté.

—El encantamiento de la capa de la Parca activa la frecuencia de tu naturaleza —me explicó—. No eres completamente humana, Zoey. Sigues siendo la hija de tu padre. Es la combinación de la magia de la capa con tu constitución única lo que produce este efecto. No eres técnicamente invisible. Estás atravesando el plano astral, la frecuencia en la que viajan los muertos si vagan antes de ser segados.

—Entonces, ¿puedes verme porque también atraviesas el plano astral?

—Puedo hacerlo. Igual que puedo entrar y salir del Hades o del Olimpo cuando corro, si quiero, puedo volverme invisible y moverme por el plano astral.

—¿Entonces por qué no puedo verte?

—Tu vista debe desarrollarse —explicó Cerbero—. Por ahora, no estás acostumbrada a atravesar este plano. Es como si te acabaras de despertar en mitad de la noche y tus ojos se estuvieran adaptando a ver en la oscuridad. Con el tiempo, lo verás todo.

—¿Cuánto tiempo llevará?

—Eso es difícil de decir. Pero tu vista llegará más pronto que tarde, me imagino. Hasta entonces, puedes confiar en que estoy aquí.

Asentí con la cabeza.

—De acuerdo. Bueno, ¿ves algo inusual? Deben estar esperándome. Tiene que ser una trampa. Tenemos que averiguar cómo planean atraerme para que podamos darle la vuelta a la tortilla.

—Tenemos que entrar.

—Pero ¿cómo?

Cerbero resopló.

—Estás en el plano astral, Zoey. Puedes atravesar la puerta. O por las paredes, si te resulta más cómodo.

Me mordí el labio.

—Si puedo atravesar paredes, ¿cómo voy a caminar por el suelo? ¿No me caería?

«Ya estás cambiando de tema por no pensar en tu abuela y en que no has podido hablar con ella y en que se ha muerto y no sabe nada de ti y en que *eres una cabrona sin corazón*».

—Los fantasmas no están sujetos a las leyes de la física. —Traté de concentrarme en lo que me decía Cerbero. Sabía que, si entraba en ese círculo, no podría salir—. Ni tú tampoco. Pero, aun así, la mayoría de los fantasmas que vagan por la Tierra se comportan como si lo estuvieran. Actúan según sus instintos, sus recuerdos de ser humanos. Sí, podrías caer a través del suelo si quisieras. Incluso podrías volar si lo desearas. Pero como tu experiencia y tus recuerdos son los de un ser humano con un cuerpo, por defecto te comportarás de acuerdo con las limitaciones del mundo físico. Si quieres atravesar las paredes, solo tienes que creer que puedes.

—Esto está muy bien. —Me reí entre dientes—. No sabía que estas capas hicieran algo más que hacernos invisibles.

—Si aún fueras una Parca, aprenderías estas cosas después de alcanzar el décimo nivel, más o menos. Ahora, tendrás que aprender sobre la marcha. Puedo ayudarte con eso.

—¿Supongo que por eso mi padre te trajo a quedarte conmigo?

—Tu padre originalmente pretendía que yo te ayudara a avanzar a su nivel después de que él ascendiera. Ahora, estoy aquí por la razón que él te dijo. Estoy aquí para mantenerte a salvo.

—Pero tú puedes enseñarme a hacer estas cosas —repliqué—. Necesito que me enseñes todo lo que sabes.

Cerbero resopló.

—Vale, pero te costará más barbacoa.

—Eso no será un problema. —Me reí entre dientes—. Venga, vamos, que seguro que me han visto pasar con la moto y me estarán esperando en la puerta principal. Podemos entrar en la casa por detrás. Si les ataco por detrás, podríamos tener una oportunidad de salir de aquí con vida.

30

Cerbero y yo nos escabullimos por la parte trasera de la casa. Aunque nadie podía vernos, si pisaba hojas caídas o alguna ramita perdida por el suelo, hacía ruido. Un perro del patio de al lado empezó a ladrar.

—Mierda —susurré—. ¿Puede vernos?

—Es muy probable. —Cerbero gruñó—. Espera. Voy a saltar allí y dejar que me huela el culo. Eso debería funcionar.

Me reí por lo surrealista de la situación.

—Muy bien, bueno, date prisa en volver.

Oí un clic. Me giré. Un hombre vestido de negro se asomaba a la puerta trasera del porche de la casa. Observó el patio. Luego sacó una linterna y escudriñó el lugar. Me estaban buscando. Me estaban esperando. Habían tendido una trampa y esperaban que cayera en ella. Después de todo, les importaba un bledo el gánster que me dijo que se llamaba Ronald. Y yo había sido una estúpida al tragarme toda su historia. Me querían *muerta*. Yo fui quien frustró a Chad y a sus socios. Liberé a tres de las mujeres que habían secuestrado. Basándose en lo que le había hecho a Chad la noche anterior, sabían que yo era una amenaza. Estaban preparados.

Los ladridos cesaron desde el lado opuesto de la valla. El favor de Cerbero de olfatear traseros funcionó.

El hombre de la puerta trasera apagó la linterna y volvió a entrar.

—El perro no debería ser un problema —dijo Cerbero.

Sonreí con satisfacción.

—¿Tenías que devolverle el favor?

—Sin comentarios. —Cerbero gruñó.

Me reí entre dientes.

—No quiero saberlo. —Una nueva ola de tristeza me sobrevino. La empujé hasta el fondo y quise entretenerme hablando de tonterías—. Oye, ya que tienes tres cabezas, ¿eso significa...?

Cerbero resopló.

—No, no tengo tres pollas.

—Merecía la pena preguntar. —Me encogí de hombros—. Tenía sentido. Tres agujeros dentro, tres agujeros fuera.

—Cállate —dijo Cerbero—. Vamos a terminar con esto. He visto que el tipo que revisaba el patio estaba armado.

Asentí con la cabeza.

—Razón de más para eliminarlos por la espalda. No quiero matar a nadie. Si puedo noquearlos y atarlos, no tendré que hacerlo.

—Podría comérmelos.

—¡No! —susurré con toda la insistencia que pude reunir sin elevar la voz.

—Pff. ¿Tienes reparos en enviar a estos tipos al Hades? Estos tipos defienden a traficantes de personas. Se merecen lo que les pase.

—Sigue sin ser nuestro lugar —respondí, molesta de tener que seguir las reglas—. Pero, además, necesito mantener a algunas personas con vida. Este no es el final del camino. Dudo que quien esté dentro de esta casa dirija la operación. Tenemos que interrogarlos. Los noqueamos, los atamos, luego le dejamos a Kevin una pista anónima una vez que terminemos con ellos.

Cerbero gruñó.

—¡Pero el cachorrito quiere comer! Venga, uno solo.

—¡Cerbero! He dicho que no.

—¡Vale, de acuerdo! Haré lo posible por contenerme.

No quería entrar por la puerta trasera. Supuse que el tipo que acababa de aparecer estaba justo detrás. Había una pequeña terraza en la parte trasera de la casa. Decidí subir a la terraza y buscar un lugar en la pared por el que pasar. Era un poco arriesgado. No se sabía lo que veríamos una vez que pasáramos. Aun así, mientras no nos topáramos con alguien, pensé que siempre podríamos volver a atravesar el muro y reagruparnos.

Apreté las manos contra el ladrillo rojo del lateral de la casa. Presioné. Mis manos no se movieron. Tenía que creer que podía hacerlo. Lo único que me impedía atravesar objetos mientras estaba camuflado en el plano astral era mi mente.

Dicen que la fe puede mover montañas. ¿Quién iba a pensar que también te permite atravesarlas? O a través de muros, al menos. Siempre que tuvieras una capa de la Parca Grim.

Lo intenté de nuevo. Lo imaginé en mi mente, visualizando mi cuerpo mientras cruzaba la pared. Esta vez, mis manos atravesaron el ladrillo sin resistencia. Entonces, di un paso. Instintivamente, dejé de respirar. Imaginé que era el mismo reflejo que te hace inhalar y contener el aire antes de saltar al agua. Atravesé el otro lado de la pared y luego los armarios de la cocina.

Eso me cogió un poco desprevenida. Una cosa era atravesar una pared. Pero atravesar una porcelana fina no era lo que esperaba.

Exhalé cuando mis pies tocaron el suelo de baldosas de la gran cocina de la mansión. Miré a mi alrededor. El mismo hombre que se había asomado por la puerta trasera estaba apoyado en una pared cerca.

Miré hacia abajo mientras Cerbero me daba zarpazos en la pierna. Tenía que mantener el equilibrio. No sabía cómo podía caminar por el suelo mientras me visualizaba atravesándolo, embotando el sonido, sin caerme a través del suelo. Quizá funcionara. O tal vez no. Ahora no era el momento de experimentar.

Di pasos lentos y deliberados por la cocina. Ya había visto a un hombre armado. Había otro pasillo junto a la cocina que daba a un comedor. Avancé en esa dirección, intentando suavizar cada paso.

El suelo crujió bajo mis pies. Contuve la respiración y dejé de moverme. Nadie pareció darse cuenta. Varios hombres se movían por la casa y, de todos modos, las casas viejas solían hacer ruido. Exhalé y di otro paso con cuidado.

Había dos pistoleros más junto a la puerta principal. Llevaban rifles de asalto en las manos y vestían de negro. Llevaban chalecos. A prueba de balas, lo más probable. ¿Sería también a prueba de jabalina? Con suerte, no llegaría a eso.

El reto iba a ser acabar con estos tipos sin que el hombre de atrás se diera cuenta.

Uno de los dos hombres se asomó por el cristal de la puerta principal.

—¿No viene? —preguntó el segundo hombre.

—No la veo. ¿Estás seguro de que era ella la de la moto?

—Eso supuse. Has visto las fotos que hizo Chad. Se parecía a ella, y la moto era idéntica a la que monta.

—Si está aquí, ¿dónde diablos está?

—No ayuda que Demarcus le contara una historia que hacía parecer que vivía en el gueto. Probablemente sospecha de nuestras intenciones. Tal vez se fue, dándose cuenta de que era una trampa.

Puse los ojos en blanco. No podía creer que me hubiera

tragado la historia de aquel tipo. Demarcus. Suplicando por el bien de su familia. Diciéndome que estaba tratando de mantenerlos, que estaba atrapado en algo más grande que él mismo. Tenía sentido. Pero era una mierda. Estos dos hombres tenían razón. Demarcus metió la pata cuando me dio la dirección de una casa en los suburbios más caros de la ciudad.

Necesitaba ampliar el radio de mi reconocimiento. Necesitaba hacer un recuento completo de todos los que estaban en la casa: sus ubicaciones, qué armas tenían, todo. Hasta ahora, había encontrado a tres. Eso no significaba que no hubiera más. Pasé junto a los dos hombres con cuidado de no hacer ruido.

Había una puerta cerrada con candado en el pasillo. Podía pasar por la puerta, pero dado que estaba cerrada, no era una prioridad. Una cerradura como esa estaba pensada para mantener a la gente dentro de la habitación. Si de algún modo conseguía acabar con el resto de los asesinos de la casa, entonces echaría un vistazo a lo que habían encerrado. Basándome en la escalera que había sobre ella, supuse que debía llevar a un sótano.

Subí las escaleras. No chirriaban tanto como esperaba, lo cual fue un alivio. El piso de arriba consistía en un largo pasillo con algunas habitaciones. Todas las puertas estaban cerradas. Avancé por el pasillo, aprovechando la ventaja de estar en el plano astral para atravesar las puertas con la cara. Encontré un cuarto de baño desocupado y tres habitaciones vacías.

Solo quedaba una habitación por comprobar. La última habitación no tenía ventanas. Era difícil de ver, ya que la única luz de la casa procedía de las farolas del exterior. A diferencia de las otras habitaciones, ésta tenía muebles: una cama con dosel y elegantes borlas colgando alrededor. Entré en la habitación. No había nadie. Era extraño, sin embargo, lo lujosa que era la habitación. Estaba limpia. La cama tenía lo que parecía un edredón de terciopelo.

—¿Cómo de raro es todo esto? —pregunté—. ¿Raro sin más o raro de cojones?

—El que vive aquí probablemente vive solo —respondió Cerbero—. Por eso solo hay un dormitorio amueblado.

—Y tiene un gusto... interesante. Estas cosas no pueden ser baratas. Apuesto a que esta cama, la silla de la esquina e incluso la cómoda y el armario son antigüedades.

—Al menos parece que solo tenemos que lidiar con tres personas.

Asentí con la cabeza.

—Pero no te olvides del sótano. No creo que vayamos a encontrar unicornios y ositos de peluche ahí abajo. Pero primero, tenemos que sacar a los tres de dentro.

—Yo me encargo del tipo de atrás. Tú encárgate de los otros dos.

Me mordí el labio.

—No sé yo.

—¡No me lo comeré! Lo prometo. Quiero decir, no me lo comeré *entero*. No su alma, y esa es la parte que importa.

Asentí con la cabeza.

—Nada que lo mate. Lo último que quiero es que Morty o, peor, Gabriel aparezcan en medio de todo esto.

—¿Crees que podría vivir sin una pierna? —preguntó Cerbero.

—No si se la arrancas de cuajo.

—¡Pero el perrito bueno se merece un hueso!

—Compórtate, y te compraré otro trozo de costillas de camino a casa.

—Más te vale, guapa. O habrá consecuencias.

Cerbero y yo volvimos a bajar. Iba a esperar hasta que yo hiciera mi movimiento y luego, cuando el tipo de atrás reaccionara y se diera la vuelta, saltar sobre su espalda y arrastrarlo hacia abajo. Si tenía que agrandarse para hacerlo, que así fuera.

Me acerqué sigilosamente a los dos hombres que custodiaban la puerta principal. Toqué el sigilo de mi muñeca y, en cuanto apareció mi bastón, lo blandí con fuerza, golpeando al primero en la nuca.

Cayó al suelo mientras el otro tipo giraba y me apuntaba con su arma. No fue lo bastante rápido. Se la quité de las manos con mi bastón y le di una patada en las tripas que le hizo salir volando hacia la puerta principal.

Oí un grito en la parte trasera de la casa. Luego muchos gruñidos. Los gritos se volvieron agudos. Pobre tipo. «Cerbero, joder, es la última vez que te saco de casa».

Aparté de un puntapié las dos pistolas que sostenían los hombres que había abatido. El primero que derribé estaba rodando por el suelo, sujetándose la nuca. Le di una fuerte patada en la cara. Dejó de moverse. El otro ya estaba inconsciente.

Los gruñidos y los gritos seguían en la parte de atrás. Tuve la tentación de ir a ver qué pasaba, pero por lo que parecía, la cosa no iba muy bien para el humano. Aun así, no sabía cuánto tiempo permanecerían inconscientes. Probablemente no mucho. Necesitaba atarlos antes de poder dejarlos atrás.

Les desaté las botas y utilicé los cordones para atarles las muñecas a la espalda y los tobillos juntos. Luego vacié sus armas de munición. Si conseguían liberarse, no irían armados. Los cacheé para asegurarme de que no llevaban otras armas.

Hasta aquí todo bien. Un fuerte estruendo sacudió toda la casa. Me apresuré a ir a la parte trasera para ver la puerta hecha astillas. El hombre contra el que luchaba Cerbero estaba de espaldas, inconsciente, en el porche trasero.

Cerbero era tres veces más grande de lo normal. Me miró y se relamió.

—El pobre ha querido jugar con fuego y se ha churrascado.

Sonreí. Luego, arrastrando al último hacia el interior, lo até con los cordones de las botas igual que había hecho con los otros dos hombres.

—¿Listo para revisar el sótano? —pregunté.

Cerbero asintió.

—¿Y tú? Sea lo que sea lo que tienen encerrado ahí abajo, no será bonito.

Asentí yo también.

—Debemos actuar rápido. Antes de que los otros malos decidan aparecer y complicar las cosas.

31

La capucha se me había caído durante la pelea. Me la volví a poner sobre la cabeza y atravesé la puerta.

No había mucho rellano antes de las escaleras de madera que bajaban al sótano. La humedad en el aire era palpable. El lugar apestaba a moho y muerte. Las escaleras crujían y crujían y volvían a crujir a cada paso.

Solo podía esperar que el olor no se debiera a ningún cuerpo humano. No estaba conteniendo la respiración de forma metafórica. Literalmente hablando, estaba haciendo todo lo posible para no respirar el hedor. El olor se intensificó a medida que Cerbero, que había vuelto a su tamaño normal, y yo bajábamos las escaleras.

Estaba oscuro. Mi bastón, al invocarlo, emanaba un sutil resplandor. También delataría mi ubicación si alguien acechara en la oscuridad. Aun así, si había alguien en el sótano esperándonos, lo más probable era que supiera que yo estaba allí. El sonido que hacían los escalones era demasiado fuerte para ocultarlo incluso con pasos cuidadosos. Además, Cerbero a través de la puerta era tan fuerte que no tenía sentido tratar de ser discreto ahora.

Mi bastón no me daba suficiente luz para inspeccionar el sótano. Metí la mano en el bolsillo trasero y saqué el móvil. Con un movimiento del pulgar, encendí la linterna.

Las jaulas se alineaban en las paredes. La mayoría estaban vacías. En una de ellas había alguien dentro. Comprobé rápidamente el resto de la habitación. No vi a nadie, pero había una pequeña pared que dividía el sótano en dos. No podía decir con certeza qué podía haber al otro lado.

Me acerqué a la jaula que contenía el cadáver. Su cuerpo estaba cubierto de sangre. ¿Estaba viva o muerta? El olor no procedía de ella. No parecía más fuerte cerca de ella que lejos. Golpeé la jaula con el bastón. La mujer se volvió lentamente la cara hacia mí. Tenía los ojos hinchados. Aun así, la reconocí. Era una de las personas desaparecidas que Sienna había encontrado en Internet. Era la más reciente de la lista; la entrenadora personal que había desaparecido unos días antes de que secuestraran a Sienna.

—Shh..., no hagas ruido. Te sacaremos de aquí. —Me quité la capucha y tiré del candado de la jaula.

—Por favor... Ayúdame. —La voz de la mujer era apenas audible—. Antes de que vuelva.

—¿Antes de que vuelva? —pregunté.

Los ojos de la mujer se abrieron de par en par. Se esforzó por levantar la mano para señalar detrás de mí. Me volví y encendí la luz en la dirección que señalaba la mujer.

Un hombre estaba allí de pie. Llevaba un traje negro de tres piezas y una pajarita. Su piel era blanca, pero dada mi escasa iluminación, no podía decir lo pálido que era. Sus ojos eran oscuros. Me puse rápidamente en pie y agarré mi bastón.

—Tranquila, Zoey. No hace falta recurrir a la violencia. —El hombre levantó la mano. Tenía un acento que no sabía identificar. No era muy buena con los acentos y mi experiencia era limitada. Sin embargo, estaba claro que no era americano. Ruso, tal vez. O de Europa del este, pero no estaba segura.

—Tus otros hombres han caído. —Gruñí—. Solo quedamos tú y yo. Y te aseguro que no está el horno para bollos ahora mismo.

El hombre se rio.

—Me recuerdas a tu madre.

Ese comentario sí que no me lo esperaba.

—¿Mi madre? —pregunté—. ¿Qué sabes de mi madre?

El hombre se chupó los dedos y se echó hacia atrás el pelo negro.

—Solo diré que ella y yo hemos tenido nuestros encontronazos antes. Es astuta, esa Josephine. Ha eliminado a muchos de mi progenie.

Entrecerré los ojos.

—¿Eres Ronald?

El hombre se llevó la mano a la boca y se rio.

—Es un alias que he usado, sí.

—Entonces ¿quién coño eres?

—Me han conocido por muchos nombres, Zoey. —El hombre negó con la cabeza—. Puedes llamarme Ronald si quieres. La mayoría me conoce por el nombre de Vlad.

—¿Has sido tú el que has secuestrado a toda esta gente?

—Bueno, supongo. Aunque no soy el único, querida.

—No soy tu querida —espeté.

El hombre sonrió ampliamente. Jadeé cuando la luz de mi teléfono se reflejó en sus dientes. No eran dientes humanos normales. Eran puntiagudos. Tenía *colmillos*.

—¿Qué demonios eres? —pregunté.

—Podría preguntarte lo mismo —replicó Vlad, con muchísima tranquilidad—. Es sorprendente lo mucho que te pareces a tu madre. Ella tenía tu edad la primera vez que nos vimos. Tu pelo es más oscuro, pero hay algo más, algo diferente en ti.

—No estamos hablando de mí —respondí—. Yo soy la que tiene el arma. Aquí mando yo.

—¿Por qué no te acercas un poco más? —Vlad sonrió de nuevo—. Veremos quién manda.

—No soy idiota. Me quedaré aquí, muchas gracias.

—Como quieras.

Vlad se abalanzó sobre mí mucho más rápido de lo que cualquier humano debería.

Cerbero emergió del plano astral y saltó sobre Vlad, empujándolo hacia atrás. Él le propinó un revés a Cerbero, haciéndole volar por la habitación. El perro se estrelló contra la pared.

—¡Cerbero! —grité.

El sabueso infernal gimoteó mientras intentaba ponerse en pie. Tomé mi bastón con ambas manos y fui tras Vlad.

Cuando lo hice, el bastón brilló en rojo y en su extremo emergió una hoja. Se convirtió en una *guadaña* por la que corría magia roja, casi como llamas.

No iba a cuestionarlo, pero al ver la guadaña me detuve medio segundo. Golpeé a Vlad con la hoja, pero se apartó.

Maldita sea, era rápido.

Mi guadaña me daba luz suficiente para verlo todo. Vlad estaba a mitad de la escalera. Salí tras él. Me miró y me guiñó un ojo antes de desaparecer en un borrón. Cuando lo perdí de vista, la hoja de mi bastón desapareció. Volvió a su forma normal.

—¿Qué demonios está pasando? —pregunté.

Cerbero había vuelto a ponerse en pie y se tambaleaba un poco mientras se dirigía de nuevo hacia mí.

—Parece ser que sí eras una Parca después de todo.

—¿Cómo? —pregunté, todavía observando mi bastón, por si volvía a brillar de repente—. Si no podía conjurar la guadaña, ¿cómo ha aparecido ahora?

—Vlad es un vampiro —me explicó Cerbero—. Y tu guadaña no puede segar almas humanas, pero no es inútil. Eres una Parca, Zoey. Puedes cosechar almas de vampiro.

32

Me costó varios intentos. Al final, conseguí romper el candado de la jaula con mi bastón... ¿o era una guadaña después de todo? Mi espada solo aparecía cuando segaba... ¿*vampiros*? Nunca había oído hablar de una *Parca de vampiros*.

No pude llamar a Kevin. Pensaba que estaba investigando una organización de tráfico de personas. Si lo llamaba ahora, no solo levantaría más sospechas en cuanto a mi implicación en todo, sino que pensaría que estaba loca. «Un puto vampiro es el culpable de todo esto, sí, ya sé por dónde se va al psiquiátrico, muchas gracias». Había una razón, sospechaba, por la que Vlad y quizá otros vampiros disimulaban sus cacerías bajo la apariencia de una operación criminal de tráfico de personas. Si desaparecía gente, habría intermediarios humanos que atraerían la mayor parte de la atención de las autoridades locales.

La mujer apenas estaba consciente. Creo que sabía que la había salvado, pero deliraba y murmuraba tonterías. Tenía el cuello, las muñecas y quién sabe qué otras partes del cuerpo llenas de heridas punzantes dobles. Eran mordeduras de vampiro. ¿Se darían cuenta los médicos de lo que estaban viendo? Probablemente no. Pero no esperaba descubrirlo. No podía llamar al 911 desde mi teléfono. Serían capaces de rastrearlo. En vez de eso, necesitaba llevar a la víctima a casa de alguien. Un vecino, tal vez, la encontraría. Podría tocar el timbre y correr. Al ver a alguien en su estado, desesperada por ayuda, llamarían una ambulancia. Podría observar desde la distancia para estar segura.

La subí por las escaleras, lo que no fue fácil. Cuando llegamos arriba, me sorprendió ver que los tres hombres que había atado ya no estaban.

¿Los había liberado Vlad al salir? ¿Por qué? Había tenido prisa por marcharse en cuanto descubrió lo que yo podía hacer. ¿Por qué se molestaría en rescatar a unos humanos a sueldo? A menos que esos tipos hubieran recobrado el conocimiento. Dudaba que se arriesgara a que yo lo alcanzara arrastrándolos fuera de la casa.

—¿Qué crees que ha pasado? —le pregunté.

Cerbero resopló.

—No tengo ni idea. Esto no tiene ningún sentido.

En ese momento, oí un portazo. Abrí la puerta principal de la casa justo a tiempo para ver una gran furgoneta blanca sin ventanas que se alejaba por delante de la casa. El vehículo no estaba allí cuando llegué a la mansión. Dudaba que fuera Vlad quien conducía, pero, si un vampiro conducía algo, tendría sentido que fuera una furgoneta sin ventanas.

Del puñado de programas de televisión y películas de vampiros que había visto, esa era una regla universal: vampiros era igual a cero solo. Parecía que cada película de vampiros tenía un enfoque diferente. A veces podías matar a un vampiro con una estaca. En otras, si retirabas la estaca, el vampiro revivía. A veces podían ser dañados por el ajo, el agua bendita, o incluso la visión de un crucifijo. Otros vampiros no se veían afectados por esas cosas en absoluto. Supongo que el problema era que no sabía a qué demonios me enfrentaba.

Fuera quien fuese el que iba en la furgoneta, esperaba que se hubiera llevado a los hombres de dentro. Eso significaba que no solo Vlad se había escapado. También lo habían hecho los otros malos. Sin embargo, eso no importaba. La joven que había salvado importaba más que nada de eso.

Pero, la verdad, detener a los malos era secundario. Tenía que conseguirle ayuda a esta mujer.

Me ardían los bíceps de cargarla por la acera, pero no sabía qué más hacer. Cerbero, ahora visible y con su tamaño normal, salió corriendo a la calle y empezó a ladrar a un coche que se acercaba.

—¡Cerbero! ¿Qué estáis haciendo?

El coche frenó en seco. Salí a la carretera dando tumbos, aún con la mujer en brazos.

El hombre del coche salió de un salto. Llevaba una bata de hospital. ¿Qué posibilidades había? Pues mucho mejores de las que parecían. Estábamos a pocas manzanas del Centro Médico de Investigación. Por una vez, algo salía bien.

—Soy médico. ¿Necesita ayuda?

—¡Oh, gracias a Dios! —exclamé—. Sí, por favor. La encontré así a unas calles de aquí. Creo que alguien le ha dado una paliza.

El médico me ayudó a bajar a la mujer a un trozo de hierba y le tocó el cuello.

—Está viva, pero su pulso es débil. Tenemos que llevarla al hospital.

—¿Puedes llamar a una ambulancia?

—Soy residente en Urgencias —explicó—. Me dirigía allí para mi turno. Será más rápido si la llevo yo.

Asentí y di un paso atrás. Cerbero me dio un zarpazo en la pierna. Entendí la indirecta. Era nuestra oportunidad de irnos, aunque no quisiera. Quería ver que esa mujer llegaba sana y salva al hospital. Quería sentarme a su lado, cogerle la mano y asegurarme de que estaba bien. Quería ver que había salvado *a alguien.* Pero ese no era mi lugar, y era arriesgado. Era una persona desaparecida. En cuanto el hospital se diera cuenta, la policía intervendría. Eso significaría que me asociarían con otro caso relacionado con lo que pensaban que era una operación de tráfico de personas.

Salí corriendo en dirección contraria.

—¡Eh! —gritó el doctor—. ¡Espera!

Le ignoré. Volví a mi moto, Cerbero se volvió invisible o, técnicamente, pasó al plano astral. Arranqué la moto y salí por la carretera, en dirección opuesta a la del doctor, la mujer que había salvado y la casa que se suponía pertenecía a alguien llamado Ronald Chaffin.

33

Ahora tenía más preguntas que antes. Solo estaba segura de que Vlad me quería muerta. También sabía quién era yo, y además, conocía a mi madre. De alguna manera, había sumado dos y dos. ¿Mi madre era una cazavampiros? Vlad había dicho que ella había eliminado a algunos de sus descendientes, lo cual, a falta de mejores conjeturas, supuse que significaba otros vampiros recién convertidos.

Pensaba preguntarle a mi padre. A lo mejor él sabía algo. Nunca había mencionado a los vampiros, por no hablar de las Parcas vampíricas. Pero si alguien sabía algo, era él. Me apresuré a llegar a casa, aparqué la moto y subí corriendo las escaleras de mi apartamento.

Desbloqueé la puerta y la abrí de un empujón.

Un golpe de olor agrio me golpeó la nariz. Olía a restaurante italiano. Los dientes de ajo que colgaban del marco de la puerta, las lámparas y el suelo del local me dieron una explicación plausible.

El motivo también era obvio. Un joven de tez pálida estaba atado con cadenas a una de las sillas de mi cocina.

—Es un vampiro. —Cerbero resopló—. Puedo olerlo.

—¿En serio puedes oler nada con todo este ajo en el aire? —pregunté.

—No conocí el olor a vampiro hasta que nos encontramos con Vlad. Cuando intenté ir tras él, capté su olor. Es único. Este tipo huele igual.

Me acerqué al vampiro. Nunca le había visto la cara. Parecía joven, tal vez diecinueve o veinte años. Sin embargo, cuando se trataba de vampiros, imaginé que las apariencias engañaban. En las películas, los vampiros vivían siglos. No tenía ni idea de si eso coincidía con la realidad, pero tampoco podía descartarlo. Al menos sabía que lo del ajo era verdad.

Un timbre agudo me sobresaltó. Ya me había asustado encontrar un vampiro en mi apartamento. El sonido me tomó desprevenida. No era mi tono de llamada. Seguí el sonido hasta un móvil desechable que había aparecido en la encimera de la cocina.

Lo cogí.

—¿Hola?

—Hola, señorita Grimm —dijo una voz distorsionada y de tono grave al otro lado de la línea.

—¿Quién eres? —pregunté—. ¿Has metido tú un vampiro en mi salón?

—Quién soy no importa, señorita Grimm. Lo importante es entender quién eres y qué puedes hacer.

Arrugué la frente.

—¿Y qué es lo que *crees* que puedo hacer?

—La he estado observando, Srta. Grimm. Sé que puede cosechar sobrenaturales.

—¿Sobrenaturales?

—Vampiros, hombres lobo, incluso dioses, tal vez. No puedo afirmar el alcance de tus capacidades, pero debemos confirmar lo que puedes hacer.

—¿Cómo lo sabías? —resoplé—. Yo no tenía ni idea que pudiera cosechar nada hasta hace una hora.

La voz al otro lado del teléfono permaneció en silencio unos segundos antes de hablar.

—Como te he dicho, te he estado observando.

—¿Estuviste en la casa esta noche?

—No, señorita Grimm. Pero nuestra organización tenía la casa bajo vigilancia.

—O sea, que sabías lo que estaba haciendo ese gilipollas de Vlad. —Me estaba enfadando por momentos—. Sabías que tenía a esa pobre mujer en su sótano.

—Así es —me confirmó la voz.

—¡La estaba torturando! Alimentándose de ella, supongo, por el aspecto de las heridas de su cuerpo. ¿Lo sabías y *no hiciste nada?*

Otros segundos de silencio.

—Hay asuntos más importantes en juego, señorita Grimm.

—¡Y una mierda! —exclamé—. ¿A cuánta gente ha matado ese vampiro mientras tú, quien demonios seas, te sentabas ahí a observar?

—Nuestras capacidades son limitadas. Al menos, hasta ahora. Esperamos que usted pueda cambiar eso.

—¡Ni siquiera sé quién eres! Por lo que sé, solo eres el gilipollas que dejó ajo y un vampiro en mi apartamento. Eso no suena como algo que le harías a una posible socia de negocios.

—Puedes llamarme la Mano —ofreció la voz—. Mi trabajo consiste en asegurarme de encontrar los objetivos y enviártelos.

—Gracias por pedirme mi opinión al respecto. —Carraspeé, intentando tranquilizarme—. A lo mejor es que me gusta hacer café.

—No es cierto—, replicó la voz.

Suspiré. Pues sí que me habían vigilado.

—Usted ha entrenado para esto, señorita Grimm. Tenemos la intención de asegurarnos de que desarrolle su potencial.

—¿Cómo sabes siquiera para qué me he formado? —

Resoplé—. Si quieres que trabaje para ti, deberías ofrecer un poco más de transparencia.

—¿Está sugiriendo que eliminar vampiros y otros sobrenaturales peligrosos es algo malo, señorita Grimm?

—No, pero afrontémoslo. Si vas a poner un monstruo peligroso en mi maldito apartamento, sería bueno establecer un poco de confianza en nuestra relación.

—Invoca tu guadaña, señorita Grimm. Coseche el alma del vampiro.

—Y después ¿qué? —pregunté—. ¿Llevarlo al barquero en el río Estigia?

Apenas formulé la pregunta, recordé las palabras del barquero. La primera vez que no había cosechado un alma, Morty y yo entregamos el alma que mi hermano cosechó en mi lugar.

«Tus almas no son bienvenidas aquí. No puedo llevar vuestras almas a donde deben ir».

En ese momento, pensé que Caronte estaba delirando. Quizá varios miles de años remando de un lado a otro, entregando almas al Hades, le habían trastornado la cabeza. Ahora, sin embargo, sus palabras tenían sentido. ¿Sabía lo que podía hacer antes que yo, o incluso que mi padre? ¿Cómo lo sabía? Considerando que las inversiones de mi familia sostenían todo su negocio de transporte de almas, uno pensaría que tendría la cortesía de decirme lo que sabía.

—Coseche el alma del vampiro, señorita Grimm. Esta es una de las razones por las que hemos establecido este experimento en particular. Debemos descubrir lo que sucede después de cosechar.

Me tocó dejar a la Mano con unos segundos de silencio.

—¿Esto es un experimento?

—Por supuesto, señorita Grimm.

—Y todo este ajo...

—Actúa como un sedante, un tipo de anestesia para vampiros. Es bastante eficaz en los más jóvenes.

—¿Con Vlad no funcionaría?

—Los vampiros como él, que han vivido durante siglos, desarrollan una resistencia al ajo. Lo mismo ocurre con la luz del sol.

—¿Vlad puede salir al sol? —le pregunté. Necesitaba este tipo de información para saber cómo cargármelo.

—No por mucho tiempo. Pero puede aguantar al sol un minuto, quizá dos. Herviría su piel. Tendría que alimentarse de una docena de almas para curar sus heridas. Pero la luz del sol consumiría a un vampiro más joven en cuestión de segundos.

—¿Qué tal una estaca en el corazón?

—¿O quizás me lo puedo tragar de una? —preguntó Cerbero.

Levanté la mano para hacerle callar.

—Matará a un vampiro.

—¿Entonces alguien como yo aparece para cosechar sus almas?

—Usted es la primera de su especie, señorita Grimm. No puedo decir lo que pasó con las almas de vampiro antes de que usted apareciera. Tal vez simplemente dejaron de existir.

—Así que déjame entender esto. Puedes matar vampiros al menos de dos maneras. Atraerlos al sol o clavarles una estaca en el corazón.

—Así es.

—¿Y *me necesitas* para cosechar sus almas?

—Nuestra organización es bastante competente en la eliminación de los vampiros más jóvenes, señorita Grimm. Los vampiros mayores son rápidos. Son cautelosos. Vlad lleva un forro debajo de su camisa hecho de material impenetrable. Él no es el único. Ni siquiera es el más viejo de los que somos incapaces de derrotar. Pero si puedes segar sus almas, un solo golpe con tu guadaña haría el trabajo. ¿Por qué crees que Vlad huyó de ti?

—No lo sé. Si soy la primera Parca sobrenatural, ¿cómo podría saber lo que puedo hacer?

—Vlad no ha sobrevivido durante más de quinientos años. Tú le presentaste algo que él no comprendía. Puedes estar seguro de que su prioridad será descubrir la verdad de lo que eres.

Me mordí el interior de la mejilla.

—¿Entonces cómo sé que no eres él? ¿O alguien que trabaja para él?

—Porque cuando esto termine, cuando este experimento esté completo, tenemos la intención de decirte dónde encontrar a Vlad. Para que puedas matarlo.

Suspiré.

—Y si *fueras* él, querrías hacerme caer en una trampa. Eso es lo que ya hizo una vez. Engañarme una vez.

—Si ese fuera el caso, señorita Grimm, ¿por qué querríamos ayudarla a desarrollar el potencial de sus habilidades? Si estuviéramos trabajando con Vlad, ¿no nos aseguraríamos de que permaneciera ignorante de su capacidad?

Respiré hondo.

—De acuerdo. Supongo que no tendría sentido.

—Entonces es el momento. Coseche el vampiro, señorita Grimm.

Asentí y dejé el teléfono sobre la encimera de la cocina. Toqué el sello de mi muñeca. Apareció mi bastón. Me acerqué al vampiro y mi bastón se transformó en una guadaña. Mi hoja atravesó el pecho del vampiro y sacó una sombra negra. La sombra se asentó en mi espada y, con un pulso de energía dorada, se disipó y todo desapareció.

Solté el bastón y volví a coger el teléfono.

Apenas me lo puse en la oreja, la Mano habló.

—Buen trabajo.

—Espera, aún no te he contado lo que pasó.

—Se lo he dicho, la estábamos observando, señorita Grimm.

Me di la vuelta, buscando a alguien al acecho en la esquina, tal vez una cámara. No vi nada.

—¿Vigilándome? ¿Qué quieres decir?

—Pronto te enviaremos un mensaje con la ubicación de Vlad. Prepárate.

El manipulador colgó el teléfono. Miré el teléfono desechable. Era un aparato antiguo. No tenía pantalla táctil. Localicé el historial de llamadas. El número aparecía como «desconocido».

—Bueno, ¿no es fantástico?

—Me parece que tenemos más trabajo que hacer —ofreció Cerbero.

Asentí con la cabeza.

—Pues manos a la obra... Y sí, lo he querido decir con el doble sentido.

34

Durante la hora siguiente, el cuerpo del vampiro se secó hasta el punto de que lo único que quedó fue un montón de ceniza. Entre eso y todo el ajo que había esparcido por mi apartamento, tardé un par de horas en limpiarlo. Si esta organización iba a destrozar mi apartamento, lo menos que podían haber hecho era enviarme ayuda para limpiar este desastre. Pero podría haber sido peor. Barrer las cenizas de un cadáver no era divertido, pero resultaba menos incómodo que deshacerse de él.

El maldito olor no era algo de lo que pudiera deshacerme de la noche a la mañana. Encendí unas cuantas velas para enmascararlo, aunque no podía hacer mucho más que eso. Imaginé que pasaría un tiempo antes de que mi apartamento no oliera como un Olive Garden.

Cuando me acosté, solo me quedaban unas horas de sueño antes de levantarme para ir a trabajar. Sienna me había asignado el segundo turno. Esos turnos tempraneros de cafetería, que empezaban a las cinco de la mañana, estaban reservados a los baristas más experimentados. Aun así, teniendo todo en cuenta, mi turno empezaba antes de lo que me hubiera gustado. Unos fuertes golpes en la puerta me despertaron.

Consulté mi teléfono. Eran las cinco de la mañana. Murmuré un par de maldiciones en voz baja mientras salía de la cama, me ponía una sudadera y unos pantalones de chándal y abría la puerta.

Kevin estaba allí de pie.

—¿Te he despertado?

—Pues sí, macho. —Me froté los ojos—. Cuando te dije que me podías llamar a cualquier hora, no esperaba que te presentaras en mi casa sin avisar. ¿Cuáles son sus intenciones, detective?

—¿Tienes un minuto?

Me encogí de hombros. Igualmente, no tenía ganas de coquetear, estaba demasiado cansada. Mejor acabar con esto cuanto antes.

—Bueno, ya estoy despierta.

—Al menos puedes beber todo el café que quieras en el trabajo.

Resoplé.

—Qué suerte tengo.

—Hubo algunos nuevos desarrollos en el caso. —Lo dejé pasar a regañadientes, no quería pensar en el caso durante un par de horas más—. Me preguntaba si podrías arrojar algo de luz sobre lo que hemos descubierto. Y sabes que, en este tipo de casos, el tiempo apremia.

Sacudí la cabeza despeinada. Era una manera de deshacerme del sueño y no cagarla diciendo algo que no debería.

—No sé qué podría ofrecer que pudiera ayudar. ¿Qué ha pasado?

—Tres hombres fueron entregados a la comisaría anoche. —Eso me sorprendió bastante. Creía que no volvería a saber de ellos—. Una de sus víctimas fue llevada al hospital.

—Bueno, parecen buenas noticias.

Kevin asintió.

—Los tres hombres describieron a una mujer con pelo largo y negro.

Me encogí de hombros. Me había escondido de los matones durante la mayor parte del ataque, pero ellos sabían qué aspecto debía tener. Al fin y al cabo, los habían enviado para matarme.

—Se parece a muchas mujeres que conozco. ¿Estás insinuando algo?

—No te estoy acusando de nada. Solo pensé que, dada tu proximidad al caso, valía la pena preguntar.

—Bueno, desde luego no capturé a tres hombres y los llevé a comisaría, si es lo que estás pensando. —Suspiré—. ¿Qué hay de la víctima?

Kevin suspiró.

—Estaba estable cuando llegó. Pero, para cuando llegué, estaba muerta.

Arrugué la frente.

—¿Cómo dices? ¿Está muerta?

Kevin asintió.

—Me temo que alguien se nos adelantó. Cuando llegamos, tenía una especie de palo de madera en el pecho.

Alcé las cejas. La habían mordido. No sabía cómo se convertía un vampiro, pero me parecía muy probable que fuera así. Todo lo que podía imaginar era que la organización que me contactó a través del Manejador estaba involucrada. Ellos, o tal vez mi madre. Eran las únicas personas que conocía que cazaban vampiros.

—¿Sospechas que los traficantes estaban involucrados?

Kevin asintió.

—Posiblemente. Si es así, imagino que intentaban evitar que hablara. Aparte de identificar a la mujer que supuestamente nos los entregó, los otros tres hombres no han sido muy útiles.

Sacudí la cabeza.

—Lo siento por ella. Qué horror. Sobrevivir a algo así, pensar que estás a salvo, solo para que te maten...

Kevin suspiró.

—Es una tragedia en general. Hay otra cosa. El médico que llevó a la chica al hospital dijo que una mujer, también morena, le hizo señas en la carretera. Luego se largó. Se alejó en lo que él pensó que podría haber sido una moto.

Puse los ojos en blanco.

—Así que, por supuesto, sospecharías de mí.

—De nuevo, no te estoy acusando, Zoey. Pero tienes que admitir que la coincidencia es demasiado inusual para descartarla de plano.

—Bueno, Kevin, no sé qué más puedo decir. Yo también tengo derecho a mi intimidad. —Le abrí la puerta con tanta hostilidad como pude y lo invité a salir—. Siento no poder ser de más ayuda. Tengo que prepararme para el trabajo.

—Entiendo. —Salió al pasillo y estaba a punto de darle con la puerta en las narices cuando se dio la vuelta y se apoyó en el marco—. Para que lo sepas, sea quien sea esta mujer, no es sospechosa. Es una persona de interés. Una testigo. Sea quien sea, no tiene motivos para ocultarnos su identidad.

—Bueno, estoy segura de que, si está dispuesta a hablar, al final lo hará.

Kevin sonrió.

—Muy bien. Si surge algo más, o se te ocurre algo que pueda ayudar, tienes mi número.

—Sí —acepté—. Nos vemos.

Estaba a punto de cerrar la puerta cuando Kevin alargó la mano para impedir que se cerrara.

—Una cosa más. Anoche pasé por tu apartamento. Era bastante tarde. Tu moto no estaba.

—Al final quieres que te cuente lo que hice anoche, ¿no? —Suspiré. Mi mente no me daba para tanto invento a estas horas de la mañana—. Pues, detective, soy una mujer soltera. Estuve de fiesta.

—Claro que sí, Zoey. —Kevin sonrió satisfecho—. Te das cuenta de que puedes confiar en mí, ¿verdad?

Sonreí. Era imposible estar cabreada mucho tiempo.

—Por supuesto. ¿Por qué no iba a confiar en ti?

—Solo te lo recuerdo —susurró de forma dulce y casi estuve tentada a volverle dejarle pasar—. Estoy de tu lado y trato de mantenerte a salvo. También estoy tratando de atrapar a esos bastardos. Cualquier cosa que pudieras hacer para ayudar sería apreciada.

Sonreí y guiñé un ojo.

—Entendido.

Kevin ladeó la cabeza y olfateó en el aire.

—Maldita sea, tu apartamento huele increíble.

—Qué puedo decir. Hago una lasaña de muerte.

Se fue y yo cerré la puerta. ¿Una lasaña de muerte? Sacudí la cabeza y me reí. Al menos no me pidió un trozo. Supongo que aceptar una comida de alguien implicado en un caso podría considerarse un «regalo» y contravenir la política del departamento. Aun así, si me lo hubiera pedido, tendría que confesar que me la había comido toda. O tendría que inventar otra cosa que explicara por qué no me quedaba nada que ofrecerle.

Debía tener cuidado con lo que le decía a Kevin. Lo que dije no era técnicamente una mentira. No había entregado a los hombres al departamento. Eso era cierto. Si decía algo equivocado y él indagaba un poco más, podría descubrirme en mi engaño. Al fin y al cabo, era detective. Estaba entrenado para ese tipo de cosas.

Sospechaba que sabía que no estaba siendo totalmente sincera con él, aun sin pruebas. Sin embargo, en ese momento no podía demostrar nada. Y aunque él pensaba que me estaba manteniendo a salvo, la verdad era precisamente lo contrario.

No podía contarle a Kevin lo que estaba pasando. Si lo hacía, y las pruebas lo llevaban a Vlad o a una guarida de vampiros, tendría suerte de sobrevivir al encuentro.

Quitarme a Kevin de encima era la menor de mis preocupaciones. Tenía que admitir que la información que me había dado era útil. No fue Vlad quien llevó a esos hombres a la policía. Al menos, era muy poco probable. Sería bastante tonto entregar a sus compinches. Debió ser la Mano o la gente para la que trabajaba. Habían dicho que me vigilaban, después de todo. Sabían lo que había pasado en aquel sótano con Vlad, y debían saber que la mujer estaba en proceso de convertirse en vampiro. Probablemente fueron ellos los que se colaron en el hospital para clavarle una estaca.

Como Kevin no mencionó que el cuerpo de la mujer se había convertido en cenizas, supuse que debía de tratarse de un efecto secundario asociado al hecho de haber segado el alma de un vampiro con mi guadaña. O quizás la mujer no se había convertido del todo. Tal vez le clavaron una estaca para detener el proceso, para matarla antes de que tuviera la oportunidad de emerger como vampiro y causar estragos en el hospital. Para un vampiro recién convertido, el hospital sería un buffet libre.

Pero la Mano, que tuvo el descaro de espiarme en mi apartamento durante solo los dioses saben cuánto tiempo, esperaba que yo fuera en misiones de matanza de vampiros en nombre de una organización desconocida, con muchos medios, pero sin saber cómo matar a los vampiros más viejos. Además, había sabido que la mujer estaba en aquel sótano. Probablemente habían observado mientras otros eran enjaulados allí y morían o eran convertidos y no los salvaron antes de que fuera demasiado tarde. En lugar de eso, esperaron a que la mujer estuviera a punto de convertirse y luego aparecieron para limpiar un desastre que, para empezar, nunca debería haber existido.

Me entraron ganas de dar una vuelta por mi apartamento y encontrar dónde podrían tener cámaras secretas escondidas y enseñarles el dedo corazón a todos aquellos cabrones. Había dos razones por las que no les dije que se fueran a la mierda, a pesar de que tenía más ganas de hacer exactamente eso. En primer lugar, sospechaba que esta organización estaba relacionada con mi madre. En segundo lugar, aunque no me gustaban sus métodos, la Mano me había dicho que se pondría en contacto conmigo para darme la ubicación exacta de Vlad.

Esta era mi oportunidad de salvar vidas, y yo tenía una habilidad única, por lo que podría ser la única que pusiera fin o evitara un horror similar al que le ocurrió a aquella mujer en la jaula, uno que le habría ocurrido a Sienna si yo no hubiera intervenido.

El tal Mano podía ser presuntuoso y creído hasta más no poder, pero si no trabajara con él, la gente moriría.

Por primera vez en seis meses, tenía un camino, una visión de lo que podía ser el resto de mi vida. No sería un precursor de la muerte, sino de la vida. Al menos para los humanos. Había soñado con ser la nueva Parca, la Muerte en persona. Ahora, todas las habilidades que había aprendido servirían para el fin opuesto. No estaba llevando a la gente a través de la muerte. Estaba previniéndola. Podía salvar vidas cosechando almas de vampiros, y maldita sea, se sentía bien.

Por desgracia, la Mano no me había ofrecido ningún pago por ocuparme de Vlad, y yo aún tenía facturas que pagar. Hasta que volviera a tener noticias de él, tenía que volver al trabajo. Debía seguir con mi vida tal y como era antes de descubrir que tenía una guadaña, que después de todo era una Parca. De algún modo, tendría que pasar el día contentándome con hacer capuchinos y cafés con leche.

Como Kevin me había despertado temprano, llegué al trabajo unos quince minutos antes de mi turno. Pensé, por un segundo, que podría llegar antes que Sienna. Pero no. Ella ya estaba allí, con Joe. Una amplia sonrisa se dibujó en su cara manchada de café molido cuando entré por la puerta.

Lo único que se me ocurrió fue que Sienna había dicho que creía que estaba colado por mí. Le devolví la sonrisa, pero para ser educada, no para parecer emocionada por verle.

Joe era genial. Un buen jefe, sin duda y nunca se comportó de forma inapropiada. Era como la versión humana de Gabriel. Lo digo de la mejor manera posible. La mayoría de las chicas tendrían suerte de estar con un tipo como él. Era amable, gentil y seguro, y tampoco era feo. Pero sabía que él y yo no teníamos ni una oportunidad. Aprendí de mi experiencia saliendo con Gabriel, yo necesitaba algo más.

No podía conformarme con estar «a salvo». Mi vida no iba a ser segura. Aunque, claro, cualquier persona podría argumentar que un tipo así era exactamente lo que necesitaba. Un refugio del caos en el que mi vida estaba a punto de convertirse. Pero eso no sería justo para él. No más de lo que habría sido justo quedarme con Gabriel cuando mi vida iba por otro camino.

Nunca podría invertir mi corazón en alguien como Joe. Necesitaba a alguien que pudiera entenderme, que pudiera estar conmigo en el caos y amarme a pesar de todo. Si quería volver a amar a mi hombre, amarlo de verdad, necesitaba a alguien que pudiera ensuciarse conmigo, que pudiera amar a Zoey la Parca, a la verdadera yo. Joe estaba enamorado de Zoey la perdida, la torpe camarera que no estaba segura de hacia dónde iba su vida.

Por otro lado, Joe intentaba hablarme de cosas que no estaban relacionadas con el trabajo. Por ejemplo, por qué no le gustaba la idea de que los Royals construyeran un nuevo estadio en el centro. Yo, por mi parte, no entendía las reglas. Creo que cuando se trata de deportes, como el béisbol o el fútbol, tienes que crecer con un aprecio por el juego para entrar en él. Aun así, asentí con la cabeza, añadiendo un «ajá» obligatorio aquí y allá y fingiendo estar interesada en lo que me decía

—Quiero decir, ¿estoy siendo un tío con la mollera dura? —

preguntó—. El viejo estadio, con las fuentes y todo eso, es icónico, ¿verdad?

Resoplé. ¿Por qué tenía que hacer una pregunta que exigía una respuesta? Yo no tenía opinión. Aun así, podía dar una respuesta genérica para afirmar el apasionado punto de vista de Joe.

—Tienes razón.

Joe sonrió y asintió, ajeno al hecho de que le había estado ignorando todo el tiempo. Sí, él no me veía. Puede que le gustara, pero nunca sería capaz de entenderme a un nivel más profundo. No lo ignoraba porque intentara actuar desinteresada en las cosas que a él le gustaban. Ni siquiera porque me importaran un carajo los estadios. Estaba pensando en vampiros. Cosechando sus almas. Preguntándome qué pasaba con sus almas cuando salían de mi guadaña. La que yo había segado no había permanecido allí como lo haría un alma humana al ser segada.

Joe sonrió después de que le confirmara su punto de vista y entró en la parte de atrás, donde hacía el asado. Trabajaba casi todo el día, pero no siempre estaba en la tienda. Vendía algunos de sus granos a varias tiendas de la ciudad. La mayor parte del tiempo, si Joe no estaba tostando en la trastienda detrás de la cafetería, estaba fuera, haciendo lo que fuera para promocionar su negocio.

Después de soportar su cháchara, me puse el delantal y me uní a Sienna tras el mostrador. En la cafetería teníamos todo tipo de cafés únicos. Un café con plátano y nueces era, sorprendentemente, uno de los mejores que ofrecíamos. Empecé a prepararlo, junto con nuestro Highlander Grogg. Creo que tenía arce. Me gustó porque, ¿cómo *no* iba a gustarte un café llamado Highlander Grogg? Sienna ya tenía un montón de café de la casa y descafeinado listo para que llegaran nuestros habituales y salieran corriendo a sus trabajos.

Mi mente seguía dando vueltas, lo notaba. La falta de sueño me estaba pasando factura. Sienna se acercó a mí.

—¿Alguna novedad?

Asentí sin dejar de pensar.

—Sí. Han cogido a otros tres cabrones. Encontraron a una de las víctimas. Alguien mató a la víctima en el hospital más tarde. —Estaba a punto de decirle que Kevin me había soltado toda esta mierda a las cinco de la mañana, pero no procedía para la conversación.

Los ojos de Sienna se abrieron de par en par.

—¿La *mataron*?

—Alguien se ocupó de ella —le confirmé—. Por cierto, la tenían retenida en un sótano en alguna parte.

—¿No la metieron en un barco como iban a hacer conmigo? —preguntó Sienna.

Casi me había olvidado de ese pequeño detalle. Vlad se ocupaba de la zona de Kansas. Si se llevaba a algunos de los secuestrados para comer de vez en cuando, ¿a quién iba a parar el resto de la gente que secuestraba la operación? Más vampiros. ¿La Mano y su organización sabían de ellos más allá de su existencia? Estaba centrado en eliminar a Vlad, pero podría ser la clave para entender toda la amplitud de la operación y acabar todos de una.

—Creo que se las retenía se la quedaba él mismo, tal vez como una especie de pago por su trabajo con el sicario jefe. No estoy segura.

Sienna negó con la cabeza.

—Qué asco. No puedo imaginar... ¿Qué habría sido de mí si no me hubieras encontrado?

Noté el sudor en la frente de Sienna. Estaba traumatizada. Cuando había encontrado los nombres de las víctimas, cuando analizaba los depósitos en la cuenta de Chad y clasificaba las pruebas, no se había mostrado tan ansiosa. Se sentía empoderada. Ayudarme a buscar cosas en Internet le había dado una sensación de control. Aunque fuera algo pequeño, era su forma de defenderse. Al menos, esa era mi mejor suposición. Tal vez podría darle algo más para investigar.

—¿Crees que podrías indagar un poco más en los nombres que encontraste antes? —pregunté—. Algo me dice que debe haber alguna conexión, una razón por la que todas estas personas fueron señaladas. Y creo que a ti se te da muy bien eso de los ordenadores.

Sienna sonrió.

—Te das cuenta de que estoy en informática, ¿verdad?

—¿Estás en la universidad? —pregunté—. ¿Y qué haces aquí? ¿No deberías estar en clase?

—He terminado un semestre. Me estoy tomando un descanso para ahorrar dinero para pagarme otro. Por eso trabajo tanto. —Sienna se levantó la manga y mostró una tirita—. Pero no solo trabajo aquí. Gano dinero como puedo.

—¿Estás enferma?

—No, dono plasma —respondió Sienna—. ¿Te puedes creer que ahora mismo pagan cien pavos por mi tipo de sangre? Soy donante universal.

Me rasqué la cabeza para acallar mis alarmas. Era posible que no fuera nada, solo una coincidencia. Pero... vampiros y donantes de sangre me sonaba demasiado bien juntos.

—¿Con qué frecuencia donas?

—Bastante. Dos veces a la semana es lo máximo que me permiten. Un extra de doscientos dólares a la semana ahora mismo me puede venir muy bien para pagarme el próximo semestre.

—¿Cuándo fue la última vez que fuiste?

—Pues... creo que el día de antes que apareció Chad.

Suspiré.

—Solo era una idea. Probablemente no sea nada.

—Tenemos que ver todas las posibilidades, Zoey —sugirió Sienna.

¿Cómo podría siquiera empezar a abordar el tema? Era una posibilidad remota. No sabía mucho sobre los vampiros. ¿Tenían preferencias de tipo de sangre? Merecía la pena seguir indagando.

Respiré hondo. No podía hablarle a Sienna de vampiros, pero ¿por qué iba a motivar el grupo sanguíneo a unos traficantes de humanos? Fácil, no querrían la sangre.

—¿Y si lo que une a todas las víctimas es su grupo sanguíneo? ¿Y si traficaran con órganos, no con personas?

Sienna se me quedó mirando, atónita.

—¡Joder! ¿Crees que iban a por mis órganos?

Me estremecí. No había pensado en cómo la afectaría la idea de que sus atacantes podrían haber tenido la intención de abrirla en canal para obtener sus partes. Probablemente no menos que si le hubiera dicho la verdad.

—Es solo una teoría. Si es así, podría explicar por qué las personas que creemos que eran su objetivo no tenían mucho en común. Sin embargo, si todos eran donantes universales, imagino que hay más mercado para órganos así que para los específicos de otros tipos de sangre.

A Sienna se le iluminaron los ojos por el miedo. Quizás me había pasado con esta teoría, lo último que quería era traumatizarla más.

—Mierda, Zoey... ¿Recuerdas que dije que Chad me resultaba familiar?

—¿Qué pasa? —pregunté.

—Sé dónde conocí —explicó Sienna—. ¡Trabaja en la parte de atrás de ese maldito banco de sangre! Tenías razón.

—Esto todavía puede ser una loca coincidencia. Pero ¿crees que hay alguna forma de comprobar a las otras personas que creíamos víctimas?

Sienna negó con la cabeza.

—Puede que se me den bien los ordenadores, pero encontrar el grupo sanguíneo de alguien es difícil. Es casi imposible acceder a los archivos médicos. Pero ¿y si...?

Ladeé la cabeza.

—¿En qué estás pensando?

—Si Chad estaba trabajando allí para encontrar coincidencias para lo que estaba buscando, tal vez algunas de las otras víctimas donaron recientemente, también.

—¿Cómo podrías averiguar si ese es el caso? —le pregunté.

Sienna negó con la cabeza.

—Lo primero que yo intentaría sería entrar en las redes sociales. A la gente le encanta dar señales de virtud. Hacer algo como donar sangre, hacérselo saber al mundo para parecer santos, ponerse como ejemplo.

Puse los ojos en blanco.

—Eso suena estúpido.

—Sí, que lo es. —Sienna se rio entre dientes—. Pero mucha gente lo hace. Tal y como yo lo veo, si al menos uno de esos nombres publicara algo sobre donar sangre, ayudaría a confirmar tu teoría.

—Por si acaso, puede que quieras buscar otro sitio al que ir para tu próxima donación —sugerí—. Sé que necesitas el dinero, pero es demasiado arriesgado.

—Va directamente a la matrícula. Pero tienes razón. Si Chad trabajaba allí, tal vez todo el lugar estaba comprometido.

Me mordí el labio.

—¿Seguro que puedes encontrar las páginas de redes sociales de estas personas?

Sienna se rio.

—No mentías cuando me has dicho que no se te dan bien los ordenadores.

Sonreí.

—No tienes ni idea de hasta qué punto.

—No es difícil de encontrar. Lo más difícil será clasificar sus antiguos posts y feeds para ver si mencionaron algo sobre donar.

Asentí, sin tener ni idea de lo que estaba hablando.

—¿Quizás empezar alrededor de la última vez que fuiste? A la mujer que rescataron anoche no se la llevaron mucho antes que a ti.

—No es mala idea —aceptó Sienna—. Es un buen lugar para empezar, de todos modos.

Sacudí la cabeza.

—No tenía ni idea de que fueras tan buena con los ordenadores. ¿Cómo no hemos tenido esta conversación antes?

Sienna se encogió de hombros.

—No lo sé. Quiero decir, no hablo de ello. Es un poco embarazoso.

—¿Por qué es vergonzoso que estudies informática? Creo que es bastante guay.

Sienna se rio entre dientes.

—Eso no. Me refiero a que no puedo pagarme los estudios.

—Si quieres mi opinión, es impresionante que encuentres la manera de hacer realidad tus sueños. Quizá no puedas volver hasta dentro de unos años, pero lo conseguirás.

—¿Y tú? —Sienna preguntó—. Aún eres joven, Zoey. Entiendo que el negocio de tu familia o lo que sea no haya funcionado. Pero aún podrías hacer lo que quisieras.

—Tienes razón. —Sonreí—. Aun así, creo que estoy encontrando mi camino. Los últimos meses han sido más bien para intentar conocerme de nuevo. Es como si hubiera pulsado un botón de reinicio en mi vida.

—Un buen reinicio de vez en cuando puede ser bueno para nuestros sistemas operativos.

me reí entre dientes.

—Bromas de ordenadores, ¿eh?

Sienna sonrió.

—Tú empezaste con lo del «botón de reinicio». Pero sabes,

muchos ordenadores ya no tienen esos botones. Tienen un botón de encendido, que supongo que puede funcionar así. O puedes reiniciar un sistema de forma nativa dentro del sistema. Cuando hay un problema con mi PC, a menudo reinicio mi ordenador en modo seguro. Me permite explorar el sistema para solucionar lo que esté mal sin tener que lidiar con un montón de procesos extraños.

—Si no te importa, voy a sonreír y así creerás que sé de lo que estás hablando.

Sienna se rio.

—¿Como estabas haciendo con Joe hace un minuto?

Me encogí de hombros.

—¿Era tan obvio?

—¿A mí? Sí. Joe no tenía ni idea. Aun así, mi punto es este, Zoey. No hay nada malo en explorar las cosas en modo seguro durante un tiempo. Los sistemas evolucionan, se desarrollan. A veces tienes que despojarte de un montón de programas extraños para obtener una visión clara del sistema real, su verdadera naturaleza, y localizar dónde están sus problemas.

—Ah. ¿Ahora usas los ordenadores como metáfora de mi viaje de autoexploración?

Sienna sonrió.

—No es que sea una experta en nada de eso. Pero creo que está bien, ¿sabes? Quizá todo esto de ser barista sea tu modo seguro. O quizá una cita con Joe.

Sacudí la cabeza.

—Mi ex era mi modo seguro. Creo que salir con él me enseñó que, aunque tipos como Joe y él son geniales, nunca seré realmente feliz con un tipo así. No puedo salir en modo seguro.

Sienna asintió.

—Tienes razón. Tendrás que reiniciar el sistema por completo después de arreglar el problema antes de entrar en esas aplicaciones de citas.

Me reí entre dientes.

—No voy a usar esas aplicaciones.

—¡Sigo hablando en metáforas, Zoey! ¡Sabes lo que quiero decir! Creo que es genial que entiendas lo que quieres.

—Bueno, tampoco sé si eso es correcto. No estoy seguro de lo que busco, exactamente. Sí sé lo que no quiero. Algo así como el negocio de mi familia. Ha estado claro desde hace tiempo que no funcionaría para mí. Me ha llevado mucho más tiempo averiguar cuál es mi camino a seguir. Pero creo que lo estoy consiguiendo.

Oí una tos. Me giré y vi a un cliente en el mostrador. Por su cara, parecía que había esperado un buen rato a que termináramos de hablar.

—¿Alguien va a ayudarme?

—Lo siento, señor —me disculpé, ya con una libreta y un bolígrafo en la mano—. ¿Puedo tomar su pedido?

35

El segundo turno fue el más ajetreado. Me mantuve ocupada durante las dos primeras horas. Luego, una vez que la mayoría de los clientes de la cafetería estaban en el trabajo, las cosas se ralentizaron. Una vez pasada la primera hora, Joe se fue a entregar su último suministro de granos de café a los vendedores locales.

Con el camino despejado, Sienna se metió en su despacho y encendió el ordenador.

No le llevó mucho tiempo. No todas las víctimas tenían presencia en las redes sociales. Lo más importante era que la mujer que había salvado, a la se habían cargado en el hospital, enviaba muchísimos mensajes (¿se dice así?) en Facebook y Twitter.

Me asomé a la oficina para comprobar los progresos de Sienna entre pedido y pedido de café. Por suerte, la mayoría de la gente que entraba solo quería tazas de café normales, nada que yo no pudiera manejar.

—¿Alguna novedad?

—Muchas publicaciones sobre su ausencia, y hoy mismo un montón de gente conmemorando sus recuerdos. Pero antes de eso, nada en Facebook, excepto un montón de fotos de su comida y vídeos sobre sus entrenamientos.

—¿Por qué le contaría eso a todo el mundo? —Suspiré.

—Como he dicho. A la gente le encanta presumir. —Sienna soltó una risita—. «Mírame, qué sana estoy, cómo hago todo lo que tú solo desearías poder hacer. Espero que te sirva de inspiración».

—Bueno, si esa es su personalidad, si donara sangre, puedes apostar a que publicaría algo al respecto.

—No en Facebook, pero... —Sienna hizo clic en el ratón varias veces—. ¡Bingo!

—¿Qué has encontrado?

La sonrisa de Sienna era tan amplia que temí que su cabeza se partiera por la mitad.

—Lo tuiteó. Incluso etiquetó al centro de donación. Y mira esto, fue el mismo día que doné por última vez. Solo unas horas antes de mi cita.

—Has dicho que te llaman con antelación ya que eres donante universal. ¿Llaman al mismo tiempo a otros con el mismo grupo sanguíneo?

—Sin duda —me confirmó ella—. Estuve charlando con otros que esperaban su turno. Casi siempre es la misma historia. No puedo confirmarlo con seguridad, pero si ella donó el mismo día que yo, apenas unas horas antes, estaría dispuesta a apostar que también es cero negativo.

—Sigo pensando que no deberías volver —le sugerí—. Aunque necesites dinero.

—No me molestaron esta mañana cuando doné, estuve bastante tranquila. Pero sí, tienes razón.

—Si alguien allí trabaja para los... traficantes, puedes apostar a que no te dejarían en paz.

Sienna se frotó la tirita del brazo.

—Bueno, todo parece estar bien. No creo que intentaran envenenarme ni nada parecido.

—No intentarían nada obvio. —Me encogí de hombros—. Sería demasiado arriesgado, ya que la policía sabe que fuiste una de sus víctimas. Aun así, creo que es mejor mantenerse alejado de ese lugar hasta que pueda comprobarlo.

Sienna jadeó, de nuevo con ese brillo aterrado en los ojos.

—Zoey, te agradezco todo lo que estás haciendo, pero ¿estás segura de que es una buena idea?

—Mira, esa gente también sabe de mí. Si aparezco, puede que les incomode un poco. Iré a preguntar por las donaciones. Les diré que un compañero de trabajo me lo recomendó para conseguir dinero extra. Mantendré los ojos abiertos por si alguien se muestra nervioso, o me mira fijamente, o lo que sea.

Sienna apagó el ordenador de Joe y salió de su despacho.

—¿No deberías decirle al detective cuál crees que puede ser la conexión?

—Ahora mismo, es solo una teoría. —Sacudí la cabeza—. Lo último que quiero es poner en duda un centro de donaciones si son honrados. No me pasará nada. Como he dicho, entraré, preguntaré por las donaciones y veré qué pasa. No intentarán nada. Si están involucrados, bueno, ya saben que estoy conectado al caso. Me dejarán en paz por la misma razón por la que no se atreverían a hacerte nada allí. Esta operación, sea lo que sea lo que traman los traficantes, es mucho más grande de lo que pensábamos. Supongo que han herido a docenas, si no a cientos de personas. No harán nada que ponga en peligro su plan.

Sienna suspiró.

—De acuerdo. Mándame un mensaje cuando termines, ¿vale? Cuéntame qué ha pasado y hazme saber que estás a salvo. Trato de no preocuparme, pero después de todo lo que pasó, no puedo evitar estar preocupada.

Sonreí.

—Vale. Te avisaré en cuanto salga de allí. ¿Tienes una dirección y la hora a la que cierran?

Sienna sacó su teléfono.

—Ya te lo he enviado.

Me daba tiempo a ir al banco de sangre, cerraba dos horas después de terminar el turno. Tiempo de sobra, suponiendo, claro está, que el encargado no llamara con un cambio de planes. Sienna y yo volvimos a nuestros vehículos. Cuando se marchó, comprobé el teléfono desechable que me había dejado la Mano. De momento, nada.

Mi plan era simple. Haría exactamente lo que le había dicho a Sienna. Entonces, si alguien estaba actuando raro y podría *ser* un vampiro, podría convocar a mi bastón. Si la guadaña aparecía, bueno, lo confirmaría. La Mano y su organización intentaban localizar a Vlad. Si lo hubieran encontrado, se habrían puesto en contacto conmigo. Tenía una pista. Por supuesto, la posibilidad de que Vlad estuviera era improbable. Aun así, era una vía que podía seguir.

El sol ya se ponía en el horizonte cuando me dirigía al banco de sangre. El momento era perfecto. Si había vampiros en la zona, probablemente aparecerían al anochecer.

Dejé la moto en el aparcamiento. Era un edificio de ladrillo bastante pequeño con un par de puertas dobles de cristal tintado en la parte delantera. El nombre del lugar, A+ Plasma, estaba impreso en un cartel retroiluminado sobre las puertas.

Di dos pasos desde mi moto hacia la puerta cuando sonó el teléfono en mi bolsillo. No era el tono habitual. Era la Mano.

Suspiré mientras lo sacaba del bolsillo. Abrí el teléfono y me lo acerqué a la oreja izquierda.

—Me estaba preguntando cuándo volvería a saber de ti.

—Retírese de aquí, señorita Grimm —ordenó la voz distorsionada de la Mano.

—¿Perdón? —pregunté—. ¿Estáis rastreando mi ubicación ahora?

—El teléfono tiene GPS. Sabemos adónde va.

—¿Está Vlad dentro?

—No lo sabemos, pero hay otros igual de peligrosos allí. Demasiados para que se encargue usted sola.

—¿Cómo sabes lo que puedo soportar? —Resoplé.

Pero, antes que la Mano pudiera responder, tres todoterrenos negros idénticos con los cristales tintados entraron en el aparcamiento.

—¡Espera! Algo está pasando.

—¡No se comprometa, señorita Grimm!

Incluso mientras hablaba, los tres vehículos aparcaron a mi alrededor, bloqueándome mi plaza de aparcamiento.

—Creo que es un poco tarde para eso.

Colgué el teléfono y vi a varias personas salir de los todoterrenos. Cuatro en cada vehículo, vestidos de negro. Siete hombres y cinco mujeres; todos con la cara pálida.

Vlad no estaba entre ellos, pero tenía claro que eran vampiros. Probablemente habían llegado para recoger algunas de las donaciones del día o, peor aún, para obtener una lista de víctimas potenciales de los registros. Pero estaba segura de que ninguno esperaba encontrarme fuera.

Una mujer del grupo se adelantó al resto. Estaba lista para tocar mi sello e invocar mi guadaña. En caso de apuro, eso es lo que haría, pero no quería precipitarme. Esta mujer tenía intención de hablar.

—Bueno, bueno, bueno, ¿qué tenemos aquí? —preguntó la mujer—. La famosa Zoey Grimm.

Entrecerré los ojos.

—¿Sabes quién soy?

—Por supuesto. Eres famosa entre los nuestros.

—Podrías devolverme el favor y decirme tu nombre.

—Puedes llamarme Katerina. Y levanta las manos que podamos verlas, que sé exactamente lo que eres capaz de hacer.

—¿Exactamente? —Gruñí, sin cumplir con su amable petición—. Por alguna razón, dudo que lo sepas todo.

Katerina sonrió.

—Has causado un gran revuelo en nuestra comunidad tras tu encuentro con Vlad. Qué suerte que nos hayas ahorrado el esfuerzo de ir a por ti nosotros mismos.

—¿Suerte? —pregunté—. Para mí, tal vez. Había estado deseando tener la oportunidad de acabar con unos cuantos chupasangres.

Katerina se rio.

—Te crees muy fuerte, ¿verdad? Te superamos en número varias veces, niña.

Sonreí de forma burlona.

—Como te he dicho, no tienes ni idea de lo que soy capaz.

—¿Y tú? ¿Sabes de lo que somos capaces nosotros?

Tenía razón. Mi experiencia con vampiros era muy limitada. Vlad se había movido rápido. Mucho más rápido que yo. ¿Podrían todos los vampiros moverse así? Mi corazón me iba a mil por hora. No estaba del todo segura de poder enfrentarme a uno de ellos, mucho menos a doce. Sin embargo, la mejor oportunidad que tenía para salir de esta situación era actuar con confianza. Lo único que no podía mostrar era miedo, aunque estuviera aterrorizada.

—Entonces, ¿qué estás tramando, Katerina? —pregunté—. ¿Usas este lugar para identificar a las víctimas que tienen tu tipo de sangre favorito?

—¿Víctimas? —preguntó Katerina—. Las personas que tomamos no son víctimas, querida.

Resoplé.

—Díselo a la mujer que murió anoche.

—Eso no fue cosa nuestra —replicó Katerina—. Teníamos la intención de dar a esa mujer un regalo. Fue elegida por Vlad. Si no hubieras intervenido, ahora estaría muy viva.

Ladeé la cabeza.

—¿No estás secuestrando a esta gente para alimentarte?

—¡Claro que no! Esta instalación nos proporciona más de

lo que necesitamos para saciar nuestras necesidades. Las tomamos para convertirlas.

—¿Y su grupo sanguíneo qué tiene que ver? —pregunté—. Todos los que has tomado son donantes universales.

Katerina se rio.

—En efecto, lo son. Aunque esa no es la razón por la que elegimos a estas personas para que se convirtieran en los benefactores de nuestro don. Su tipo de sangre es más susceptible al proceso de transformación que otros. La mayoría, cuando son mordidos, se recuperan o mueren. Solo un pequeño número de ellos sobrevive al cambio. Pero los que tienen el tipo de sangre adecuado tienen casi garantizado transformarse sin incidentes.

—¿Y los estás enviando río abajo?

—Solo a algunos —respondió Katerina—. Pretendemos sembrar el mundo entero con nuestra especie. Hoy somos pocos. Durante siglos, hemos permanecido ocultos. Cazábamos discretamente. Pero los tiempos han cambiado. Con los smartphones, las cámaras por todas partes y la velocidad a la que se corre la voz, es cuestión de tiempo que nos descubran.

Sacudí la cabeza.

—Si estáis creciendo en número, ¿no significa eso que hay más de vosotros que pueden ser descubiertos?

Katerina se rio.

—No tenemos intención de esperar a que nos descubran para anunciar nuestra presencia al mundo. Pronto, cuando hayamos alcanzado el número que necesitamos, nos alzaremos y reclamaremos el mundo como nuestro.

—Así que tu plan es ese. «Los vampiros se apoderarán del mundo», que patético. —Puse los ojos en blancos—. Hay miles de millones de personas que no van a quedarse con los brazos cruzados y dejar que los gobiernes.

Katerina resopló.

—Se llama supervivencia del más fuerte, querida. Sí, hay miles de millones. Manadas de humanos a los que hay que cuidar. Son nuestra fuente de alimento, no vamos a dejar que todos mueran.

—Entonces, no solo estás hablando de apoderarte del mundo. ¿También pretendes esclavizar a la humanidad?

—No es la palabra que yo elegiría. El futuro que pretendemos labrarnos no será del todo desagradable para los humanos que donen su sangre de forma voluntaria.

Sacudí la cabeza.

—Ya has dicho que tus números son pequeños. Estás muy lejos de lograr tu objetivo.

—Dentro de un año, quizá menos, quizá tengas una valoración diferente de nuestras posibilidades. —Katerina negó con la cabeza—. Este es un momento crucial para nuestros planes, querida niña, y no podemos tener a gente como tú amenazando nuestra causa.

—¿Como yo? ¿De qué estás hablando?

—¿En serio pretende hacerse la tonta? ¿Después de haberte revelado ya a Vlad?

Resoplé. Al final sí sabía qué podía hacer con ella.

—Bueno, quizá tengas razón. Tal vez sea una amenaza. ¿Cuál es tu jugada, entonces? ¿Matarme?

—Si llega el caso —aceptó Katerina—. Pero preferiríamos ofrecerte una oportunidad mucho más beneficiosa.

36

Antes de que Katerina hablara, supe que no iba a aceptar lo que me ofreciera. Cualquier cosa con la que pretendiera tentarme significaría, sin duda, permitir que los vampiros siguieran adelante con su plan de dominar el mundo. No podía imaginar lo que sería si tuvieran éxito. ¿Un mundo entero gobernado por vampiros? ¿Toda la humanidad se quedaría reducida a un «rebaño»?

—Vlad es uno de los más antiguos de nuestra especie —me explicó Katerina—. Y como has asesinado a su futura novia, cree que es justo que ocupes su lugar.

Puse los ojos en blanco, sin poder creerme lo que estaba escuchando.

—Yo no fui quien mató a esa mujer.

—No directamente —respondió—. Pero tu gente sí.

—¿Qué gente? No sé de qué me estás hablando. Trabajo sola.

—Entonces, ¿quizás pueda explicar por qué su gente entregó a uno de los nuestros en su apartamento hace poco?

—¡Yo no les pedí que hicieran eso! —protesté.

—Pero hiciste lo que te pidieron, ¿no? Pobre Alex. Tenía tantas esperanzas...

Entrecerré los ojos.

—No dejaré que me conviertas si eso es lo que estás insinuando.

—¿No me dejas? —preguntó Katerina con una sonrisa cruel—. ¿Acaso una mascota puede elegir su casa o su hogar?

—¡No soy tu mascota!

—La mayoría de los humanos luchan y se resisten al principio, así que no me sorprende tu negativa. —Ella se rio—. Sea como fuere, lo que te ofrecemos es un regalo.

—Ni siquiera sabes mi tipo de sangre. No sabes si me convertiré.

Katerina se encogió de hombros.

—Hay una fuerza en ti. Un poder que perdura en tu sangre. No eres del todo humana, ¿verdad, querida niña?

—¿Adónde quieres llegar?

Katerina sonrió, sus colmillos brillando en las luces que iluminaban el aparcamiento.

—Considéralo un experimento. Si podemos convertir la parte de ti que es humana, y tu poder persiste, podrías ser un poderoso aliado.

—¡Nunca me uniría a una causa destinada a apoderarse del mundo, y mucho menos a esclavizar humanos!

—Es curioso lo rápido que cambian esas actitudes cuando uno se convierte.

Katerina dio dos pasos hacia mí. Los otros vampiros, que seguían rodeándome, hicieron lo mismo. Si no actuaba rápido, no tendría ninguna oportunidad. Luchar contra doce vampiros, incluso con mi guadaña, iba a ser un reto, pasara lo que pasara. Sin espacio para maniobrar, para utilizar las habilidades de lucha que había pasado mi vida dominando, mis posibilidades eran aún más escasas.

Sí, estaba aterrorizada. Un alma a punto de ser segada suele tener un miedo similar. Tienen dos opciones: luchar o huir. Basándome en mi situación actual, la huida no era una opción.

Estaba a punto de tocar el sigilo de mi muñeca, para evocar mi bastón y mi guadaña, cuando oí un rugido y apareció Cerbero.

Era unas veinte veces su tamaño habitual, eclipsando el centro de donación de plasma. Después de haber recibido un puñetazo vampírico la noche anterior, no iba a subestimar su poder una segunda vez.

Cuando los vampiros se giraron y lo vieron, aproveché la oportunidad e invoqué mi bastón. La guadaña se formó de inmediato, surcada por sus llamas rojas.

Pivoté y atravesé a uno de los vampiros masculinos por detrás. Luego atrapé a un segundo con el mismo golpe.

Cerbero daba manotazos a los demás, haciéndolos volar por el aparcamiento.

—¡Buen chico! —grité, agachándome para evitar a otro vampiro que se lanzaba sobre mí con los colmillos al descubierto.

Cayó al suelo. No perdí el tiempo. Hice caer mi guadaña sobre su cuerpo. Tres menos. Quedaban nueve. El aire ya estaba nublado por la ceniza de los cadáveres de los vampiros mientras el viento se agitaba a nuestro alrededor.

Tosí mientras miraba a mi alrededor. La cabeza de Hades de Cerbero había aparecido mientras tomaba a Katerina entre sus fauces.

Entonces las piernas de Cerbero se doblaron. Se agitó y la vomitó por la boca.

Aparentemente, no podía llevar vampiros al más allá. Ni siquiera al Hades.

Cargué tras Katerina, lista para segar su alma.

—¡Alto! —gritó una voz potente.

Me giré. Vlad estaba allí. Tenía a Sienna en sus brazos.

—Déjala en paz o tu amiga se unirá a nosotros —exigió.

—¡Ni se te ocurra! —grité.

—¿Estás segura? —contraatacó Vlad—. Y tengo un amigo mío, un vampiro casi de mi edad en Nueva Orleans, que la está esperando.

—¡No te atrevas!

—Entrégate a mí en su lugar —sugirió—. Conviértete en mi novia, y juntos gobernaremos esta ciudad cuando amanezca la nueva era.

—Si hago eso, ¿la dejarás ir?

—Tienes mi palabra—, me aseguró Vlad.

No le creí.

—¿Qué hay de este vampiro que la está esperando?

—Trataré con él. Le encontraré otra.

Cerbero seguía golpeando a los otros vampiros, manteniéndolos a raya. Todos excepto Katerina. No sabía a dónde había ido. Tal vez, después de ser vomitada por un sabueso infernal, se fue a reagruparse. O tal vez a ducharse.

—¿Cuál es tu elección, Zoey? —Vlad preguntó—. Te tendré eventualmente, de cualquier manera. Pero esta es tu oportunidad de venir a mí de forma voluntaria. Permíteme probar tu carne y no volveremos a hacer daño a tu amiga.

Vlad tiró de la cabeza de Sienna hacia un lado por el pelo, dejando al descubierto su cuello.

—Estoy esperando.

—No la morderás. —Me burlé—. Me dijiste que tu amigo la quería. Eso significa que es él quien quiere convertirla.

Vlad se rio.

—Hace falta más de un mordisco para convertir a un humano. Múltiples mordiscos, colocados de forma estratégica, harán el trabajo. La que me robaste ya estaba cambiando cuando interrumpiste mis planes.

Sacudí la cabeza.

—No la muerdas. Ni una sola vez.

—Entonces únete a mí, Zoey Grimm. No puedo decir que

tu madre se sienta orgullosa de descubrir que su única hija, a la que ni siquiera conoce, se ha convertido en lo que más odia, pero lo superará.

Entrecerré los ojos.

—No sé qué tiene que ver mi madre con esto, Vlad.

Se rio.

—Bueno, podría decírtelo. Sé dónde está tu madre en este preciso momento. Esa información podría ser tuya si te unes a mí.

Miré mi guadaña, el fuego de la hoja iluminando el suelo a mi alrededor. No podía permitir que me convirtiera. Pero tampoco iba a dejar que Vlad se llevara a Sienna. Si era cierto que tendría que morderme varias veces para convertirme, eso me daría algo de tiempo. Un mordisco podría debilitarme. Pero si aún podía invocar mi guadaña, sería capaz de luchar contra él. Por supuesto, ¿cómo sabía él si podía convertirme?

—Katerina me dijo que un giro exitoso requiere sangre cero negativo. ¿Cómo sabes que esto funcionaría?

Vlad se rio de nuevo.

—En primer lugar, no es cierto que haya que tener la sangre adecuada para convertirse. Solo garantiza el proceso. En segundo lugar, te das cuenta de que tenemos una red de recursos bastante extensa. Simplemente diré que tengo razones para creer que te convertirás sin incidentes.

Sacudí la cabeza.

—¿Cómo puedes saber eso?

—Querida Zoey, ya te lo he dicho, todo lo que desees saber, lo sabrás. *Después* de que aceptes mi oferta y comiences tu transformación.

Vlad bajó los colmillos hacia el cuello de Sienna.

—¡Espera! —grité—. Suéltala y seré tuya.

Vlad me sonrió.

—Entonces ven a mí, mi futura esposa. Permíteme probar tu sangre. Solo entonces liberaré a la chica.

Di dos pasos hacia él.

—Suelta el arma —ordenó Vlad.

Gruñí y solté el bastón y la guadaña. Se desvaneció.

Me puse delante de Vlad y jadeó.

—¡Arg!

La punta de un metal había atravesado la espalda de Vlad y salía por su pecho. Miré más allá de él y vi una figura vestida de negro que sostenía una ballesta.

¿La Mano? ¿Alguien de su organización?

Sienna despegó en cuanto Vlad la soltó. De entre la nube de ceniza y oscuridad, Katerina la agarró.

Volví a invocar mi bastón y salí tras ella, pero corría a tal velocidad que, incluso con Sienna en brazos, no pude alcanzarla.

—¡Cerbero! —grité—. ¡Corre tras ella!

Cerbero se redujo a su tamaño normal. Los otros vampiros, los que no había cosechado, también habían desaparecido.

—No puedo —respondió Cerbero—. Soy rápido, pero no tengo ni idea de dónde han ido.

Miré hacia donde había estado la figura embozada, pero había desaparecido.

37

Pateé las puertas del centro de donaciones. Esperaba que tal vez Katerina la hubiera llevado dentro. Se había marchado tan rápido, se había movido con tal velocidad que ni siquiera Cerbero podía decir adónde había ido. Era una posibilidad remota, pero tenía que comprobarlo.

Sonó mi teléfono desechable. Lo cogí.

—¿Qué?

—No deberías haber ido allí —dijo la Mano.

—¿Eras tú, en las sombras? —pregunté.

—Fue uno de nosotros.

—¿Por qué no la salvaste? ¡Podrías haberla ayudado!

—Salvarla a usted era la prioridad, señorita Grimm. Además, mi agente me ha dicho que Katerina se la llevó.

—¿Y qué?

—Es casi tan vieja como Vlad —me contestó él—. Y me atrevería a decir que incluso más rápida y fuerte. Todos los vampiros mayores de su linaje particular son especialmente desafiantes.

Sacudí la cabeza.

—¿Qué quieres decir con «de su linaje»?

—Fue engendrada por Nosferatu, uno de los vampiros vivos más antiguos—, continuó la Mano—. Su progenie es difícil de matar. Se mueven rápido. Protegen sus corazones con una armadura bajo sus ropas. Solo tu guadaña podrá hacerle daño.

—Aun así, podrías haberle disparado —protesté—. Intentar frenarla. *¡Algo!* No puedo dejar que se lleven a mi amiga.

—Si encuentras a Katerina, encontrarás a tu amiga.

—¿Cómo demonios se supone que voy a encontrar un vampiro que se mueve como el maldito Flash?

—¿Qué intenciones tienen con tu amigo? —preguntó.

—Para entregársela a un vampiro en Nueva Orleans. Pretenden apoderarse del mundo o algo así, y quienquiera que sea el vampiro importante de allí la quiere como novia.

—Ya veo. Bueno, basta decir que Katerina cumplirá con esa tarea.

—¿Cómo puedes estar tan seguro? Vlad dijo que era amigo suyo. ¿Katerina está realmente en deuda con lo que sea que Vlad haya arreglado?

—Lo es. —El Manipulador se detuvo un momento—. El vampiro de Nueva Orleans debe de ser su progenitor. Nosferatu. Si es él quien desea a tu amiga, Katerina no podrá rechazar su demanda.

—¿Qué significa eso?

—La progenie de un vampiro no puede desobedecer las demandas de su sire. Si hubieras permitido que Vlad te mordiera, aunque fuera una vez, estarías igualmente bajo su esclavitud incluso antes de estar completamente convertida.

—Iba a morder a Sienna —le expliqué—. Tenía que hacer lo que fuera para salvarla.

—La ha engañado, señorita Grimm. No se atrevería a morder a un humano destinado a Nosferatu. Jugó con usted por su ignorancia.

—Bueno, si no fueras tan condenadamente críptico y te

mostraras ante mí, me dieras una razón para confiar en ti y me enseñaras toda esta mierda, él nunca me habría engañado. —Gruñí.

—Mis disculpas, señorita Grimm. Debemos contratarla de esta manera por razones que serán reveladas a su debido tiempo. Desearía poder decirle más, pero no puedo.

—Antes, cuando secuestraron a Sienna, pretendían embarcarla en el río. ¿Crees que lo intentarán de nuevo?

—Es posible —afirmó la Mano—. Deme algo de tiempo. Tenemos muchos recursos a nuestra disposición que pueden ayudarnos a localizar a su amigo. Esta vez, señorita Grimm, debe escuchar y retirarse. No actúe hasta que vuelva a tener noticias mías.

Gruñí de nuevo y colgué. No me gustaba ese imbécil de la Mano, pero lo necesitaba. Cuanto más tardara, más probable sería que Katerina entregara a Sienna a su sire. Tenía que preguntarme cómo se sentiría Katerina con todo eso. Ella ya era la progenie de Nosferatu. ¿Por qué no podía ser su reina en Nueva Orleans si eso era lo que él quería? ¿Le había fallado de alguna manera? ¿O tal vez no satisfacía sus gustos?

En cualquier caso, aunque se viera obligada a hacer lo que su sire exigía, eso no significaba que estuviera contenta con ello. Tal vez había algo allí que podía utilizar en mi beneficio. De una forma u otra, iba a detenerla.

Le daría a la Mano un poco de tiempo. No tenía muchas opciones. También sabía que, si iba a luchar contra esa zorra de Katerina, necesitaba saber más de lo que era capaz. Eso significaba que, por mucho que no quisiera hacerlo, tenía que ir a casa. Pero no a mi apartamento. Tenía que ir a ver a mi padre, y tenía que hacerlo rápido. No podía arriesgarme a perder la llamada de la Mano.

38

Mi moto tenía la capacidad de alcanzar los trescientos kilómetros por hora con el acelerador a fondo. Me acercaba mucho a esa velocidad en la autopista y eso que tomaba muchas curvas en las calles de la ciudad que me llevaban a mi apartamento.

Cuando entré, cogí el cristal que utilizaba para volver al inframundo. Lo preparé con la luz de mi teléfono como antes, formé el portal y salté a través de él.

Mi padre estaba sentado en su escritorio con una toalla, las piernas en alto y (menos mal) cruzadas. Apartó rápidamente los pies cuando me vio.

—Zoey. ¿Qué te trae...?

—No hay tiempo, papá —le interrumpí—. Te lo voy a decir sin rodeos. Puedo cosechar.

—¿Qué? ¿Cómo has...?

—Vampiros y otros sobrenaturales. Hasta ahora, solo lo he hecho con vampiros. La cosa es que algunos de ellos se han llevado a una amiga mía y pretenden convertirla. Pero estos vampiros, se mueven rápido. Más rápido que cualquier cosa que haya visto. Ahora, tengo a esta organización contactándome. Un tipo que se hace llamar la Mano me está dando consejos, pero no quiere encontrarse conmigo cara a cara. Creo que podrían estar conectados con mamá de alguna manera, pero no puedo asegurarlo.

—Tranquila, Zoey. Respira. —Papá cogió una capa de su armario y se la puso—. ¿Estás segura de que puedes cosechar vampiros?

Asentí con la cabeza.

—Cuando estoy a punto de ir a por uno, mi bastón se convierte en una guadaña completa.

—¿Y se los llevas al barquero?

Sacudí la cabeza.

—No, pero creo que Caronte sabe algo sobre mí. Me dijo que no podía soportar el tipo de almas que yo traería, signifique lo que signifique.

Mi padre apretó los labios.

—Entonces tal vez sea a él a quien debamos ir a ver. En todos mis años, nunca he oído hablar de una Parca que pueda cosechar las almas no humanas.

—Habla con el barquero más tarde, papá. No tengo tiempo. Si la Mano averigua dónde llevó este vampiro a mi amiga, necesito estar allí para la llamada. Es un riesgo venir aquí.

Mi padre sonrió.

—Bueno, ¿qué tal si vamos a la Tierra?

—Papá, no puedes cosechar vampiros. ¿O sí puedes? Si nunca lo has intentado, quizá puedas.

—Estoy razonablemente seguro de que no puedo. Pero Zoey, ¿puede un vampiro de carne y hueso moverse más rápido que un alma decidida a escapar de su cosecha?

Me encogí de hombros.

—No lo sé. Quiero decir, en teoría, no. Pero nunca lo he hecho antes.

Mi padre asintió.

—En ese caso, puedo enseñarte algunos trucos. Todas las

cosas que esperaba enseñarte antes de que todo esto empezara. Además, si puedes invocar una guadaña que cosecha vampiros, ¡eso es algo que tengo que ver!

—¡Genial! —Sonreí, más tranquila de estar con él—. Me encantaría. Vamos, papá. Tenemos que volver.

Mi padre se calzó un par de botas y me siguió por el mismo portal que yo había abierto. En cuanto aparecimos, Cerbero saltó a su regazo padre y empezó a lamerle la cara. Con sus tres cabezas.

De alguna manera, mi padre parecía disfrutarlo. Acarició el lomo de Cerbero.

—¡Yo también te he echado de menos, muchacho!

Metí la mano en el armario y cogí mi capa.

Mi padre se rio mientras me lo ponía.

—Sabía que me faltaba una.

—Lo siento. Pensé que podría ser útil.

—Está bien, Zoey. Esperaba que la hubieras cogido tú. Te será útil teniendo en cuenta lo que debes hacer. La velocidad solo es una ventaja si puedes ver de qué huyes o a qué atacas.

—Estoy bastante segura de que los vampiros saben que puedo volverme invisible. Una de las más antiguas me vio. Se lo ha tenido que decir al resto.

—¿Lo cosechaste?

Sacudí la cabeza.

—Le clavaron una estaca. Alguien que trabajaba con la Mano le disparó al corazón con una ballesta.

—No importa, Zoey. Saber que puedes ser invisible no cambia el hecho de que no puedan verte. Sigue siendo una gran ventaja. ¿Tienes algo del ADN de tu amiga para poder rastrearla?

Sacudí la cabeza.

—Ya no. Lo hice la primera vez que se la llevaron.

—¿Es la segunda vez que los vampiros se la llevan? —preguntó mi padre.

Asentí.

—La primera vez, no me di cuenta de que eran vampiros. O de que podía cosecharlos. Pero tenía restos de ADN de su teléfono que usé para encontrarla.

Mi padre sonrió.

—Entonces estás de suerte. Tu guadaña ya conoce su firma, Zoey.

—¿Así que ahora puedo rastrearla? La Mano quería que esperara a que me avisara.

—Dime, Zoey, ¿estás segura de que la Mano está de tu lado? No sé mucho sobre vampiros. En mi línea de trabajo, solo me he encontrado con unos pocos, y solo cuando me enviaron a cosechar gente que habían matado. Nunca tuve que enfrentarme a ellos directamente. Lo que sí sé es que pueden ser astutos si pretenden llevarte en una dirección u otra.

—No lo sé. Quiero decir, el Mano envió a alguien a ayudarme cuando me vi acorralado por una docena de vampiros. Derribaron a Vlad, el vampiro del que te hablé.

—¿Estás seguro de que la persona con la que hablabas por teléfono estaba relacionada con la que disparó al vampiro con una ballesta?

—Bueno, ahora que lo dices, no puedo asegurarlo. —Resoplé—. Creo que están trabajando con mamá de alguna manera. Ese vampiro la conocía. Dijo que habían tenido encontronazos en el pasado, pero que ella nunca había podido acabar con él.

Mi padre entrecerró los ojos.

—¿Tu madre está luchando contra vampiros?

—Eso parece. —Sacudí la cabeza—. Estaría bien que me echara una mano.

—A mi modo de ver, Zoey, si la Mano ha sido menos que franco contigo, no le debes lealtad. —Mi padre se rascó la barbilla—. Si no estás segura de que está de tu lado, deberías ser escéptica de sus intenciones. Podemos localizar a tu amiga juntos. Invoca tu sello y te mostraré cómo.

—Una cosa, papá... —dije, dándome cuenta muy tarde— creo que nos están espiando. Parece que saben todo lo que hago, incluso en mi apartamento.

Mi padre ladeó la cabeza.

—Entonces ponte la capa. Podemos ir a otro sitio a hablar.

Con la capa puesta y la capucha sobre la cabeza, mi padre y yo salimos del apartamento como un par de fantasmas.

—No sé dónde ir para que no nos vean.

Sonrió.

—Sígueme, Zoey.

Seguí a mi padre fuera del apartamento, a través del callejón y rodeando la parte trasera del edificio. Había una puerta metálica de garaje rodeada de maleza.

Mi padre metió la mano en el bolsillo de su capa y sacó un pequeño mando. Pulsó un botón y la puerta del garaje se abrió.

—Joder, papá. ¿Había un garaje aquí?

Mi padre se rio.

—He estado pagando una cuota por este espacio de almacenamiento durante la mayor parte de veinte años.

Metió la mano dentro y encendió un interruptor de la luz. Luego se acercó a algo que estaba cubierto con una lona. La apartó de una sacudida.

—¡¿Tienes una Harley?!

—No es una Harley cualquiera —replicó mi padre, parecía ofendido—. Es una chopper.

Tuve que admitir que la moto era preciosa. Tenía un trabajo de pintura personalizado, un cráneo en llamas en el cuerpo.

—Es preciosa.

Mi padre sonrió.

—Cogeremos tu moto más tarde y montaremos juntos.

—Está justo enfrente—.

—Ahora, invoca tu bastón.

Pulsé el sello de mi muñeca y apareció mi bastón.

—Bien. Ahora, ¿cuál es el nombre de tu amiga?

—Sienna.

—Muy bien. Tu guadaña, o en este caso, tu bastón, es una extensión de ti. No es solo un arma. Proviene del poder de tu alma. Por eso no hay dos guadañas iguales. Porque cada alma es única.

Asentí con la cabeza.

—De acuerdo. ¿Cómo lo uso para rastrear a Sienna?

—Como he dicho, tu bastón o guadaña es una parte de ti. Eso significa que responderá a tu voluntad. Simplemente debes concentrar tu mente. Ya que has sintonizado tu báculo con Sienna antes, solo necesitas desear que te diga dónde está.

Ladeé la cabeza.

—Solo necesito... ¿qué, decirle lo que quiero?

—Si usar palabras te ayuda a centrar tu mente, eso es bastante aceptable. Debes mantener a tu amiga en el centro de tus pensamientos.

Volví a asentir.

—Bueno, aquí no pasa nada. Hola, amigo. Bastón. Como te llames. Estoy buscando a Sienna. ¿Por qué no me ayudas?

Con una imagen clara de Sienna en mi mente, mi bastón empezó a brillar como antes. Mi padre aplaudió.

—¡Fantástico! Eso es brillante, Zoey. A la mayoría de los Parcas les lleva varios intentos hacer lo que acabas de hacer.

Sonreí, muy orgullosa.

—¡Gracias! —Entonces, el teléfono de mi bolsillo empezó a sonar. Suspiré—. Es él. Es la Mano.

Mi padre asintió.

—Cógelo.

Abrí el teléfono y me lo acerqué a la oreja.

—Señorita Grimm, quédese donde está.

—Me cansé de esperar. Sé dónde está Sienna. Voy tras ella.

—Voy a verte —replicó la Mano—. Iremos juntos a por ella. Quédate donde estás.

Antes de que pudiera responder, colgó. Respiré hondo.

—¿Qué pasa? —preguntó mi padre.

—La Mano viene. Quiere unirse a nosotros para ir tras Sienna.

39

Un Corvette negro se detuvo a las puertas del garaje donde esperábamos mi padre y yo. Los cristales estaban tintados. No podía ver el interior, pero había dos personas sentadas dentro.

El conductor se bajó. Me miró y sonrió.

No me lo podía creer.

—¡Mierda! ¿Kevin?

—Sí, señorita Grimm.

—¡¿Tú eres la Mano?!

Kevin se rio.

—Mis disculpas por la farsa. Pero esto no forma parte de las operaciones habituales del departamento. Es extraoficial, por así decirlo.

Me rasqué la cabeza sudorosa.

—Espera. Entonces, ¿sabías de estos vampiros todo el tiempo?

—Seguramente puedes entender por qué no te diría lo que sabía, Zoey. Pero sí, hace casi un año que sé que esta organización de traficantes secuestraba a personas que esperaban convertir en vampiros.

—¿Fuiste tú quien puso a ese vampiro en mi apartamento?

Kevin asintió.

—Necesitábamos estar seguros de que podías hacer lo que esperábamos.

—¿Quiénes? —pregunté—. ¿Quién más trabaja contigo?

Kevin se volvió hacia su Corvette y asintió. La puerta del pasajero se abrió y salió la figura envuelta en un tejido de seda que había visto antes.

—¿Tú eres el que le metió la estaca a Vlad? —inquirí.

La figura asintió y se quitó la capucha. Una larga cabellera rubia se deslizaba por sus hombros. Me miró a mí y luego a mi padre.

Él jadeó.

—¿Josephine?

Dos de dos en sorpresas esta noche.

—¿Mamá? ¿Eres realmente tú?

Mi madre derramó una lágrima mientras corría hacia mí y me abrazaba.

—Mi dulce niña. Te he echado tanto de menos.

Me acarició el pelo, apartándomelo de los ojos y colocándomelo detrás de las orejas.

—Eres tan hermosa, Zoey.

—Bueno, me han dicho que nos parecemos mucho. —Me reí entre dientes.

Mi madre se rio y luego miró a mi padre.

—Azrael...

Él se acercó a ella y la miró con nostalgia.

—Mi amor... Mi Josephine.

Mi madre se inclinó y besó a mi padre suavemente en los labios.

—Yo también te he echado de menos, Azrael.

—¡Ostia! —exclamé, observándolos a todos—. ¿Qué está pasando aquí?

—Tu madre y yo nos conocimos cuando estaba en un caso hace poco más de un año —explicó Kevin.

—Estaba investigando una serie de asesinatos —añadió mi madre—. No sabía que lo llevaría a una guarida de crías de vampiro. Los estaba cazando al mismo tiempo.

—Tu madre me salvó la vida —continuó Kevin—. Cuando apareciste en el muelle de carga, supe que lo que tu madre había dicho que sospechaba que podrías hacer era cierto.

—¡Espera! —protesté—. ¡¿Tú sabías que podía cosechar sobrenaturales?!

Mi madre asintió.

—Era parte de mi acuerdo con Atenea. Poco después de que nacieras, antes de que tú y tu hermano os marcharais con tu padre, te hizo un regalo. Insistió en que algún día sería necesario si queríamos salvar al mundo de una amenaza creciente.

—De los vampiros. —Negué con la cabeza—. ¿Y no se lo dijiste a papá?

—No podría —declaró mamá con sencillez—. Mis disculpas, Azrael, por no responder a tus cartas. Era necesario, según la diosa, que no nos comunicáramos hasta que Zoey tuviera veintiún años. Supongo que es demasiado tarde para nosotros.

Mi padre suspiró.

—Aún no podemos estar juntos. No puedes unirte a mí en el inframundo, y mi ascenso se acerca.

Mi madre asintió.

—Aun así, jamás he olvidado el amor que siento por ti.

—Tampoco yo —le dijo mi padre.

Kevin se aclaró la garganta.

—Por mucho que estoy seguro de que esta reunión significa para todos ustedes, hay una joven en grave peligro. Debemos seguir nuestro camino.

—Puedo dirigirnos hasta ella —le aseguré—. Mi bastón nos ayudará a encontrarla.

—Ya tenemos la identificación de un vehículo —respondió Kevin—. Katerina y su amigo viajan hacia el sur.

Suspiré.

—Hacia Nueva Orleans. Para entregársela a Nosferatu.

—Así es. —Mi madre asintió—. Y debemos seguirla todo el camino. Nosferatu es uno de los vampiros más peligrosos del mundo y el más antiguo del continente. He estado muchas veces en Nueva Orleans, intentando localizarlo a él y a su aquelarre, sin éxito. Ni siquiera nos hemos acercado.

Gruñí.

—Espera, ¿me estás diciendo que permitiste que Katerina se la llevara para que pudiéramos encontrar a este vampiro?

—En absoluto —argumentó mi madre—. No sabía con certeza que se la llevaría. Era un riesgo que sabía que podíamos correr. Aun así, tenía que acabar con Vlad cuando tuviera la oportunidad. Sin él, la comunidad vampírica de Kansas estará patas arriba hasta que surja otro que ocupe su lugar. Pero no, Zoey, no planeé que se llevaran a tu amiga por segunda vez.

—Pero la situación nos ha dado una oportunidad —explicó Kevin—. Salvaremos a Sienna. Pero también debemos aprovechar la oportunidad de localizar por fin a Nosferatu.

Asentí con la cabeza.

—De acuerdo. Entonces será mejor que nos vayamos.

—¿Nos acompañarás, Azrael? —preguntó mi madre.

Mi padre asintió.

—Lo haré. Hacía tiempo que no montaba. ¿Qué tal si montas conmigo, Josephine? Ya sabes, por los viejos tiempos.

—Me gustaría —aceptó ella.

—Os seguiré en el coche —nos dijo Kevin.

Hice girar mi bastón entre las manos.

—Yo iré delante. Es hora de ir a patear traseros de vampiros.

—No te olvides el casco, Zoey —añadió Kevin—. Soy policía, ya sabes.

—No puedes hablar en serio. —Resoplé.

Kevin me guiñó un ojo.

—Supongo que puedo pasar por alto esa infracción menor... si me dejas invitarte a una copa cuando todo esto acabe.

Mis mejillas se sonrojaron. Maldita sea.

—Ayúdame a salvar a Sienna, y es una cita.

40

No me gustaba el plan. Estábamos apostando la seguridad de Sienna a la posibilidad de que nos llevara a un vampiro. Claro, Nosferatu probablemente era un verdadero imbécil. Un vampiro antiguo cuya existencia continuada acabaría provocando miles de muertes más o, peor aún, el auge de la revolución vampírica. Aun así, mis instintos me decían que hiciera todo lo posible para salvar a mi amiga. No se sabe lo que podrías lograr en el futuro. Había que aceptar las pequeñas victorias cuando llegaban.

Quizá me movía más el corazón que la cabeza. Tenía su lógica. ¿Qué importa una vida que esperabas salvar de todos modos si retrasar su rescate podía significar salvar miles o, tal vez, incluso millones más? Pero algo en mi interior me decía que esperar para salvar a Sienna era una mala idea.

¿Podría confiar en mi instinto? Quiero decir, ¿cómo demonios se supone que voy a diferenciar entre una crisis de conciencia visceral y una indigestión?

Además, teníamos un grupo bastante formidable. Estaba Kevin, un detective de verdad. Teníamos a mi madre, que había estado matando vampiros desde que yo era un bebé. Mi padre, la mismísima jodida Parca, estaba con nosotros. Y, oh sí, ¡y yo! La única persona que conocíamos que podía cosechar almas de vampiro. Sin olvidar a Cerbero. El aspecto de tres cabezas traga-almas de su persona no era algo para pestañear. Aunque no podía tragarse almas de vampiro, ya había demostrado que podía defenderse en una pelea con los chupasangres.

Teníamos que interceptar a Katerina y Sienna antes de que llegaran a Nueva Orleans. Ir tras ellas cuando Katerina podía combinar fuerzas con Nosferatu y cualquier otro vampiro y ayuda humana contratada que tuviera vigilando su ubicación era arriesgado y estúpido. Como yo iba en cabeza, y pronto tendríamos que repostar, era hora de contarles al resto el nuevo plan. Probablemente no les gustaría. Pero, al fin y al cabo, yo era quien podía cosechar sobrenaturales. Sienna era mi amiga. Este era mi trabajo. Y no llegarían a ninguna parte sin mí liderando el camino.

—Cambio de planes —anuncié mientras empezaba a echar gasolina a la moto. Mi madre ladeó la cabeza, bajó de la parte trasera de la Harley de mi padre y sonrió.

Kevin, mientras tanto, salió del Corvette.

—¿Cuál es el nuevo plan, Zoey? —preguntó mi madre.

—Mira, no podemos seguir a lo loco hasta Nueva Orleans. Tenemos que salvar a Sienna primero.

Kevin suspiró.

—Zoey, hablamos de esto. Podría ser nuestra única oportunidad de acabar con Nosferatu.

Sacudí la cabeza.

—Eso es una tontería, Kevin. Para ser policía, deberías saberlo. Todos vosotros deberíais. Mira, hasta que aparecí yo, ¿cuántas veces habíais intentado acabar con Vlad y habíais fracasado?

—Tiene razón, Kevin —añadió mi madre—. Si Zoey no hubiera estado allí distrayéndole antes, nunca habría conseguido disparar.

—Y sé que Katerina es incluso más rápida que Vlad —

afirmé—. Eso significa que es más difícil de matar. Si a eso le añadimos Nosferatu y probablemente docenas de vampiros más o guardias humanos armados, no tendríamos ninguna oportunidad entrando con mi guadaña en ristre.

Mi padre sonrió con orgullo.

—Tiene razón. Un Parca sabe que, si un alma está vagando, debes tomar la ruta más rápida y eficiente para dar con ella.

Resoplé.

—Cierto, papá. Pero aquí no solo estamos intentando darle dinero al barquero. Estamos tratando con vampiros que saben que vamos tras ellos.

—Sigo pensando que deberíamos arriesgarnos —contraatacó Kevin—. Al menos seguirlos hasta que revelen la ubicación de Nosferatu.

—No a expensas de Sienna —argumenté—. Tu plan prácticamente garantiza que Nosferatu la convierta. Nuestras posibilidades de llegar a su ubicación, sobre todo cuando Katerina espera que la estemos siguiendo, son escasas o nulas.

Kevin suspiró.

—Entiendo lo que quieres decir. El detective que hay en mí quiere seguir el rastro hasta el final. El policía callejero que hay en mí dice que salve a Sienna a toda costa.

Mi madre asintió.

—Quieren que les sigamos. Si no, no viajarían en coche. Estos vampiros tienen acceso a medios de transporte más eficientes.

Me encogí de hombros.

—No creo que podamos descartar que estén preparados de cualquier manera. Katerina soltó todas las indirectas que pudo para llevarme a Nueva Orleans. Pero no es tonta. Estará esperando que intentemos detenerlos en el camino o que la sigamos hasta Nosferatu.

—En cualquier caso, estará preparada —concedió Kevin.

—Supongo que conducen un todoterreno negro —añadí—.

Se escapó en el banco de sangre con Sienna, pero como todos los vampiros conducían el mismo vehículo, mi suposición es que tienen más de lo mismo en su flota. No es una certeza. Pero es probable.

—Es aún más probable que lleven a otros con ellos —replicó Kevin— por si les alcanzamos.

Asentí con la cabeza.

—Estoy de acuerdo. Pero es seguro que dondequiera que se esconda ese idiota Nosferatu, estará aún más preparado para frustrarnos si les seguimos hasta allí.

Kevin resopló.

—¿En serio acabas de llamar idiota a uno de los vampiros más conocidos de Norteamérica?

—¿Prefieres cabrón malnacido? —pregunté.

Mi madre sonrió con satisfacción.

—Si el río suena...

—Debemos irnos —dijo mi padre—. Si nos encontramos con algún humano defendiendo a los vampiros, déjamelo a mí.

—No pensaba hacer otra cosa.

Volví a subir a la moto, preguntándome qué pensaba hacer mi padre. Si se encontraba con algún humano, y sus almas no estaban a punto de expirar, no podría cosecharlas. ¿Quizás podría asustarlos? ¿Hacerlos huir de la Parca? Lo que sea. Dijo que se encargaría. Tenía otros asuntos de los que preocuparse.

—Cerbero, ¿sigues aquí?

Tres fuertes ladridos confirmaron que viajaba junto a nosotros en el plano astral. Apareció, aunque con una sola cabeza mientras ladraba.

—¿Tienes hambre? —le pregunté a Cerbero.

Cerbero eructó.

—Acabo de asaltar toda la comida de rodillos que hay dentro.

—¿Comida *de rodillo*? —preguntó mi padre.

—Perritos calientes, taquitos... —Suspiré—. Un montón de

porquerías que meten bajo una lámpara de calor en rodillos y las dejan ahí todo el día.

—¡Oh, mierda! —Cerbero se comió en un trozo de hierba. El arco de su espalda delató lo que estaba haciendo.

—Nunca debes comer la comida del rodillo —advirtió Kevin. No parecía sorprendido de ver a Cerbero.

Me reí entre dientes.

—Ya te puedes acostar.

—¡Adelantaos! —gritó Cerbero—. ¡Ya os alcanzaré! Tengo... otros asuntos que atender.

42

Kevin llevaba el escáner de la policía en el Corvette. Me dijo que me enviaría un mensaje si detectaba algo raro y debía reducir la velocidad. Me adelanté a la multitud y Kevin utilizó el GPS del teléfono desechable que me había dado para asegurarse de que podían seguirme incluso si me adelantaba en la autopista.

No sería una buena idea enfrentarme a Katerina sola, sobre todo si tenía algún otro vampiro con ella, pero al menos podría acercarme, camuflarme si los encontraba y hacer algún reconocimiento, para que el resto supiera a qué nos enfrentábamos.

Cerbero no tardó mucho en alcanzarme. Corriendo a mi lado en el plano astral, emergía de cuando en cuando, me ladraba un par de veces y volvía a desaparecer. Era su forma de hacerme saber que estaba allí.

El extremo puntiagudo de mi bastón brilló con intensidad a medida que nos acercábamos a Sienna. Estaba en sintonía con su alma. Ahora que podía ir tan rápido como quisiera, no tardé en recuperar la distancia que nos separaba de Katerina.

Según mi aplicación de mapas, estábamos entre Shreveport y Baton Rouge, a una hora al norte de Nueva Orleans.

Avanzaba a toda velocidad, con mi bastón centelleando cada vez más, cuando de repente se apagó. Por un segundo, mi corazón se hundió en mi pecho. Entonces, giré el bastón y volvió a brillar.

Respiré hondo. Sabía que era una posibilidad. Cuando había utilizado el bastón para rastrear a Sienna hasta el patio de carga, había ocurrido lo mismo. Pero también significaba que podía haber muerto, así que ver cómo se extinguía el resplandor iba a causarme cierta ansiedad.

Pero eran buenas noticias. Significaba que los había alcanzado y se habían detenido. Como se acercaba el amanecer, supuse que habían hecho una parada para repostar.

Me detuve derrapando, crucé la mediana y me di la vuelta para encontrar la salida que supuse que correspondía con mayor probabilidad a la ubicación actual de Sienna.

Busqué uno de esos carteles azules que indican dónde está la gasolinera más cercana en cualquier salida. No había nada. No era una salida importante. Una carretera estatal, tal vez. Dado que solo tenía un carril en cada dirección, no era una ruta muy transitada. Aun así, debía de ser donde se habían llevado a Sienna. La luz brillante de mi bastón lo confirmó.

Era una carretera sinuosa y las curvas cerradas me obligaban a conducir mucho más despacio que en la interestatal. De nuevo, mi bastón se apagó. Esta vez, justo al lado de un pequeño camino de grava cubierto de maleza que conducía bajo una copa de árboles, además, el camino se elevaba sobre pantanos a ambos lados. Sabía que Luisiana tenía muchos pantanos, pero nunca había visto uno.

La luz de mi bastón y el estruendo de mi motor me delatarían. Así que me aparté al otro lado de la carretera y aparqué la moto detrás de un árbol. Me puse la capa y solté el bastón. Me esperaba una larga caminata. No sabía hasta dónde llegaría este camino de grava antes de que me llevara a donde Katerina había llevado a Sienna, pero si me veían llegar, no se sabía lo que podrían hacer.

Me movía por el plano astral. Eso significaba que, si me lo proponía, podía moverme rápido. Cerbero podía correr tan rápido como mi moto cuando estaba aquí dentro. Solo tenía que suspender el compromiso de mi mente con el mundo físico. Y funcionó. Puede que no fuera capaz de luchar contra un vampiro del plano astral, pero al menos podía seguirles el ritmo.

Esto no era solo una parada. Katerina probablemente tenía la intención de refugiarse aquí durante el día.

Encontré un todoterreno negro que como los que había visto en Kansas, en el centro de donación de plasma. Comprobé los cristales tintados y luego introduje la cara por el lado del conductor. Era muy parecido a cómo podía moverme a través de las paredes en el plano astral. La parte trasera del vehículo estaba abierta, sin asientos. Había varias cuerdas esparcidas. Habían atado a Sienna para el viaje.

Ya se habían ido. Había un pequeño muelle en el borde del pantano, cerca de donde estaba aparcado el todoterreno. O sea, que se habían ido en barca... *Claro que sí.*

Esto iba a suponer un reto para Kevin y mi madre. Mi padre podía usar su capa como yo. Si podía moverme por el plano astral a gran velocidad y atravesar paredes, ¿podría también caminar sobre el agua? En teoría, no había ninguna razón por la que no pudiera. Cerbero había dicho que el suelo solo me sostenía en forma astral debido a cómo mi mente navegaba por el mundo físico. En el plano astral, no había diferencia entre caminar por tierra o por agua, siempre que lo visualizara y creyera que era posible.

Respiré hondo y concentré mi mente antes de bajar del muelle y poner el pie en el pantano cubierto de algas. Funcionó. No me hundí.

Gané confianza tras un par de pasos y empecé a correr con la velocidad aumentada que me permitía el plano astral.

Había una gran cabaña a lo lejos. Un muelle que coincidía con el del que había partido, con un bote de remos amarrado a él, sugería que estaba en el lugar correcto.

Seis soldados armados, humanos por lo que pude ver, que iban y venían por el porche.

Pues con este ya serían dos retos para Kevin y mi madre. Aunque cruzaran el pantano, tendrían que pasar a esos guardias. Podría enviarles un mensaje y avisarles, pero tendría que salir del plano astral para hacerlo. El servicio celular transdimensional no existe. Sin mencionar que en el plano astral no podrían localizarme por GPS. Mi padre podría usar su guadaña, si se diera el caso, para guiarlos hasta mi ubicación.

Un problema cada vez. Antes de arriesgarme a recuperar mi forma física, tenía que completar mi reconocimiento. Pasé junto a los guardias, con cuidado de no atravesarlos. No sabía qué pasaría si tocaba a alguien en esta forma, y no era el mejor momento para averiguarlo.

Introduje mi forma astral por la puerta principal de la cabaña. Me encontré en una gran sala que parecía un teatro. ¿Por qué demonios habría un teatro en medio del pantano? Unas altas cortinas rojas cubrían el escenario. Aún más extraño, no había ni una sola silla en la sala. Decenas de candelabros encendidos iluminaban la sala. Los candelabros estaban dispuestos alrededor de todo el perímetro de la sala, y una docena más, formando un pasillo entre ellos, ardían en el centro de la sala.

Los atravesé y me dirigí hacia el escenario. Entonces, sentí una mano en mi hombro.

Me giré.

Su guadaña ya estaba invocada. Me miró con ojos casi idénticos a los míos.

—¿Morty? ¿Qué demonios haces tú aquí?

43

—He venido por Sienna —dijo Morty.

Sentí mi corazón se paraba en mi pecho.

—¿Con qué autoridad? —pregunté.

—¡No necesito autoridad más que la mía!

—¿De qué estás hablando? —Resoplé—. Tú todavía no tienes autoridad.

—Papá me ha encargado las tareas —explicó mi hermano.

—Espera —protesté, temiéndome lo peor—. ¿Ya eres la Parca?

—Todavía no, pero estoy asumiendo algunas de sus responsabilidades. ¿Por qué crees que era libre de unirse a usted aquí?

Mi corazón se hundió aún más.

—¿Sienna estaba en tu lista?

Morty asintió.

—Más o menos. Era un encargo extraño, por eso lo acepté yo mismo.

—Extraño, ¿cómo? —pregunté—. Este no es momento de hacer experimentos.

—Sé que no sabes cómo funciona esto, Zoey. —Mi

hermano suspiró—. Papá tiene un libro de los dioses. Contiene el calendario para la cosecha de cada alma durante cien años.

Resoplé.

—Debe ser un libro enorme —dije para hacer tiempo.

Morty asintió.

—No es habitual. Cuando pasas las páginas, no te acercas al final. Aparecen más páginas que antes no estaban.

—¿Qué había de extraño en la lista de Sienna? —le pregunté.

—Fue añadido más tarde, Zoey. Creo que papá escribió su nombre él mismo. No sé por qué. Aunque estoy bastante segura de que quería que cosechara su alma.

Apreté los puños.

—Papá está de camino. Mamá está con él.

—¿Encontraste a mamá?

Asentí con la cabeza.

—Claro que sí. Por favor, Morty. Necesito salvar a Sienna. Este no puede ser su momento. Por favor, espera a que llegue papá. Tal vez él pueda explicarlo.

Morty negó con la cabeza.

—No estoy seguro de que tengamos tiempo para esperar, Zoey.

Arrugué la frente. —¿Por qué?

—Le están haciendo algo. Detrás de la cortina.

—¿Ahora? —pregunté.

Morty asintió.

—No sé qué le están haciendo. No son humanos. Aun así, creo que sea lo que sea, papá quería que cosechara su alma antes de que pudieran completarlo.

Corrí, aún en el plano astral, y atravesé la cortina.

Sienna estaba atada con cadenas a una gran mesa de piedra.

Katerina sujetaba uno de los brazos de Sienna, con los colmillos clavados en la muñeca. Otro vampiro se daba un festín en la muñeca opuesta. Iba vestido con un esmoquin negro y su larga cola colgaba del suelo mientras se arrodillaba y bebía de mi amiga. Tenía la cabeza calva y la piel de un amarillo pálido.

Nosferatu.

Él era el más poderoso de los dos. No sabía si podríamos salvar a Sienna. Si Morty estaba a punto de cosecharla, entonces aún no había sido convertida. Si había una oportunidad de protegerla, tenía que intentarlo. Solo tendría el elemento sorpresa una vez. Una buena estrategia dictaba que usara esa ventaja para atrapar al más peligroso de los dos vampiros. Entonces, a pesar de su velocidad, tendría que probar mi habilidad y un poco de suerte para vencer a Katerina.

Estaba a punto de tocar el sello de mi muñeca cuando Nosferatu giró la cabeza. Me miró fijamente y gruñó. Su boca y su barbilla goteaban sangre de Sienna.

¿Cómo diablos podía verme? Todavía estaba en el plano astral.

Antes de que pudiera llamar a mi guadaña, su cuerpo chocó con el mío.

Cerbero corrió hacia Nosferatu con un fuerte gruñido, y el vampiro se quitó de encima tan rápido como me había placado.

Invoqué mi guadaña, abandonando el plano astral. Cerbero se agrandó, pero dada la facilidad con que Vlad había echado a un lado al sabueso infernal y que Cerbero no podía tragarse a un vampiro, era solo cuestión de tiempo que Nosferatu se liberara y volviera a perseguirme.

Me puse en pie de un salto, con la guadaña en llamas, y fui a por Nosferatu. Entonces, mi cuerpo voló hacia atrás cuando Katerina me estampó contra el suelo.

La vampira estaba de pie junto a mí, con la boca cubierta de la sangre de mi amigo.

Fui a blandir mi guadaña, pero Katerina me pisó el brazo y me clavó el tacón de su zapato de aguja en la muñeca.

Grité al soltarla. Desapareció de mi mano.

—No interferirás en el renacimiento de nuestra hija —ordenó Katerina.

—¡Sienna no es tu hija, maldita loca! —grité.

Cerbero gimió y su enorme cuerpo voló sobre mí, arrancando las cortinas que aún cubrían el escenario.

—Dámela, Katerina —insistió Nosferatu—. Puedes quedarte con la chica rubia. Esta es mía.

Katerina miró a Nosferatu y ladeó la cabeza.

—Pero iba a ser nuestra hija.

—Y esta será mi nueva reina.

—¡Pero tu reina soy yo! —protestó Katerina.

—Sigues siendo de entre mi progenie la más querida, Katy —le aseguró Nosferatu—. Pero esta... ¿sientes su poder? Si ella gobernara a mi lado... Toma a la niña, regresa a tu ciudad y reclama el lugar de Vlad.

Katerina apretó los puños. No estaba contenta con este cambio de planes.

—¡No quiero gobernar Kansas, mi señor! —protestó Katerina.

—Lo que desees, mi amor, no importa —respondió el vampiro—. Esta era mi intención desde que Vlad nos habló de esta... criatura. Por eso te ordené que me trajeras a la niña. No para que se convirtiera en nuestra hija, sino para que ella la siguiera.

—¡No seré la puta reina de ningún vampiro! —grité.

Nosferatu se rio.

—Tu tono cambiará una vez que te enseñe modales.

—¿Modales? —pregunté—. No puedes hablar en serio.

—¡Morty, hazlo ya! —gritó mi padre desde el fondo de la sala. Su guadaña estaba encendida, cargada de almas. Todo lo que pude imaginar es que ya había cosechado a los guardias de afuera.

Morty levantó su guadaña y la clavó en el pecho de Sienna.

—¡No! —grité.

Era demasiado tarde. Mi hermano ya había cosechado el alma de Sienna.

44

Katerina saltó a mi muñeca mientras Morty segaba a Sienna.

Solo tenía una fracción de segundo para actuar. Toqué mi sello en la muñeca herida y apareció mi guadaña.

Nosferatu me miró, con los ojos muy abiertos y aterrorizado.

—¡Cosecha al vampiro! —gritó mi hermano—. Estás destinada a reclamarlo. ¡Por eso pudo verte cuando aún estabas camuflada!

Asentí y golpeé a Nosferatu. Era demasiado rápido. Esquivó mi guadaña.

Katerina estaba encima del cuerpo de Sienna, gritando:

—¡Se ha ido! Tenía el tipo de sangre correcto. ¡Debería estar convirtiéndose!

Miré a Katerina. Tenía una oportunidad. Pero si Morty tenía razón, si debía cosechar al Nosferatu, él era mi prioridad. Era demasiado tarde para Sienna. Estaba muy cabreada. ¿Por qué mi padre *escribió* su nombre en los libros de la cosecha? Más aún, ¿por qué no me lo dijo con antelación? Si Morty iba a cosecharla de todos modos, ¿por qué molestarse en unirse a mí para luchar por ella?

Cuando el Nosferatu despegó, la hoja desapareció de mi bastón. Solo aparecía cuando estaba cerca de un vampiro. No podía atraparlo. No en esta forma. Tenía que entrar en el plano astral.

Perseguí a Nosferatu fuera de la cabaña y dentro del pantano. Se movía rápido, apenas rozando el agua. Yo era igual de rápida, incluso más, cuando estaba camuflada y las leyes de la física no me afectaban.

El vampiro se detuvo y se volvió hacia mí. Por la expresión de su cara, por la forma en que enseñaba los colmillos, podía verme. Quería morderme. Quería convertirme, hacerme su reina.

Apreté mi sello en la muñeca, con un agarre débil debido a la herida del brazo. Aun así, funcionó. Apareció mi guadaña. Abandoné el plano astral y mi cuerpo cayó al agua con un chapoteo.

Nosferatu se echó a reír. Estaba de pie sobre un árbol muerto que había caído en medio del pantano. ¡Qué estúpida! Debería haberme dado cuenta de que, si dejaba la forma astral en el agua, pasaría esto.

Pateé el suelo e intenté golpear al vampiro con la guadaña. La apartó con facilidad antes de agacharse y agarrarme por la capucha de la capa.

Antes de que pudiera sacarme del agua, algo golpeó su pecho. Miré al otro lado del agua. Mi madre estaba allí, con una ballesta en la mano. Pero este vampiro estaba preparado. Llevaba una armadura que impedía que la estaca entrara en su corazón.

Nosferatu se rio mientras tiraba de mí hacia arriba, bajando su boca hasta mi cuello.

¡BANG!

Nosferatu me soltó. Detrás de mi madre estaba Kevin, con un rifle en la mano.

El vampiro cayó al agua en el lado opuesto del tronco sobre el que estaba.

—¡El disparo no lo matará! —gritó Kevin—. ¡Hazlo ahora!

Asentí con la guadaña aún en la mano. Golpeé a Nosferatu cuando intentaba volver al tronco. La hoja lo alcanzó en el cuello y una nube negra salió del cuerpo del vampiro. Mientras su cuerpo se convertía en cenizas, una lluvia de energía dorada estalló de mi guadaña.

Miré a mi madre y a Kevin y asentí. Luego me eché la capa por la cabeza y volví corriendo a la cabaña.

MI PADRE ESTABA en el porche de la cabaña con Sienna en brazos. Morty estaba detrás de él, el alma cosechada brillaba dentro de la hoja de su guadaña.

—¿Lo atrapaste? —preguntó Morty.

Asentí con la cabeza.

—No volverá a dar problemas.

—Bien —dijo mi padre—. No tenemos mucho tiempo.

—¿Qué pasa con los hombres de fuera? —pregunté—. ¿Era su hora?

—No —respondió él—. Puede que haya comprometido mi ascensión cosechando a esos hombres de manera prematura, pero era la única manera. Al diablo los dioses, Zoey. Mi futuro es secundario. Sabía que tenía que hacerse si querías tener una oportunidad contra esos vampiros.

—No lo entiendo. —Me encogí de hombros para retener mi cabreo—. ¿De qué demonios iba esto? ¿Escribiste el nombre de Sienna en el libro, papá?

Mi padre asintió.

—Cuando nos dejaste atrás en la estación de servicio,

regresé al inframundo. Las posibilidades de que Sienna ya hubiera sido mordida eran demasiado grandes como para arriesgarse. Llamé a Morty y le dije que había un caso curioso del que recomendaba que se ocupara él mismo.

—¿De qué coño estás hablando?

—Tenemos que llevar el cuerpo de Sienna a un hospital —insistió mi padre.

—¡Pero si está muerta! —grité—. Enviaste a Morty para que se encargara de ella.

Mi padre negó con la cabeza.

—No es su hora, Zoey. Morty cosechó su alma, pero no para entregársela al barquero. El cuerpo puede permanecer algún tiempo sin alma. Así es como muchas personas aguantan en coma incluso después de haber sido cosechadas.

—Entonces, ¿estás planeando traerla de vuelta? —pregunté.

Mi padre asintió.

—Con su alma en la guadaña de Morty, no será contaminada por las mordeduras de los vampiros. Una vez que su cuerpo sane, espero que podamos devolverle su alma y se recupere. Pero tenemos que movernos rápido. No puedo decir cuánto tiempo su cuerpo seguirá siendo viable en esta condición.

—¿Y Katerina?

—Mordió a Sienna otra vez —me dijo Morty—. Incluso después de cosechar su alma. Pero luego huyó.

—Se dio cuenta de que convertir a Sienna era una causa perdida —suspiré—, o cuando coseché Nosferatu, ya no estaba atada a la compulsión de su sire y se largó.

Mi padre bajó a Sienna al bote de remos que Katerina había utilizado para llevarla a través del pantano. Esto no era el río Estigia, y el viaje no la llevaría al más allá. Con suerte, nos daría la oportunidad de salvarla en esta vida, y ni siquiera nos costaría cien pavos.

Mi madre esperaba en la Harley y Kevin estaba apoyado en su coche. Tenía la puerta del acompañante abierta. Mi padre debió de comunicarles su plan después de que los dejara en la estación de servicio.

No hizo falta decir nada. Kevin se alejó por el camino de grava. Mi padre se subió a su moto detrás de mi madre. Morty se unió a mí en mi moto.

Nos dirigimos a un hospital cerca de Baton Rouge. Solo podía rezar a los dioses (que no moraban en el Olimpo) para que llegáramos a tiempo. No era un plan perfecto, pero al menos mi padre tuvo la perspicacia de darse cuenta de que no era el momento de que Sienna muriera. Dado que había cosechado las almas de los secuaces de los vampiros antes de tiempo, lo dictado en los libros de contabilidad no debía ser absoluto. No era una garantía de que Sienna sobreviviría. Si los dictados del libro de cuentas podían ser desbaratados por una Parca que actuara fuera de turno, era posible que Sienna también muriera.

¿Por qué mi padre no los segó a todos juntos? Bueno, como mi padre pretendía cosechar a los secuaces, desenredar sus almas para devolver la de Sienna a su cuerpo habría sido difícil, si no imposible. Morty se arriesgaba a la ira de los dioses olímpicos al cosechar a Sienna. Pero su guadaña, que solo contenía su alma, era necesaria para salvar su vida.

Llegamos al hospital. Kevin metió a Sienna dentro. No perdieron tiempo en ponerle una camilla y llevarla dentro. Era posible que Kevin estuviera fuera de su jurisdicción, pero un destello de su placa ejercía suficiente influencia sobre el personal del hospital como para que no cuestionaran la conveniencia de nuestra presencia.

Estuvimos esperando cuatro horas en la sala de espera antes de que un médico con bata azul saliera y se acercara a nosotros.

Me levanté y corrí hacia él. Pero Kevin fue más rápido.

—¿Hay novedades? —preguntó.

El médico asintió.

—Está estable.

Por poco me eché a llorar ahí mismo.

—¡Oh, gracias al cielo!

El médico levantó la mano.

—Pero no tiene actividad cerebral. ¿Sabe quién es su familia? ¿Tiene alguna identificación? Alguien va a tener que tomar algunas decisiones.

—Yo me encargo de eso —dijo Kevin—. ¿Podemos verla mientras esperamos?

El médico asintió.

—Deberíamos poder mantenerla con vida hasta que llegue su familia. Si hay alguien que quiera despedirse, debería estar aquí.

Apreté los labios para ocultar mi exaltación. Se suponía que era una situación desesperada. El médico no le daba ninguna posibilidad de recuperación. No sabía que lo único que le faltaba a Sienna era su alma. Si el hospital conseguía mantenerla con vida el tiempo suficiente para que su cuerpo sanara, para que expirara el contagio que las mordeduras de vampiro habían utilizado para convertirla, teníamos una oportunidad de revivirla.

Nos reunimos alrededor del cuerpo de Sienna en la pequeña habitación del hospital. La tenían conectada a un montón de máquinas y le habían introducido un tubo en la garganta. Un pitido repetido indicaba que, a pesar de la ausencia del alma de Sienna, su corazón seguía bombeando.

—Tengo que irme —nos dijo mi padre—. No sé si el barquero aceptará estas almas.

—Dáselas a Cerbero —sugerí—. Él puede enviarlos a... donde sea.

Mi padre asintió.

—Esa podría ser la mejor opción.

—Papá —susurré—. Tu ascenso...

Mi padre negó con la cabeza.

—Algunas cosas merecen el sacrificio, Zoey. Sé lo mucho que Sienna significa para ti.

Me enjugué una lágrima antes que salieran más.

—Gracias, papá.

—Si nuestro hijo va a ocupar tu lugar ¿significa eso que...?

Mi padre negó con la cabeza.

—Aún no estoy hecho para este mundo, Josephine. Y dado lo que he hecho, necesitaré defender nuestro reino de la interferencia de los olímpicos. Por el bien de nuestro hijo especialmente, debo regresar.

—Aun así —exclamó mi hermano—. Toda nuestra familia está junta, al menos por ahora. Nunca pensé que llegaría este día.

Mi madre le abrazó con fuerza.

—Te quiero, hijo. Os quiero a todos.

—Hasta que el cuerpo de Sienna sane, debes quedarte, Morty. Disfruta el tiempo que tengas con tu madre. —Mi padre formó un portal al inframundo.

Le abracé.

—Gracias, papá. Por todo.

Mi padre asintió. Mi madre lo abrazó y lo besó en los labios. Me aparté instintivamente. Ver a tus padres besarse... Sí, era dulce, incluso romántico, pero aun así. *Ugh*.

Entró en el portal y regresó al inframundo.

45

Sienna tardaría un tiempo en curarse. Mi madre y Morty se quedaron con ella. Alguien tenía que hacerlo. Katerina seguía ahí fuera. No podíamos descartar la posibilidad de que volviera en busca de venganza.

Kevin llamó al departamento de Kansas. No intentaba escuchar a escondidas, pero oí lo suficiente como para darme cuenta de que tenía vacaciones acumuladas y alegaba una emergencia familiar que debía atender. Quienquiera que estuviera al otro lado del teléfono, ¿podía ser el jefe de policía?, discutió un rato con él. Había una amplia investigación en curso. No era un buen momento. No mientras los «traficantes» siguieran en libertad. Sin embargo, Kevin insistió y su jefe accedió a regañadientes a reasignar su caso temporalmente.

—Entonces, Zoey. ¿Qué te parece si tomamos esa copa de la que hablamos?

Sonreí:

—Me gustaría.

Kevin me llevó a un buen restaurante en Bourbon Street. Nunca había comido cangrejos de río. La especia que añadían, lo que Kevin llamaba especia cajún, era deliciosa. La forma en que los devoraba, desechando las cáscaras en un pequeño cubo de aluminio al final de la mesa, probablemente no era ni remotamente atractiva.

Kevin se rio.

—Ciertamente pareces estar disfrutando.

Me limpié un poco de salsa de la barbilla.

—¡Lo siento!

—Creo que es mono —afirmó Kevin.

Me encogí de hombros.

—Lo que tú digas, guapo.

Kevin sonrió.

—Eres realmente especial, Zoey Grimm.

Asentí.

—Y tú eres un controlador molesto.

Kevin se rio entre dientes.

—Sí, me doy cuenta de que no fue mi mejor momento. Pero todo salió bien. Dime, ¿de verdad haces una lasaña estupenda?

Sacudí la cabeza.

—Apenas puedo hervir fideos espagueti sin meter la pata.

—Quizá el olor de tu apartamento se haya disipado cuando volvamos —se ofreció Kevin.

Asentí con la cabeza.

—¿Cuánto tiempo crees que tardará? Para que Sienna se cure, quiero decir.

Kevin negó con la cabeza.

—Unas semanas.

—¿Y su familia? —pregunté—. Si saben lo que pasa, si hablan con los médicos, podría hacer que tus jefes descubrieran que estás implicado más allá de la investigación oficial.

—He estado en contacto con la familia de Sienna desde el incidente en el patio de carga —explicó Kevin—. Saben que era una persona de interés. Me puse en contacto con ellos antes de salir del hospital.

—¿Qué has dicho? —pregunté, con otro cangrejo.

—Les dije que está en custodia preventiva. No era mentira.

Asentí.

—Con suerte, eso nos dará el tiempo que necesitamos.

—La comunidad vampírica de Kansas está desorganizada tras la caída de Vlad.

—¿Crees que Katerina ocupará su lugar? —le pregunté.

Kevin negó con la cabeza.

—No lo creo. Con Nosferatu fuera de juego, ella es la candidata más probable para ocupar su lugar en Nueva Orleans. No me malinterpretes, aunque Kansas es un paraíso para la actividad vampírica, Nueva Orleans siempre ha estado en el centro de sus planes. Suponiendo que Katerina pretenda seguir adelante con su agenda, centrará sus esfuerzos aquí.

—Bueno, al menos no es tan poderosa como Nosferatu. Eso nos da una oportunidad.

—Posiblemente —convino Kevin—. Pero aún tiene unos cuantos siglos. Es formidable y, dudo en decir, menos paciente de lo que fue su padre.

—¿Menos paciente?

—Nosferatu era varios siglos mayor que Katerina. Compartía su visión de iniciar una revolución vampírica. Mientras él estuviera al mando, sus esfuerzos debían ser cautelosos y calculados. No creo que Katerina dude en actuar. Y ahora ella sabe quién eres, lo que puedes hacer. Mientras estamos aquí, mientras esperamos restaurar el alma de Sienna, tenemos que acabar con ella.

Suspiré.

—No hay descanso para una Parca.

—Especialmente uno que puede cosechar almas de vampiro. No estamos aquí solo por bebidas y mariscos, Zoey. Te traje a Nueva Orleans por una razón.

Me metí un cangrejo en la boca y empujé la pila al borde de la mesa.

—Tengo que decirle a Joe que no volveré al trabajo durante un tiempo. Podría despedirme. No lo sé. Pero da igual. Tenemos un trabajo que hacer. ¿Por dónde empezamos?

La historia continúa con el segundo libro, La venganza de la guadaña.

NOTAS DEL AUTOR - THEOPHILUS MONROE

24 de febrero de 2022

Fue muy divertido escribir este libro. Llevaba tiempo dándole vueltas a la idea de una «parca que no podía segar» En caso de que seas una de esas personas que leen las notas del autor antes de leer el libro, no entraré en muchos más detalles sobre lo que ocurrió después. No obstante, hace tiempo que me entusiasma este concepto. Me alegro de que a Michael le gustara la idea. Sus aportaciones fueron de gran ayuda, sobre todo en lo que respecta al desarrollo de los personajes. La dinámica familiar es complicada. Todos hemos tenido nuestras peleas familiares. ¿Cómo navegamos las tensiones, los celos y los resentimientos con personas a las que queremos al mismo tiempo? Seguro que has pasado por eso. Yo también. Nunca es fácil. Tampoco es fácil para Zoey. Especialmente cuando le tiran de la manta y se da cuenta por primera vez de que nunca será lo único que pensó que podría llegar a ser.

Hace poco leí que entre los 18 y los 24 años la gente cambia de trabajo una media de 5,7 veces. La mayoría de la gente, a lo largo de su vida, cambia de profesión entre tres y siete veces. Al mismo tiempo, a menudo educamos a nuestros jóvenes para que tomen decisiones difíciles sobre lo que van a hacer con el resto de sus vidas.

A los cuarenta y un años, y tras haber publicado mi primer libro hace solo un par de años, por fin he decidido qué quiero hacer con el resto de mi existencia. He probado otros caminos, otras carreras, pero siempre me faltaba algo. La vida es un viaje de autodescubrimiento. Creo (y espero) que la mayoría de nosotros nos sintamos identificados con el camino de Zoey. Toca el tema de la *identidad* humana. Si alguien te preguntara «¿quién eres?», ¿qué responderías? Sospecho que muchos empezaríamos por nuestra carrera profesional. Podríamos empezar por nuestras relaciones familiares. Soy padre. Soy marido. Soy hijo. Aun así, apuesto a que la mayoría de nosotros identificaría nuestros «trabajos» como de alto rango cuando se trata de cómo nos definimos a nosotros mismos. Perder un trabajo, o cambiar de carrera, puede parecer una pérdida de uno mismo. Yo he pasado por eso. No es fácil.

Las experiencias de Zoey cuando tiene que dejar atrás todo lo que conocía son, en cierto sentido, como dejarse atrás a sí misma. Debe volver a encontrarse a sí misma. ¿Existe un camino predeterminado que debamos seguir? ¿Hemos nacido todos con un «destino» en mente, o somos realmente libres para ser lo que queramos? ¿O es una combinación de ambas cosas? Zoey se enfrenta al hecho de que no puede ser lo que siempre ha esperado. Tiene todo el talento, excepto el más crucial y fundamental.

Cuando era niño quería ser el próximo Michael Jordon. ¿Cuál era el problema? Era bajito y torpe. Había otro M.J. en el que quería convertirme. Michael Jackson. Tampoco tenía talento para eso. A veces, a pesar de lo que nos dicen mientras crecemos, no podemos ser lo que queremos ser. Por mucho que practicara o por mucho que me dedicara al proceso, no estaba hecho para ser un atleta profesional. No tenía voz ni movimientos de baile para actuar como una estrella del pop. No importaba cuántas veces practicara con micrófonos pantomímicos delante de mi propio espejo, bailando en pijama. Algunos sueños deben morir para que puedan nacer otros nuevos. Si a todo esto añadimos las complejidades de las disputas familiares, el afán por cumplir las expectativas de los demás en lugar de perseguir nuestra propia felicidad, nos daremos cuenta de que los problemas fundamentales de Zoey, a pesar de sus orígenes sobrenaturales, no son tan desconocidos.

Gracias a todos los que han contribuido a dar vida a esta serie. La colaboración de Michael siempre es un placer y sus ideas han llevado esta historia a un nivel superior. El equipo de edición de LMBPN, especialmente Nat, ayudó mucho a mejorar la prosa y el diálogo. El diseño de la portada de Moonchild es cautivador (el diseño, no solo el trasero de Zoey). Nunca me ha defraudado. Gracias a los lectores BETA. Y, por supuesto, al equipo de marketing. Nunca se os quiere lo suficiente. Vuestros esfuerzos están a menudo entre bastidores, pero también en primer plano. Nadie sabría que este libro existe (excepto mi madre) si no fuera por vosotros. Y, como siempre, gracias a mi increíble esposa (Ashley) y a mis tres hijos (Elijah, Ezra y Elliot) por su paciencia y apoyo. A menudo soy el último en irme a la cama (para poder escribir un poco más) y el primero en levantarme. Eso significa que a menudo tienen que lidiar no solo con mi intenso horario de trabajo, sino también con mi ocasional mal humor.

Espero que os guste leer este libro tanto como a mí escribirlo. Ahora estoy terminando el segundo libro de la serie, *La venganza de la guadaña*. Queda mucho por contar de la historia de Zoey Grimm. Se avecinan muchos giros y sorpresas.

Muchas recompensas que cosechar. Abróchate el cinturón y disfruta del viaje.

-Theo

NOTAS DEL AUTOR - MICHAEL ANDERLE

17 de marzo de 2022

Gracias por leer esta historia. Y estas notas del autor que escondo aquí detrás.

Actualmente estoy en Las Vegas, disfrutando de un tiempo decente mientras intento averiguar cómo presentarme *una vez más.*

Así que he leído un poco sobre lo que podría estar haciendo mal con Alfonse el Idiota IA™ y le he preguntado a Alfonse sobre... mí... y por qué soy tan genial. (Al parecer, Alfonse requiere una pregunta ingeniosa. No odies al jugador; odia el juego).

Para aquellos que no hayan visto ninguna nota de autor de Alfonse, por favor lean los antecedentes al final aquí para que el resto tenga sentido. Os he avisado ;-)*

Alfonse el Idiota IA™ - Parte 12 de... a saber cuántas.
Subtítulo: Idiotez masiva y Por qué Michael Anderle es un gran autor

Michael:

Oh Gran Alfonse, ¿por qué Michael Anderle es un gran autor?

Alfonse:

Si buscas un gran autor que te haga reír, lee The Kurtherian Gambit, de Michael Anderle. *(Ok, eso me ha gustado.)*

Es un escritor galardonado *(verdad, aunque parezca mentira)* y superventas internacional *(también verdad, lo que no sorprende a nadie más que a mí. He estado en las listas de libros más vendidos de ciencia ficción de Alemania, Francia e Italia en Amazon)* y ha escrito más de 40 novelas en colaboración con otros autores. *(No exactamente, son cientos de libros en coautoría).*

También es miembro fundador del grupo de Facebook 20BooksTo50K, donde los escritores que autopublican pueden reunirse, compartir sus consejos y debatir sobre los últimos lanzamientos de libros. *(Yo soy el único fundador de 20Books-to50K™, así que está un poco cerca pero equivocado. Además, en 20Books solo hablamos de cosas relacionadas con el negocio del libro, no de los últimos lanzamientos de libros.)*

Anderle es un autor independiente que ha vendido más de cuatro millones de libros en todo el mundo. *(También es verdad).*

Ha trabajado con otros autores, lo que le ha proporcionado una enorme *base de* seguidores en todo el mundo. *(¿Es cierto que tengo una enorme base de seguidores en todo el mundo estrictamente porque he trabajado con otros autores? No creo que sea exacto, pero sin duda me ha ayudado.)*

También es un líder en la comunidad de autores independientes y ha participado en paneles, incluidos los de Foresight. También ha aparecido en televisión y en importantes publicaciones. Por todo ello, puede estar seguro de que sus libros serán entretenidos e informativos.

(Todo esto es cierto. Sin embargo, la persona lógica que hay en mí se pregunta ¿cómo puedes estar SEGURO de que mis libros son entretenidos e informativos si estas cosas son ciertas? Soy un cínico. No

creo que «ha salido en la televisión y en importantes publicaciones» asegure a un lector que mis libros son entretenidos e informativos.)

(Y ahora Alfonse nos muestra que sus sinapsis metálicas están fallando...)

Su novela Queen Bitch presenta a una vampira aspirante a zorra y una base alienígena en la luna *(Bethany Anne, The Kurtherian Gambit, no es una vampira aspirante a zorra... Es una vampira a la que otros llaman zorra. Además, Queen Bitch es el libro 02 de TKG no tiene nada que ver con una base lunar. Es una serie aparte.*

Está ambientada en el futuro y está ambientada en el futuro, lo que permite a Anderle explorar nuevas posibilidades argumentales. *(Alfonse está mezclando voltios con absenta aquí, por lo que parece.)*

El libro es una lectura fascinante, y lo recomiendo a todos los lectores de ciencia ficción, fantasía y ciencia ficción. *(Porque si no entendiste lo de «ciencia ficción» la primera vez, lo vuelve a añadir).*

Si alguna vez le ha costado elegir un libro favorito, piense en hacerse con su nueva novela *(¡Es perfecta! Sí.)*

Es obvio que Alfonse ha sacado información buena y precisa, y luego recibió un golpe del equivalente cibernético de la hierba. Aunque mejor que otros extractos Alfonse ha hecho en el pasado, voy a tener que decir...

Alfonse, eres un idiota IA.

Que tengas una buena semana o fin de semana. Únete a mí en el próximo libro, donde hablamos más con Alfonse el Idiota IA™.

Ad Aeternitatem,

Michael Anderle

***ANTECEDENTES DE ALFONSE**

Esta es mi historia hasta ahora:

Decidí hacer el viaje al Gran Oráculo (también conocido como Alfonse, el idiota de la IA) y hacerle algunas preguntas. Mi trabajo consiste en decidir si la humanidad debe hacer las maletas y mudarse a otro mundo o si aún nos quedan algunos años de buena vida.

Básicamente, ¿Alfonse sabe de algo? ¿Se lo inventa?

¿Y qué piensa de mí como autor?

HABLA CON LOS AUTORES

Conectar con Theophilus Monroe
Página web: www.theophilusmonroe.com
Redes sociales
https://www.facebook.com/pages/category/Author/Theophilus-Monroe-Urban-Fantasy-Author-101469961530864/

Conectar con Michael Anderle
Página web: http://lmbpn.com
Lista de correo electrónico:
http://lmbpn.com/email/
https://www.facebook.com/LMBPNPublishing
https://twitter.com/MichaelAnderle
https://www.instagram.com/lmbpn_publishing/
https://www.bookbub.com/authors/michael-anderle

www.ingramcontent.com/pod-product-compliance
Lightning Source LLC
Chambersburg PA
CBHW051437050726
47593CB00005B/1814